***Salomé Berlemont-Gilles** a 29 ans, elle est diplômée de Sciences-Po Paris. À vingt ans, elle remporte un concours de nouvelles et publie un court texte,* Argentique, *(Lattès, 2013).* Le premier qui tombera *est son premier roman.*

Le premier qui tombera

MON POCHE
14 avenue des Droits de l'Homme – 45000 Orléans

Salomé Berlemont-Gilles

Le premier qui tombera

MONPOCHE

À mon père,
à ma mère.

DANS L'AMBULANCE, il s'est réveillé seul. Il a vu trois uniformes bleu et rouge, des coupes en brosse, des types blancs et trapus qui lui parlaient lentement. Il a vomi puis leur a dit son nom. Il a demandé à partir, arraché un mouvement pour se redresser mais une grosse main l'a plaqué au brancard, alors, il a commencé à gueuler. Ils lui ont dit de se calmer, de ne pas faire l'enfant. Il a maugréé encore un peu et s'est rendormi. Ils sont arrivés à l'hôpital. Ses yeux sont à demi fermés, les portes s'ouvrent, l'entrée est large. Le couloir, vert.

Quand il a refusé l'examen en réclamant sa sœur Aminata, le vieil infirmier barbu a secoué la tête pour faire taire ceux qui voulaient utiliser la force. Il leur a expliqué qu'il allait se débattre et qu'il allait falloir l'attacher, que tout le monde était fatigué et que ça n'en valait pas la peine. L'infirmier est doux et résigné. Il apaise son collègue qui n'a pas dormi et n'a pas choisi d'être là, celui qui déteste les poivrots presque autant qu'il déteste les Noirs. Dégoûté, il détourne le regard pour ne plus voir l'homme sur le brancard. Parce que sa maigreur est laide, qu'il n'a plus de corps mais un tronc étroit et déformé, noueux de souffrance, des bras longs qu'il ne maîtrise pas et une poitrine concave, douloureusement creuse. Les côtes, les clavicules sont proéminentes sous la peau desséchée, et la rondeur des os, comme une contradiction opulente dans ce désert de chair. Son squelette sous sa peau, ses yeux qui débordent des orbites dessinent un simulacre de vie. Le vieil infirmier ose le regarder, les autres s'occupent pour ne pas avoir à le faire. L'aide-soignante blonde se dit qu'il serait plus beau mort.

Ils remontent la blouse pour le couvrir, la gaze menthe contraste avec sa peau ; l'odeur de l'alcool, lourde quand ils s'approchent. La pièce n'a pas de fenêtre, elle est petite et carrée comme un ascenseur. Blanc, céladon et bleu, assortie aux blouses des internes. De là où il est il ne peut pas voir la porte. Les quatre gardes-malades parlent entre eux, attendent que le brancardier vienne le chercher pour être libérés et s'occuper d'un autre patient. Le jeune espère que ce sera quelqu'un de vraiment malade, pas un ivrogne. La blonde se dit que c'est une histoire comme les autres, un type comme on en voit des dizaines. Elle n'en parlera pas à son mari ce soir, ni à Évelyne lors de leur marche du dimanche. Les femmes battues et les gamins malades font de bons récits. Les facétieux et les cocasses servent de blagues en fin de soirée. Ce destin-là est merdique, banal. Elle le regrette un peu.

Il ne voit pas les bras qui saisissent le lit roulant pour le conduire dans le corridor, les infirmiers lui souhaitent bonne nuit, il garde les yeux fermés. Il sent les virages et la rotation maladroite des roues, des vagues qui s'échouent et se relèvent. Il a renoncé à essuyer la bave qui coule sur son menton. Les murs suintent, les émanations de désinfectant lui donnent envie de se faire dessus. L'alcool ondule dans son corps, pousse de son sternum à son nez, emplit son cerveau. Il a l'habitude mais cette fois, il ne comprend pas. Il ne sait pas comment il est arrivé là. Il se souvient de sa sœur, de la chambre, de l'irruption des pompiers – mais il ne fait pas encore le lien entre les événements. Les structures renforcées de la civière lui labourent le dos, le brancardier le laisse seul à attendre à l'entrée d'une pièce de triage, immobile dans le flot déroutant des allées et venues. Brûlants, les néons jaunes incrustés au plafond imposent un jour artificiel et continu. L'entassement de brancards encombrés de membres, pieds bandés, bras désarticulés échappés des civières obscurcit l'horizon du couloir de chairs déclinantes. Au fond, une porte s'ouvre et se ferme comme une paupière qui coupe la lumière.

Les blouses blafardes se pressent entre les lits, dans un bourdonnement qui n'éclate jamais mais ne disparaît pas. Des pas, lourds et feutrés, tus par les chaussons médicaux, des voix indistinctes, brouillées dans une mélasse épaisse qui les rendent anonymes. Il se redresse, s'appuie sur son coude qui cède sous son poids. Ils l'ont oublié dans la ruche, seul. Le temps passe, amorti par son demi-sommeil. L'ivresse se dissipe pour laisser place à la douleur. Bientôt, il sent la gêne. L'humiliation d'être vêtu de ce composite de plastique à usage unique, installé là comme un encombrant. Il sent la fatigue, l'usure, ses muscles qui tremblent et le rythme de son souffle bouffé par l'anxiété. Il voit ses jambes maigres et longues ressortir des draps blancs. Si on claquait ses genoux l'un contre l'autre, ils se briseraient dans un bruit de bois clair. La main tendue vers le plafond, il espère arrêter quelqu'un.

Quand il gueule pour la première fois, personne ne le regarde, alors il gueule plus fort. Une grande infirmière qui ressemble à un homme et a la même coupe de cheveux, courte, que les pompiers, s'approche de lui. Elle lui sourit et lui demande depuis quand il attend, bienveillante alors qu'il ne peut pas bien répondre parce que la bave a noyé sa langue. Elle parle fort, comme si rien n'était grave, et il accepte de faire l'examen. Elle le fait rouler jusqu'à une chambre où elle l'installe. Là, elle le déshabille, place les électrodes. Sur la table, il se sent comme un morceau de viande que l'on jauge. Une bête sans vie. Il porte ses mains à son visage ; doucement, il pleure. Ses doigts se crispent sur son front et sur ses tempes, jusqu'à ce que sa mâchoire s'ébranle. Tout est blanc. Dans ses poignets, la honte cogne au rythme du sang. Il veut que ce jour s'éteigne.

Dans la salle d'attente au bout du couloir, le sol est couvert de crasse et de traces grises, les sièges bleus, en plastique, sont attachés au mur et disposés en groupe de sept. La blancheur de l'hôpital est ternie par les proches des malades qui ont encore leurs chaussures, par les touches de couleur éparses des vêtements de ceux qui patientent. De ce côté de la porte coulissante, on est encore intact : on piétine, on appuie son talon contre le mur. Les jambes ne sont pas coupées par les pattes métalliques des brancards. Tous les frères et sœurs sont venus, accompagnés de Georges, qui tient au courant les autres membres de la Fraternité en leur envoyant des messages groupés, laconiques mais précis. Ils se sont retrouvés à l'extérieur et sont entrés tous ensemble, comme une procession, un cortège de nicotine, de sueur et de ressentiment. Fati a demandé des nouvelles de l'aîné mais le bureau central n'en avait pas, on leur a dit d'attendre sur la gauche. Aminata se tait, hésitante, elle se sent coupable d'avoir appelé les pompiers. Aïssa lui prend la main et lui assure qu'elle a pris la bonne décision. Adama est taiseux et furieux à la fois. Il repose sa maigreur contre le mur. Il voudrait écraser la trachée de cet aîné, pour se débarrasser de lui, de ses choix, de ses comportements qui les tiennent tous éveillés. Dépassant de son siège, colossal, Yero est calme. Il caresse pensivement sa cicatrice, devine sous ses doigts la ligne fine, tendre et décolorée. L'atmosphère est tendue, comme si la famille se blâmait tout en sachant que personne n'est vraiment responsable. L'inquiétude d'avoir presque perdu un proche, la culpabilité de l'avoir livré à la violence d'une hospitalisation forcée.

Quatre heures passent, toute la fratrie a les paupières rougies et le visage anesthésié alors qu'un jour gris vient remplacer la nuit. Dans la salle d'attente, au milieu des clochards et des parents angoissés, ils portent ensemble la blessure de l'échec. Ils savent qu'aucun d'entre eux ne sera le premier à abandonner le frère à son enfer – la loi du sang les unit.

Le vœu des parents, aussi, une promiscuité imposée par l'envie de s'en sortir ensemble. Six visages semblables, liés, marqués par la même solitude du devoir. Ils sont seuls. L'aîné de l'autre côté de la porte est un héros que la vie a condamné et qui n'a rien fait pour se battre. Des chaînes noires de remords. Pour la famille, l'angoisse. Lui, de l'autre côté, sous la lumière. Des vautours familiers lui bouffent le foie.

Il doit attendre la nouvelle ronde des médecins, la garde de neuf heures pour qu'on s'occupe de lui. Un psychiatre discret, fraîchement arrivé, le montre du doigt. On l'emmène à l'écart. Le professionnel commence la consultation en se présentant. Puis, en l'absence d'une réponse, il prend note à l'oral de l'état d'épuisement d'Hamadi, de son odeur d'alcool, et lui notifie la volonté de la famille : à l'unanimité, ils ont demandé un internement. Hamadi proteste, s'insurge, mais son besoin d'être soigné est trop évident et le toubib confirme la décision des frères et sœurs. Il patiente encore, échoué dans une chambre temporaire alors qu'on procède à son transfert administratif. On lui propose de voir sa famille. Il refuse. La gueule de bois le rend malade autant qu'elle le protège, elle rend tout moins réel. On lui laisse son vêtement médical avant de l'offrir à l'ambulance qui l'emmène vers sa nouvelle destination. Il entre en psychiatrie le soir même.

Le lendemain, Hamadi se réveille avant que les premières lumières du matin n'infusent le ciel. Ceux qui se lèvent tard n'aiment pas la vie – c'est ce que lui répétait son père pendant toute son enfance, et jusqu'à sa mort. Il pourrait presque sourire du paradoxe : dans la chambre du secteur 16, section d'hôpital psychiatrique spécialisée addiction et dépression, il est en cellule. Malade, torturé, emprisonné. À cinquante ans, il est à mille lieues du rêve de réussite des parents, en plein dans la réalité qu'ils avaient voulu lui éviter en acceptant l'exil. D'aussi loin qu'il se souvienne, son père avait insisté sur sa responsabilité. Dans la grande maison de Guinée, il lui avait fait promettre de veiller sur ses frères et sœurs. Quand ils avaient dû partir, il lui avait dit que préserver son héritage était crucial : il fallait se souvenir, savoir d'où on venait. En arrivant en France, sa tâche était simple. Il devait réussir, montrer l'exemple. Tout au long de sa vie, il avait juré qu'il prendrait la tête de la lignée. À l'autre bout de Paris, ses frères et sœurs étaient pourtant rentrés, prostrés à l'idée de cet enfermement dont ils avaient pris l'initiative.

Hamadi s'était engagé à justifier le sacrifice de son père. Honorer la famille, puis en créer une à son tour. À cet instant, il n'est que douleur. Une vague qui vient du ventre et qui le mange, un nœud de honte. L'impasse. La journée de la veille lui revient, il se souvient par bribes du métro, de l'excès, du sang. Un avant-goût de mort qui lui rappelle comment il a vécu, et la poignée de décisions qui l'ont conduit à cette aurore.

LA PRISON DES TITANS

Conakry

Il ne se souvient pas de son enfance. Il a oublié l'Afrique. Il se rappelle l'histoire de sa famille, la légende de sa lignée, cette époque douce et diaphane sans cris et sans violence, mais Conakry n'est plus qu'un rêve. Le fantasme d'une origine.

Hamadi a toujours été le fils préféré, le premier né, celui qui avait hérité de la beauté de sa mère et de la force de son père. La légende de ses parents précède son existence et résonne sur toutes les côtes de l'Ouest. De sa mère, on dit qu'elle est la plus belle femme d'Afrique. Elle vient de la campagne, d'une riche famille peule qui a toujours su qu'elle aurait un destin exceptionnel. Elle est pâle, ses traits sont fins. Son visage, structuré par des sourcils épais et sombres qu'elle redessine au crayon gris, s'illumine quand elle sourit – toujours de la même manière, entièrement, jusqu'à découvrir toutes ses dents. Sous le lin de ses habits, on distingue ses formes. Elle n'a pas connu d'homme qui ne l'aimait pas, mais elle n'a pas eu de mal à choisir celui qui partagerait sa vie. Ses parents l'ont laissée libre. Elle a rencontré le Chirurgien à une réception où sa mère lui avait dit d'aller quand elle n'avait encore que seize ans. Il était grand, champion de saut en longueur. Il avait des lunettes rondes, revenait de France et connaissait toute l'Europe. Il parlait de Paris et de Nice, de Lisbonne et des fleurs rouges aux fenêtres des villages du Limousin. Son regard avait la légèreté des hommes importants. Ceux qui réussissent naturellement, comme si l'excellence leur appartenait. Elle l'a aimé pour sa facilité qui lui rappelait la sienne. Ils se sont fiancés vite mais ont attendu pour se marier. La vie qu'il lui a offerte est celle qu'elle veut – l'amour calme, la passion raisonnée, la confiance, et de longues heures seule, loin de lui, quand il travaille à l'hôpital. Il lui avait promis de lui construire une maison blanche comme elle. C'est là qu'Hamadi naît, dans une grande bâtisse du centre de Conakry.

Les angles de l'édifice rectangulaire meurtrissent le ciel, immobiles dans l'épaisseur des nuages et la lourdeur du temps. La rumeur de la ville est loin, et la maison, une tache immaculée dans un ensemble dominé de gris et de rouge, protégée à l'entrée par des grilles. Elles sont là pour tenir à distance la rue qui crache des bruits de mobylettes, d'animaux et de voix qui s'interpellent. Pour séparer le blanc du rouge, aussi. Alors, le sang qui épaissit la terre brune des routes est celui des autres et rien ne fait mal, Hamadi est à l'abri des conflits du continent et d'ailleurs. Tout le monde voit l'océan de la fenêtre des chambres et les bonnes sont calmes et soumises, elles passent lentement d'une pièce à l'autre sans parler, sans sourire non plus. En prolongement des pièces spacieuses, la piscine bleue dégorge sur la mer. Il ne s'y baigne pas parce qu'il ne sait pas nager, son corps sombre dans l'eau comme les cailloux polis qu'il jette dans la mer quand il s'ennuie. Il s'assied souvent sur la pierre mate, au bord de la grande flaque artificielle. Étouffé par l'espace, enfermé dans le silence imposé par le luxe et la bonne éducation. Le repos et les siestes ponctuent ses journées, rythmées par le bruit des vagues qui s'essorent sur le sable. À cette époque, il a le souvenir d'avoir été seul.

Il profite de ces premières années dans l'insouciance propre aux aînés. Il s'invente d'autres passions, ajoute à cette famille trop partielle. Il fait même de sa bonne préférée, Satimata, une mère d'élection. La domestique est longue et étroite. Elle a un nez épaté et de petites lèvres minces, la peau la plus noire qu'il connaisse, des cicatrices circulaires coulent le long de son dos. Elle ne le prend jamais dans ses bras, elle range le désordre en silence avec un regard d'eau. Un après-midi, alors qu'il dort dans le lit de sa mère et que Satimata lui caresse le visage avec le dos de la main, il sent ses phalanges osseuses amorties par l'élasticité de sa joue d'enfant riche. Il est encore à moitié endormi quand elle s'approche, assommé par une chaleur qui emplit ses poumons. C'est la seule fois où elle le touchera mais cette caresse est un des moments les plus forts de son enfance. Après ce jour, il la regardera avec la complicité et l'assurance de celui qui sait. Elle est la mère biologique et secrète qu'on lui refuse, maternelle par pulsion et détachée par devoir, comme les chiennes rousses qui portent leurs petits dans leurs gueules le long du bord de mer et qui les laissent crever de faim quand elles ne peuvent plus faire autrement. Une mère aimante mais pragmatique qui sait qu'on ne peut s'attacher aux enfants parce qu'ils vivent rarement assez pour devenir des hommes, et qu'ils n'ont que faire, une fois devenus grands, de l'amour des mères. Il l'aime parce qu'elle est la mère qu'il s'est choisie. Il la suit de pièce en pièce et la regarde avec tendresse. Marie la Blanche et le Chirurgien rient parfois de cet enfant qui aurait rêvé d'être le fils de la bonne.

L'arrivée de Fatimata, deux ans plus tard, perturbe à peine cet équilibre. Le règne d'Hamadi est trop établi pour qu'il soit dérangé par une petite sœur. Elle s'agrège au quotidien sans qu'on la remarque vraiment, immédiatement consciente de ne pas être celle qui fait la famille. Elle commence en seconde position. Mais avec la naissance des plus jeunes quatre ans plus tard, la vie s'installe dans la villa – le silence est rompu par les cris frustrés des enfants qui n'ont plus l'égoïste attention de leur mère, les rires, les débuts de complicité fraternelle et les râles des combats portés par une haine courte et intense. Après Hamadi et Fati viennent une autre fille et un garçon, Aïssa et Yero. À eux quatre, ils sont les enfants africains. Les autres seront étrangers.

Dans la villa du bord de mer, les années trottinent comme les servantes dans les couloirs ; incessantes, discrètes, semblables. Le premier jour de la semaine, les bonnes passent dans les chambres et rassemblent les habits des petits. Personne n'a le droit de s'approcher des appartements des parents, sauf la plus vieille des servantes. Avec ses cheveux gris tirés en arrière, Marie lui fait confiance. L'escalier pour atteindre leur étage fatigue les enfants quand ils montent pour pleurer devant leur porte, la froideur du marbre endort leurs pieds autrement laissés nus. Alors que les plus jeunes restent à la maison, Hamadi et Fati partent en classe. Ils vont à l'école des Blancs, où la maîtresse est une Française qui porte des jupes vichy bleues ou roses. Le chauffeur les emmène dans une voiture sombre, les vitres noircissent le paysage qui défile dans l'habitacle gainé de cuir. Hamadi joue avec l'accoudoir rigide, l'abaisse et le relève, feint de se coincer les doigts entre le coussin et le siège. À côté, sa sœur relit ses cahiers, elle s'applique et presse ses pouces contre les pages jusqu'à ce qu'ils se décolorent, son besoin d'être la meilleure crispe tout son corps, ses ongles raclent la couverture de plastique avec laquelle elle les a emballés. Le chauffeur ne parle jamais. L'école est à l'autre bout de la ville, ou peut-être assez près de la maison, l'itinéraire semble long aux aînés. Devant la maison blanche, la rue est goudronnée. La voiture glisse sur le bitume. Conakry déborde sur les villages limitrophes, les mange les uns après les autres. Dans cette partie de la ville pourtant, on trouve toujours des parcs à la française, des maisons à toits verts et à vérandas, vestiges d'un temps où l'on pratiquait, le long des rivières du Sud, un commerce de chair et de sang : cicatrice de ces destins brisés depuis les capitales du Nord, maisons-stigmates du triangle noir et des années de domination française. Une histoire de violence qui s'étend de la traite négrière aux années d'occupation. La jolie petite capitale aux allées inégalement bordées de manguiers est devenue l'illusoire table rase sur laquelle les colonisateurs ont voulu apposer leur marque. Hamadi vit dans l'un de ces quartiers lumineux où même le vent n'ose pas déranger. Le Chirurgien est fier d'être un homme noir dans ce quartier de Blancs. Il sait ce que les enfants n'imaginent pas. On lui a raconté le passé de la mer et des bateaux au ventre plein de Guinéens. Ceux qu'on a vendus, ceux qui ont fui.

Quand les pneus crissent, Hamadi est déjà loin de chez lui. Il n'y a plus de grilles hautes et de maisons géométriques, seulement la terre rouillée par la pluie et moulue par les hommes, les bêtes et les machines qui crachent du cambouis et salopent l'air de fumées charbonneuses. Terre minière, terre d'effort, terre de bauxite. Monotone, la piste suit les berges du bord de mer. Les hommes et les femmes salissent leurs chaussures sur le sol, marchent en grappes ou séparés, leurs vêtements chamarrés couvrent leurs jambes. Certains, en maillots de corps élargis et pendants, emplissent la ville de points de couleur. Les femmes, toujours élégantes, semblent venues d'une autre ville distinguée qu'on aurait cachée. Hamadi fixe par la fenêtre une fillette un peu plus jeune que sa sœur, qui soutient avec sa main le plateau de fer usé qu'elle porte sur la tête. Autour de son cou, elle a noué une bande de dentelle brunie. Hamadi la trouve belle, mais pour rien au monde il n'aurait osé le lui avouer. À la maison, il est le premier né, le fils que Marie attendait. Elle l'appelle Hamadi-Chéri et lui caresse sans cesse la tête. Hamadi-Chéri ne fera pas de boxe comme son père, on lui casserait le nez – on enverra Yero. Hamadi-Chéri sera professeur, il ira étudier en France. Hamadi-Chéri est le seul à qui Marie donne des fruits enrobés de sucre. Il est celui qu'elle protège le plus. Mais loin de la maison, sa mère ne peut plus le protéger, et Hamadi peine à se défendre seul. Au début de l'année, à la visite médicale, l'institutrice lui a dit qu'il était trop gros, pour un Africain : elle prétend connaître la morphologie que doivent avoir les élèves selon leurs provenances et leurs ethnies. Depuis, elle le répète souvent. Les autres enfants se moquaient aussi de lui, sans conviction, pour le principe, jusqu'au jour où Marie l'a appris de la bouche jalouse de Fatimata. Alors Marie a fait venir la Couturière et ses aides et pendant des heures, elles ont mesuré Hamadi en montrant à sa mère, concentrée, des échantillons de tissus à la mode de Paris. À la fin de la semaine, dans son costume bleu et brillant, elle l'a emmené en personne à l'école, habillée d'une robe ivoire ouverte aux épaules. Après ça, aucun enfant ne s'est plus moqué. Engoncé sous ses épaulettes, Hamadi serrait la main de sa mère.

Depuis quelque temps, le Chirurgien reste de longues heures à lire chez lui, alors que le ciel gris presse la mer. Il n'a pas de patients, les gens ont peur d'être associés à un Peul comme lui et ne viennent plus le voir. L'indépendance de la Guinée a fait figure d'exemple. Sékou Touré l'a proclamée après avoir appelé ses compatriotes à voter non au référendum instituant la Communauté française dans un discours mémorable déclaré en présence de de Gaulle. Le soutien écrasant du vote populaire lui a donné l'élan nécessaire pour instaurer une Guinée libre, et lui a conféré le statut de père de la nation. Héros pour certains, il construit pourtant son règne sur le fantasme populiste de l'ennemi à combattre : l'impérialisme et le néocolonialisme de l'Europe, mais aussi le mal intérieur, qu'il considère comme la cinquième colonne composée de fonctionnaires, commerçants mais surtout de Peuls, qu'il affirme être contre-révolutionnaires. Incarnée au gré de complots fantasmés, cette haine productive pour le mythe national explose quand il lance, sous prétexte de lutter contre le racisme peul, une série de mesures destinées à éliminer les membres de cette communauté. Accusée de tous les maux, cette élite traîtresse est stigmatisée comme collaboratrice du pouvoir colonial. Sékou Touré affirme que ces opposants au régime méprisent les autres ethnies, qu'ils regrettent même le temps de l'oppresseur blanc. Il prétend que les Peuls ne sont pas des hommes noirs, presque pas des Africains. Il y a toujours deux côtés à une histoire, deux grâces à une vérité. Le Chirurgien, lui, croyait aux promesses de l'indépendance. Il militait, fébrile, pour la force de son peuple. Mais cette version plus belle et plus libre de la Guinée, s'est réalisée sans l'inclure. Ses études occidentales, ses années passées en France n'aident en rien.

Dans la communauté, certains riches commencent à partir, les activistes qui avaient soif d'égalité se font oublier. Le mardi, en sortant de chez lui, le Chirurgien sent qu'il est suivi. Il marche un peu sans but dans le centre-ville pour vérifier son intuition. Soudain, une pierre fuse dans sa direction, puis une autre. Il ne voit pas ses agresseurs, mais il sait pourquoi on l'attaque : il est connu, identifiable, si notoirement peul qu'il ne pourrait pas le cacher, même s'il le voulait. Il décide alors d'aller chercher les enfants à l'école pour les en sortir définitivement. Marie interrompt la classe de son fils et le Chirurgien s'occupe de Fatimata. Revenus chez eux, ils leur annoncent qu'ils ne retourneront pas à l'école en les emmenant sur la plage avec leurs autres enfants. Ils ne précisent pas les raisons de cette décision. Le littoral est aux pieds de la villa, le sable est meuble et grisé. Le rivage, usé par les pluies des saisons de mousson, ressemble à ces photographies humides et gondolées qui laissent filtrer leurs couleurs devenues floues. Après avoir parlé, Marie lâche la main d'Hamadi et s'avance vers la mer. Sa tunique est nouée à la taille avec un fichu bleu. Sa silhouette, galbée, se découpe dans l'horizon. Quand elle trousse sa jupe longue pour sentir le sable sous ses pieds, ses chevilles blanches, tachées de terre rouge, annoncent des jambes longues et fermes, serpents de muscles lovés sur ses mollets et ses cuisses. Elle a toujours été la Femme. La plus belle et la seule. Sa peau blanche est recherchée comme un talisman. Comme l'idée d'un Occident qu'on abhorre et qui fascine. Dans les ruelles de son village et les avenues de Conakry, les hommes et les femmes la regardent avec la même admiration, une sorte de surprise devant la pureté de sa beauté. Hamadi a peur d'elle parfois – de cette perfection qui la rend distante. Le Chirurgien tient sa femme par la taille, l'air soucieux, en regardant leurs enfants jouer ensemble. Si Hamadi a plutôt l'air heureux de ne plus retourner en classe, il a compris, comme sa sœur, que ce n'était pas pour leur faire plaisir. Le Chirurgien voudrait les protéger et se sait chanceux d'avoir Marie à ses côtés. Ensemble ils restent encore un peu sur la plage, puis remontent le long de la digue, près des petits bateaux de pêcheurs où des entrailles de poisson cuisent au soleil et les algues s'incrustent sur les escaliers de bois. Les échoppes carrées qui bringuebalent au vent sentent les fruits frais et le cuir tressé. Un peu plus loin, une femme aux mains plates vend des goyaves et du maïs grillé. Marie demande : Tu veux un épi, Hamadi-Chéri ? Yero pleure, tire les cheveux d'Aïssa. Des chiens se courent après. Hamadi presse la main de sa mère en pensant aux territoires de la ville où il ne pourra plus aller. Il rêve aux terrains de jeux des autres enfants, creusés dans la terre et bordés par des grillages de fortune bouffés par la rouille. Devant lui, des maisonnettes urbaines de terre, de briques et de ferraille, s'entassent et encadrent les troncs épais des arbres qui se hasardent hors du sol. Il aimerait être l'un de ces enfants qui vivent là, vendent des fruits et jouent avec les bouteilles vides à côté des échoppes. S'il ne va plus à l'école des Blancs et qu'il n'a pas plus le droit de jouer avec les gosses des rues, quel enfant sera-t-il ?

Le mercredi soir, le Chirurgien invite ses amis à dîner. Des collègues de l'hôpital ou des hommes imposants. Ils portent des costumes, viennent sans leur femme ni leurs maîtresses, et apportent des bouteilles d'alcool pour les convives qui ne sont pas musulmans, ou ceux qui le sont librement. Le Chirurgien ne mange pas de porc, comme tous les autres membres de la famille, mais il boit parfois. Du whisky que son ami avocat fait venir par avion du Japon. Hamadi est le seul de la famille à manger du jambon. Marie va l'acheter elle-même. Le Chirurgien pense à ses ancêtres et à leur discipline défiée par un gamin qui aime la charcuterie. Ce soir-là, Marie lui apporte les tranches roses dans sa chambre, en cachette, hors des repas familiaux. Elle les déballe et les pose sur sa table de nuit, feint le secret, et savoure l'interdit qu'elle ne brave pas elle-même. En cuisine, les bonnes ont préparé de la viande et une sauce grasse et salée. Puis elles ont dressé la belle table, disposé les couverts en argent. Quand Marie redescend au salon, les hommes sont tous assis. Ils conversent, s'interpellent. À peine le jambon avalé, Hamadi est venu rejoindre les adultes. Il regarde les hommes et pense qu'il sera comme eux un jour. Grand, gros et respecté. À ses yeux, le Chirurgien est le plus beau. Lorsqu'il parle, il bat des mains, avec souplesse, comme un prédicateur. Quand il prend la parole, tous l'écoutent. Les adultes parlent de Soussou, de Foulah, de Guinéens. De l'homme en vert qui apparaît à la télévision et qui s'insurge contre les complots, de l'homme qu'ils méprisent et qu'ils craignent. On les traite d'alcooliques, de traîtres, de sous-hommes. Hamadi entend des choses sur la révolution populaire et les amis disparus. Pour lui, Sékou Touré n'est pas qu'un héros : il est l'homme dont il doit avoir peur. Dans la maison blanche pourtant, il a l'impression d'être à l'abri. Il pense que le Chirurgien est trop fort et Marie trop belle pour qu'on leur fasse du mal. Il reste serein. Il ne sait pas encore que rien ne sert d'être fort, ou beau, quand on n'est pas né du bon sang. Hamadi ne comprend pas les prétextes ethniques, les folies des dirigeants ou le discours populiste. Il ne comprend pas pourquoi son peuple est devenu le bouc émissaire des douleurs du pays. Ni Marie ni le Chirurgien ne parviennent à trouver les mots pour expliquer l'injustice à leurs enfants.

Hamadi voudrait être assis avec les grands et avoir des boutons de manchettes comme eux. Marie s'est installée avec Aïssa dans un fauteuil en cuir un peu plus loin. Il se lève pour lui demander s'il peut aller mettre son costume. Plus tard, Hamadi-Chéri, répond-elle. Son regard s'est assombri quand le ton des hommes s'est durci. À la table, on parle d'un ami professeur qui ne vient plus dîner. Il est parti dans un camp, dit-on, celui qui a été créé dans l'ancienne gendarmerie des Français, et Fatimata veut savoir si elle aura le droit d'y aller aussi. Cette fois Marie ne rit pas, elle lui dit de se taire et de ne pas écouter les adultes parler. Elle lui rappelle que quand elle était petite, on n'avait pas le droit de regarder une grande personne dans les yeux. Karamoko, le plus gros des invités, s'amuse avec Yero qu'une nourrice porte dans ses bras. Il dit qu'il sera puissant parce qu'il est silencieux. Le bambin se laisse prendre, et ne détourne pas le regard. Il est gigantesque pour son âge, clair comme sa mère. Si Hamadi est l'enfant des femmes, les hommes préfèrent Yero. Karamoko annonce qu'il veut laisser son travail et partir – pas à la campagne, au Portugal. Le Chirurgien fait un calembour sur les vins de là-bas et leur robe râpeuse, pour faire rire, mais Karamoko insiste et lui conseille de fuir, lui aussi, arguant que ses opinions dérangent, qu'il cherche trop à défendre la communauté en utilisant son influence. Il ajoute que les hommes comme lui, si peu raisonnés, disparaissent. Le pouvoir ne se laisse pas contrarier longtemps, et il est déjà allé trop loin. Marie ne veut plus écouter, annonce que le dîner est servi en les invitant à passer à table. Devant la viande fumante, la conversation continue. Des contes d'horreur et de craintes s'entrechoquent comme les glaçons dans les verres de whisky. On parle du grand massacre d'il y a quelques années. Des purges publiques, des morts exposés et de ceux qu'on a tués calmement à l'ombre des prisons. On parle de ce qu'on a ordre d'oublier. Des souffrances de leur communauté qu'on persécute sans honte, qu'on maltraite, qu'on tue. La Guinée se guérit violemment des plaies de la colonisation. Dans la grande équation de l'Histoire, cette époque sera vécue comme une victoire ; dans la leur, elle restera une tragédie. Au dessert, le gâteau est lourd, crémeux et amer.

Le quatrième jour, Aïssa meurt. Pour quelques secondes seulement. Elle déjoue l'attention des nourrices qui parlent entre elles, et se rend sur la terrasse blanche où se trouve la piscine. En riant, elle court dans l'eau, ses cheveux rebondissent sur sa nuque potelée. Elle avance dans la noyade en se racontant tout haut une histoire faite de cris d'oiseaux et de petits jappements. Hamadi est au fond du jardin, il regarde la mer. Quand les piaillements s'arrêtent, il tourne la tête, les yeux plissés. Le bruit d'eau brassée l'alarme, il crie, mais personne n'est là pour écouter. Quand il entre dans l'eau, sa sœur ne bouge déjà plus. Le choc le paralyse un instant, il ne sait pas quoi faire, puis il reprend ses esprits et attrape sa main pour la tirer par le poignet. Derrière lui, les bonnes accourent en hurlant. L'une d'entre elles les arrache de l'eau. Son mari a été pêcheur avant de mourir, elle connaît les enfants et la mer. Elle secoue

Aïssa, en tenant sa tête pendant de longues secondes jusqu'à ce que de l'eau claire coule de la bouche de la petite fille qui tousse et crache. Quand Marie arrive, Aïssa a recommencé à pleurer. Enveloppé dans une serviette douce, Hamadi regarde sa mère sangloter en serrant la plus jeune des filles contre elle. Marie le prend par la main et le remercie. C'est ce jour-là qu'il comprend son rôle d'aîné et accepte la responsabilité qu'il assumera sa vie durant. En saisissant la main d'Aïssa dans la piscine, il a choisi d'être un modèle pour les autres enfants. Après cet épisode, la petite ne le lâche plus. Sa présence joviale le suivra partout en trébuchant dans des éclats de rire. Ce jour, il décide aussi qu'il ne tiendra plus la main de sa mère pour se promener au bord de la plage. Il s'impose de grandir. La famille se serre autour de cet incident, de ce moment si proche de la catastrophe. Avec la mort ratée d'Aïssa, la lignée est née.

Le vendredi, le soleil se cache derrière l'ombre du manguier qui respire avec le vent, le vert des feuilles qui pendent aux tiges et dentellent l'horizon. Sur les branches, le poids des fruits surchargés de jus fait grincer le bois quand l'air de la mer pousse le sel vers le jardin. Quelques semaines plus tôt, quand les fruits ont paru, ils étaient fermes et résistaient à la pression des doigts. Le grand manguier, l'arbre préféré d'Hamadi, porte avec fierté ses délices. Souvent, il pince le Chirurgien pour qu'il l'élève à la hauteur des branches afin de cueillir lui-même les grosses boules orange tachées de pourpre. Les servantes cuisent les mangues en dessert avec du lait pour les enfants, mais Hamadi préfère les manger crues, avec les mains. L'arbre est comme sa terre – pluriel, touffu, désordonné.

Des vagues venues de l'océan soufflent sur les terres brunes et réveillent dans le ventre des hommes des angoisses qui deviennent des promesses. La nuit, on entend des voix troubles murmurer dans les couloirs de la bâtisse. Quand il se lève, le Chirurgien a les traits tirés. Le nom de Touré se crache de bouche en bouche comme une malédiction ou un miracle, selon qui le prononce, une pestilence nouvelle qui s'est installée parce qu'on l'a accueillie. Les dîners avec les amis bien habillés s'espacent – les bonnes ne préparent plus de bananes brûlées. Les disparitions des proches et de la famille se multiplient : à chaque discours de l'homme en vert, ils tombent par grappes. Le Chirurgien attend, inquiet, il passe le temps en grattant les saletés sous ses ongles taillés. Il dit – Sékou Touré – et on entend le sifflement du nom du diable qui crie aux oreilles de la foule pour lui apprendre à haïr, à détruire, à accepter de condamner ses frères au sacrifice. Marie ne comprend pas cette haine et se révolte en se lançant dans de grands discours. Le Chirurgien tourne alors la tête. Il connaît les hommes et pressent ce qui se dessine. Il ne montre pas qu'il a peur, mais Marie remarque qu'il a mangé les peaux tendres autour de ses ongles. Elle sait aussi. Sur l'arbre, les fruits s'alourdissent. Assis sur une chaise tressée entre le salon et la terrasse, le Chirurgien regarde chaque jour le manguier pendant des heures. Les fruits pourrissent peu à peu, s'attachent sans espoir à des fils usés qui ne les portent plus. La fin arrive lentement, en rampant sur les branches. Leur peau se noircit et les hommes fuient en oubliant l'espoir. La chair sous la surface fond, elle se recroqueville, pulpe sans vie comme les hommes qu'on torture et qui meurent quotidiennement. On ne sait plus qui sont les héros et qui sont les traîtres. Quand la fin vient, l'odeur autour de l'arbre est forte. Âcre, elle accroche la gorge de ceux qui passent à ses côtés, descend dans les viscères, serre le ventre et les poumons. Le jus suinte en dehors des fruits, rouge et épais, sous les attaques des oiseaux. La chaleur sèche la peau des détenus dans les cellules souterraines, comme elle sèche celle du manguier. La mort est contagieuse. Le soir, Marie et le Chirurgien se retrouvent dans la cuisine, où ils boivent sans parler, perdant un temps qu'ils n'ont déjà plus. Quand le premier fruit se détache et s'écrase au sol, ils savent qu'ils doivent partir. La menace n'est pas un mot pour eux, c'est une réalité. À la télévision, l'homme en vert parle de ces chiens qui ne sont pas assez fiers d'être noirs, de ces apatrides alcooliques, amis des Blancs et vendeurs d'esclaves qui veulent détruire l'Afrique. Sur la terrasse, les fruits explosent en touchant le sol. Trois jours après, la famille part. Ils iront en voiture jusqu'au Sénégal en espérant qu'on ne les arrêtera pas, puis en bateau vers l'Europe. Le voyage sera long. Aïssa rit à l'arrière de la voiture, en s'amusant à se cacher sous un drap. Hamadi demande si, en rentrant de vacances, il pourra aller jouer avec les enfants sans chaussures sur les terrains près de la plage, mais Marie ne répond pas. La tête tournée vers la fenêtre, elle pleure. Dans le jardin derrière la maison, tous les fruits sont tombés.

Nice

La famille entre dans les rues de Nice un lundi. Les toits s'écaillent comme des dos de tortues et se déclinent en dizaines de touches orange cramé qui surprennent le bleu du ciel. Une rangée clairsemée de palmiers les accueille en oscillant doucement pour suivre la brise – il y a des bancs de fer noir le long des rues, et des géraniums rouges qui pendent des fenêtres. La mer interrompt les allées pavées. Le soleil de la côte française est plus froid et plus clair. L'odeur du sol, surtout, neutre et minérale. L'ami d'études du Chirurgien leur a assuré qu'il viendrait les chercher mais ils sont arrivés très en avance. Marie propose au Chirurgien d'utiliser les téléphones accrochés à des bornes de plastique pour prévenir son camarade. Elle est pressée de retrouver l'accueil familier d'un foyer : à chaque seconde, elle réalise un peu plus qu'elle a tout laissé derrière elle. Il lui répond qu'il fait encore beau, qu'il préfère passer la matinée avec les enfants et offrir une glace à Aïssa. Ici les glaces sont meilleures. Dans les rues niçoises, ils marchent, rangée unique et inégale. Marie prend la main du Chirurgien dans la sienne et lui caresse le poignet alors qu'Hamadi s'étonne de l'immensité de la jetée et rattrape Aïssa qui a fui en grognant dans la direction opposée. Fati n'a presque pas parlé depuis qu'ils sont arrivés et hoche simplement la tête pour répondre aux questions. Elle s'inquiète d'avoir laissé la plupart de ses cahiers d'école dans la maison blanche. Elle ne veut pas avoir l'air de se plaindre et préfère se taire. Plusieurs fois, elle a voulu poser une question, savoir comment seront les bonnes dans la nouvelle villa ou ce qu'il en sera de son mariage. La veille, elle a annoncé à son père qu'elle serait chirurgien comme lui quand elle serait plus grande et qu'ils seraient rentrés en Afrique. Il a souri, à présent, il porte Yero sous le bras et laisse Hamadi découvrir les enseignes colorées du bord de mer. Ce dernier réalise qu'il n'a jamais vu autant de Blancs au même endroit. Au sol, l'ombre de ses parents s'étire et se mêle à celles des autres passants. Collant aux trottoirs, les odeurs de poissons et de crustacés au citron dérangent Marie, qui caresse la tête de Yero. À midi, ils s'arrêtent dans un restaurant caché derrière le port : ils mangent des pâtes baignant dans la sauce, et Hamadi s'adresse au serveur comme à une bonne. Ce dernier pose violemment l'huile demandée sur la table et crispe sa paume autour de la bouteille en verre. Le Chirurgien sourit, calme son fils en posant sa main sur son avant-bras. Il lui explique qu'il n'est pas à la maison, qu'il faut être plus poli, qu'il faut dire merci. Hamadi, incrédule, relève un sourcil, et cherche le regard de sa mère, occupée à autre chose. Après le repas, ils marchent en se tenant les mains et vont jouer sur la plage qu'ils doivent apprendre à partager. Pieds trempés dans l'eau froide, ils se serrent et s'embrassent. Le Chirurgien savoure son soulagement d'être parti, sur ses doigts les peaux mortes guérissent.

Le soleil décline déjà quand l'ami d'études du Chirurgien arrive. Ils se sont donné rendez-vous à l'emplacement d'un restaurant qui n'existe plus – un troquet chic où le Chirurgien et ses camarades avaient l'habitude de venir déjeuner à la hâte lorsqu'ils étaient étudiants. À la place des chaises tressées claires, une boutique de mode propose des tailleurs colorés à épaulettes que Marie considère avec scepticisme. Henri et Élise apparaissent soudain derrière le pare-brise fumé d'une voiture vert foncé. Le Chirurgien trouve qu'Henri a bien vieilli, il a gardé une belle chevelure qu'il porte plaquée à l'arrière et qui lui gonfle le crâne. Il se souvient du jour où il avait reçu une invitation à son mariage ; sur la photo, il avait trouvé qu'Élise était une belle femme. Avec quinze ans de plus, il pense qu'elle devrait se couper les cheveux pour en paraître cinq de moins. Henri sort de la voiture et se précipite pour attraper son ami par l'épaule. Ils s'étreignent, émus. Le Chirurgien lui murmure merci pendant qu'Élise complimente Marie sur son foulard. Elle lui parle longtemps sans la laisser saluer son mari. Les enfants se greffent à la célébration et ensemble, ils partent vers leur première maison française et leurs premiers lits d'emprunt. Sur le chemin, les hommes parlent fort en évoquant des anecdotes. Le Chirurgien est heureux comme l'homme sans responsabilités qu'il était quand il a rencontré Henri. Une fois arrivés, ils s'installent à la table du jardin de la grande baraque à l'allée centrale bordée d'oliviers. Élise a préparé le dîner avant qu'ils n'arrivent et les sert tout de suite pour leur permettre de se coucher tôt. Puis, le couple leur montre leurs chambres respectives avant de s'éclipser. Pendant la nuit, les petits se lèvent l'un après l'autre pour rejoindre leurs parents dans la chambre cachée derrière une porte de mosaïque bleue. Fati en premier, qui rebrousse chemin pour prendre Aïssa et Yero avec elle. Hamadi, enfin : il attend deux heures avant de céder et n'a plus de place. Il se love au bout du lit en caressant la tête de Yero qui dort déjà dans la grande chambre venteuse des parents. La semaine passe vite. Le soir, le Chirurgien boit du cognac avec son hôte et se défend avec panache quand Marie l'accuse d'être un mauvais musulman. Fumant des cigarettes, ils parlent des démarches à suivre pour obtenir des papiers. Henri dit que ce sera facile, avec les enfants. Il dit que c'est la France, et que sans déconner, on donne toujours au moins un truc temporaire aux gens bien. Un médecin comme toi, aussi réputé ! Le Chirurgien demande quand les gens de l'hôpital du Sud auront le temps de le recevoir. Il a apporté ses diplômes et une lettre du directeur de son ancienne unité. Henri regarde son verre, sous la table il se laisse happer par la cuisse de Marie dévoilée par la plissure de sa jupe. Il leur en parlera demain, promet-il. Élise a remarqué le regard furtif de son mari et se tend sans parler.

Le lendemain, cependant, Henri lui annonce à mi-mot qu'ils n'ont pas besoin d'aide à l'hôpital – le Chirurgien a rétorqué qu'ils pourraient quand même le recevoir, par politesse, mais Henri n'a rien répondu. Le Chirurgien ne posera plus la question. Les enfants jouent derrière les buissons.

Depuis quelques jours, Élise n'est pas descendue de la chambre. Son absence s'exhibe. On ne la croise plus dans les couloirs aérés de la grande maison. Elle s'absente comme on proteste. Marie regarde les corps des deux hommes avec qui elle partage la table s'éloigner l'un de l'autre, et le visage d'Henri se crisper. Il paraît gêné. Indifférent, aussi. Sur le profil du Français, elle devine la jalousie. Le Chirurgien aventure un mot d'esprit, puis change de sujet. Ils parlent de voitures et de saut en longueur. Plus attentive, Marie découvre des notes d'amertume à la fin des phrases d'Henri, comme on trouve sur un verre une minuscule fissure que l'on n'avait pas remarquée. Après dîner, elle rassemble les habits des enfants et enlève la poussière qui a commencé à tapisser le fond des valises pour les y mettre. Dans le lit, le corps du Chirurgien est dur, tendu. Il lui fait l'amour en regardant ailleurs. Elle a peur de cette distance et de ces yeux détournés. Elle caresse ses cheveux jusqu'à ce qu'il s'endorme, avec confiance, elle salue la nuit.

Hamadi est retourné dormir dans sa chambre, il veut montrer qu'il est grand. Il ne s'est pas lavé une fois depuis qu'il est arrivé : tous les soirs il ferme la porte en bois de la salle de bains et dévisse les robinets jusqu'à ce que l'eau se transforme en buée. Il frotte le bloc de savon sous ses aisselles et à l'entrée de l'aine pour ne pas sentir, avant de se laver les dents avec le doigt sans oser toucher à la brosse à dents neuve, rose et blanche, penchée hors du verre. Retirer ses vêtements entièrement l'angoisse, prendre une douche encore plus. Nu dans le bassin en céramique, il se sentirait vulnérable en territoire inconnu.

Le lendemain, Élise les accueille au petit déjeuner après avoir bu toute la nuit. Henri a honte. Coupable cependant, il ne bouge pas. Élise dit que Marie est une pute, qu'elle vole les maris, qu'elle devrait retourner dans son pays. Hamadi veut la frapper, mais le Chirurgien sent sa colère et l'arrête d'un geste de la main. Infantilisé, Hamadi maudit cette sale rousse. Comment oses-tu devant mes enfants ? Marie se moque de la jalousie suscitée par sa beauté, mais elle ne supporte pas qu'on l'attaque devant les petits. Élise crie encore et vocifère quelques insultes tandis que le Chirurgien récupère son chapeau sur la table de l'entrée. Sans un mot, il regarde sa femme et lui fait signe, puis il emmène sa famille à l'étage et demande à Marie de faire leurs valises. Trente minutes plus tard, ils partent en remerciant Henri. Il s'excuse de la jalousie de sa compagne, pas de sa lâcheté. Le soir même, ils prennent le train pour Paris. Derrière les fenêtres des compartiments, les paysages s'enchaînent. Hamadi observe ces champs en enfilade qui s'étirent à l'horizon. Rangés sur les petits sièges bleus qui s'agencent en duo, toute la famille s'accommode de ce nouveau départ en espérant qu'il sera la promesse d'un avenir meilleur.

Paris

Le train de nuit les dépose à l'aube de la capitale. Accueillis par les arcades en fonte de la gare de Lyon, ils arrivent assez tôt pour saisir l'impression d'un Paris calme. Ils descendent les bagages, achètent dans le hall des billets en carnet pour les transports en commun. Marie regrette déjà Nice. Paris lui paraît grise et polie comme la surface d'une perle. Elle réprime un rictus nerveux et surveille Aïssa, qui s'est arrêtée pour jouer avec ses lacets. Yero somnole dans ses bras. Pour aller plus vite vers l'hôtel qu'a réservé le Chirurgien, ils prendront le métro. Ils peinent à trouver la station mais finissent par distinguer l'escalier. Hamadi frissonne en voyant le haut du chapeau du Chirurgien disparaître sous terre. Agrippé à la rambarde vert fonte qui plonge en angle doux dans la gorge du métro, il a honte d'avoir refusé de descendre en premier. Il fait glisser sa chaussure sur la pierre et ignore la main que lui tend sa mère deux marches plus bas. Il rêve aux rues de Conakry, ses routes boueuses, ses buissons verts. Un pays raisonnable où les gens ne marchent que sur le sol, sans s'occuper de ce qu'il y a en dessous. Avant de s'engouffrer dans le souterrain, son père lui a dit que Paris était comme un gruyère – lisse au-dessus et perforé à l'intérieur pour laisser passer les hommes et les rats. Hamadi ne se décide à descendre que quand Fati le double dans l'escalier. Refusant de voir sa sœur plus courageuse que lui, il court pour arriver plus vite en bas. Il rejoint le Chirurgien qui pose sa main sur son épaule et lui dit de ne pas avoir peur. L'aîné se dégage, outré, comme pour affirmer sa vaillance. La famille passe les portes automatiques. Aïssa s'amuse à coincer son titre de transport entre ses dents de lait et Fati la regarde, dégoûtée, puis s'empresse de dénoncer son geste à son père. Sur le quai, Hamadi transgresse du bout du talon les lignes de sécurité peintes en blanc sur le ciment. Il recule quand la terre commence à trembler et reste ébahi devant le train qui avance, claudiquant comme une longue chenille de fer aux phares jaunes. D'un geste sec, le Chirurgien ouvre le crochet qui ferme les portes du wagon. Il reprend ensuite Yero des bras de Marie sans le réveiller. Le métro est rempli et la tête toute ronde d'Hamadi arrive juste en dessous des aisselles odorantes d'un homme qui porte un manteau bleu marine par-dessus son costume. Sous terre, il fait chaud. La famille est pressée par les voyageurs contre les portes vitrées de l'engin. À chaque arrêt, avant que le train ne replonge dans l'obscurité du transit entre deux stations, Hamadi retient son souffle. Quand il ouvre les yeux alors qu'il fait nuit, il voit des lumières clignoter et ponctuer des câbles noirs, comme laqués de pétrole. Un peu plus loin, le métro déverse son lot de citadins et les enfants peuvent enfin s'asseoir en quatuor sur des strapontins violet, vert et jaune, qui se déplient et se rétractent grâce à un ressort. Hamadi écoute les bruits du couloir souterrain, les frottements de la rivière de métal dans son lit de béton, et l'air qui se précipite à l'intérieur quand les portes s'ouvrent. Autant de respirations mécaniques entrecoupées de pas. Ses parents discutent de Nice et de la jalousie des femmes françaises. Il comprend pourquoi on lui a toujours dit que l'enfer était sous terre.

Il observe Fati qui étudie studieusement la carte des lignes colorées placardée sur la paroi du wagon au-dessus de son siège, Yero qui dort et Aïssa qui joue. À onze ans, on est déjà un homme. Parvenus à destination, Marie fait lever les enfants – Fatimata bâille à pleine bouche. Le Chirurgien sort le premier. Les couloirs de métro débouchent sur la gare Montparnasse, encore bleue en cette heure matinale. Hamadi s'arrête un instant dans l'ombre de la tour neuve qui structure la place et contraste avec le ciel. Ils traversent un parking et une zone pleine de brasseries bordées de terrasses aux néons réguliers, marchent, fatigués, vers l'hôtel mauve qui abritera leurs premières semaines à Paris. Le Chirurgien passe de longues minutes à la réception et revient vers eux les mains chargées de clés. Il annonce à Hamadi et à Fatimata qu'ils auront leur propre chambre et la joie simple sur le visage de ses enfants en apprenant cette nouvelle lui fait du bien. Il porte les bagages dans les suites. Là, Marie ouvre les valises mais ne range pas encore les vêtements dans les placards. Elle déshabille Fatimata qui dormira dans la chambre d'à côté et embrasse la joue d'Hamadi qui vient d'allumer la télévision. Pieds nus sur la moquette, elle taquine les fils de laine qui s'accrochent à ses orteils et rejoint le Chirurgien qui veut dès maintenant chercher un appartement. Il serait mieux de l'acheter directement, pense-t-il. Mais il faut aussi des papiers. D'un air solennel, il demande à Marie d'apprendre aux enfants à aimer la France, sans s'arrêter à la moue circonspecte qu'elle lui adresse. Fatimata ne comprend pas pourquoi il leur faut du papier pour rester à Paris, et le Chirurgien réfléchit avant de lui répondre qu'il faut demander la permission avant de dormir dans la maison de quelqu'un d'autre. Hamadi la voit hocher la tête mais remarque qu'elle n'a pas compris. Plus tard, ils ressortent de l'hôtel et vont manger des croissants sur un banc de la place Montparnasse. Hamadi observe autour de lui les silhouettes qui défilent. Les hanches des femmes, la longueur de leurs jambes, la largeur des têtes et la forme des seins – les dos des hommes et leurs barbes fournies, leurs sacoches en cuir fermées par des boucles de fer. Sur les affiches placardées dans les vitrines des magasins éclairés au pied de la tour, des femmes très fines à la peau diaphane s'affichent, vêtements cintrés, cannes sans chair, hissées sur des talons hauts. Fati s'arrête au-dessus d'une flaque d'eau qui lui renvoie son reflet froissé. À la surface, elle regarde son nez, ses cheveux frisés, sa petite bouche rebondie comme un bouton d'or. Elle prend conscience de son apparence pour la première fois, et en même temps, de sa différence. La famille est réunie sur la place qui sent la pierre mouillée. Peu de temps après, le Chirurgien embrasse sa femme et salue les enfants avant de partir pour son premier rendez-vous. La famille le suit des yeux alors qu'il s'en va s'occuper des papiers – sauf Aïssa, toujours émerveillée par les vols des pigeons. Il se met à pleuvoir, et les gouttes semblent nettoyer l'or des grandes coupoles qui arrondissent l'horizon, étaler le gris des pierres des bâtisses alignées en longues perspectives. Marie aide Aïssa et Yero à baptiser les volatiles qui se groupent à leurs pieds, affolés par les miettes grasses de leurs viennoiseries. Hamadi, irrité, tente de les chasser alors que sa petite sœur essaye d'en attraper un pour le rapporter à sa mère. Marie essuie le reste de sucre sur son menton et regarde ses enfants. Elle voit le regard déterminé d'Hamadi, la moue de Fati, l'indolence des petits. Elle croise les jambes, puis se relève, s'oblige à se tenir droite. Elle pense aux derniers jours à Conakry, aux semaines qu'elle a passées à espérer que la fin n'arrive pas. Une lumière pâle et rose est née au bout de la rue de Rennes – Marie regarde le brouillard fondre et se réchauffer. Le soleil découvre des reflets noisette au bout des cheveux d'Aïssa. Elle lève le visage pour accueillir ses rayons chauds – un futur sans violence nous attend peut-être ici, pense-t-elle.

Seul dans le métro, le Chirurgien oublie les cris de ses enfants et le souffle de sa femme. Son reflet sur la fenêtre du train se superpose à la noirceur des tunnels et lui renvoie un portrait terne, adouci par son chapeau clair. Le trajet est long. Il a accepté de rencontrer l'ami avocat d'Henri, même après l'épisode niçois – Marie a clamé qu'ils pouvaient bien se passer de l'ami d'un con, qui le serait forcément aussi. Il lui a demandé de ne pas être médisante, sans oser lui dire qu'ils avaient vraiment besoin de son aide, qu'il ne leur restait pas autant d'argent qu'il l'aurait pensé et qu'ils ne pouvaient pas décliner ce genre de main tendue. À l'époque, quand tout allait bien, il n'avait pas jugé utile de mettre de l'argent de côté. Ils ont certes bien vendu la maison en partant de Conakry, mais les acheteurs, connaissant sa naissance peu enviable, ont fait baisser les prix. En dessous même de sa juste valeur. Il a aussi liquidé les quelques actions qu'il gardait en cas de problème, vendu les tableaux d'art moderne qui ornaient les couloirs et les murs du salon. Mais la somme restante, après avoir acheté la voiture qu'ils n'ont pas pu revendre et qu'ils ont abandonnée avant de prendre le bateau pour Nice, payé pour la traversée, le cognac de luxe offert à Henri et les nuits d'hôtel à Montparnasse, est modeste. L'avocat d'Henri ne prendra pas cher afin d'entamer les démarches pour obtenir les papiers et les aider à s'installer : quelques milliers seulement, lui a dit ce dernier. L'option économique, à ce stade, est la seule que le Chirurgien peut envisager. Il se dit d'avance qu'il faudra s'accommoder d'un logement plus petit que ce qu'il envisageait avant le départ.

L'avocat l'attend au-delà de l'extrémité de la ligne orange, un peu à l'extérieur de Paris. Le Chirurgien profite de sa solitude et de ces quelques heures passées sans sa famille, qu'il n'est pas habitué à aimer dans la promiscuité. Il savoure cette pause sans se sentir coupable. Après quarante minutes, il sort du métro, s'arrête quelques instants pour trouver le bus qui le mènera vers sa destination finale. Le paysage urbain défile derrière la fenêtre. Différent, il se charge d'enseignes maladroites. Sous l'Abribus, à l'arrêt indiqué, il reconnaît l'avocat à ses joues bouffantes et étrangement enfantines dont lui avait parlé Henri. Il le salue et descend vers lui. La poignée de main du petit type est faussement confiante. Le Chirurgien esquisse un sourire en se présentant. Il le remercie d'être allé repérer des appartements pour eux et lui assure que sa famille sera toujours reconnaissante du bon prix qu'il leur a accordé pour les accompagner dans leurs démarches. L'avocat balaye cette tentative de familiarité et n'avoue pas qu'il n'a jamais effectué la recherche pour laquelle il a été payé. Il se garde de lui dire qu'il a tout de suite trouvé un appartement et l'a présenté comme la meilleure option. « Je m'appelle M. Ornelle, dit-il sans chaleur. Un agent immobilier nous attend dans l'appartement, allons-y. » Les deux hommes marchent en silence, le Chirurgien observe les barres d'habitations larges et régulières autour de lui, imperturbable face à la laideur des environs. La cage d'escalier de l'immeuble sent la pisse et l'acétone, des odeurs de laisser-aller et de vernis à ongles. Au cinquième étage, Ornelle arrive essoufflé, sa graisse abdominale, malmenée par une ceinture en cuir trop serrée, tremble à chacun de ses pas. La porte d'entrée est ouverte. Le Chirurgien remarque qu'elle a été rayée et se demande quelle peut être l'origine de ces lignes, enfant ou amante capricieuse. Ornelle essuie discrètement la sueur de sa paume sur son pantalon avant de pénétrer dans l'appartement, mais tout de suite, il se fige, interloqué, en découvrant une femme blonde immobile dans l'entrée. Le Chirurgien la salue d'un sourire, se présente et saisit la brochure de l'agence immobilière qu'elle lui tend. Ornelle, gêné, ne réussit pas à contenir la logorrhée verbale qui le saisit soudain, hoquetée de tics de langage et de phrases qu'il peine à terminer. La blonde s'adresse à eux pour les inviter à visiter l'endroit. La première pièce de l'appartement est glauque, blanc sali, assortiment de placards encastrés dans le mur, poignées inégales et coins cassés, à l'image du reste des lieux. Le Chirurgien ne se plaint pas de l'étroitesse des couloirs ou des peintures défraîchies, ni du sol recouvert d'un lino blanc qui couine sous ses pas comme un tapis d'hôpital. Il tente de lister les qualités de l'appartement pour les rapporter à Marie. Il remarque qu'Ornelle essaye de séduire la blonde, et qu'il n'y parviendra pas. Il lui parle de son métier et de l'empathie qui le pousse à aider les moins fortunés que lui, de son éducation chrétienne dispensée à l'Institut Saint-Dominique, et de son célibat récent. La blonde sourit poliment sans répondre – les mots d'Ornelle résonnent dans l'habitation vide. Le Chirurgien s'interrompt pour demander s'il pourra visiter d'autres logements. Ornelle, cassé dans sa parade, mais surtout surpris dans son échec, prend un instant une expression presque pitoyable. Puis, sèchement, il lui répond qu'il ne pourra pas, et qu'il aurait aimé qu'on apprécie son aide, qu'on ne lui fasse pas perdre plus de temps que nécessaire. Il ne dira plus un mot. Le Chirurgien et la blonde discutent du chauffage au sol en piétinant dans l'appartement trop étroit, tandis que l'avocat s'adosse à un mur du salon. La plus grande chambre donne sur une étendue de buildings courts aux fenêtres carrées. Le Chirurgien regarde encore un instant la vue qui s'offre à lui en pensant à sa famille, restée dans le quatorzième arrondissement. Il se tourne enfin vers l'agent immobilier et lui demande quand il pourra signer la promesse de vente. Après la visite, une fois sorti de l'immeuble, il insiste pour inviter Ornelle à boire un café. L'avocat refuse, gêné, et invente une excuse. Le Chirurgien lui serre la main poliment en le remerciant encore. Ornelle part en claudiquant, visiblement nerveux. Le Chirurgien décide de traîner un moment dans le quartier, puis se dirige seul vers le premier bistrot venu. Il n'a jamais vu la solitude comme une faiblesse.

Il entre dans le troquet et s'installe au bar. Il commande, reconnaît une voix familière. À la table du fond, caché par un poteau, le Chirurgien aperçoit Ornelle, flanqué de deux costumes délavés, collègues ou amis. L'un des deux est plutôt beau, grand, les dents blanches. Il a une tête sympathique. L'autre est banal, son visage n'est pas mémorable. L'avocat, toujours agacé, parle fort et raconte en mots mensongers l'événement qui vient de se dérouler. Il n'a pas honte de détester ce grand Noir qui n'est pas le nécessiteux qu'il pensait trouver. Visiblement, il lui en veut d'avoir cassé son coup, méprise son air composé et ses sourires. Il aurait aimé aider quelqu'un qui en avait plus besoin, dit-il. Le Chirurgien tourne trois fois la cuillère en métal dans son café et la pose sur sa langue pour goûter au pincement métallique. Il a l'élégance de ne pas se lever. Il réfléchit à son histoire, l'exil, l'avenir des enfants qui l'inquiète tous les jours. Il sait que l'avocat ne comprendrait pas, qu'il est étranglé par sa jalousie, par sa médiocrité d'homme sans histoires. Le Chirurgien pense à Marie. Même s'il l'aime, il ne lui révélera pas tous les détails de sa rencontre. Il pense aux heures d'insomnies, recroquevillé dans le lit conjugal, à sa frustration. À ce moment-là, il en veut à sa femme, il envie sa dignité, aussi. Derrière lui, Ornelle bave encore sur cet homme qui ne réussit pas à être laid dans la chute. L'avocat hausse le ton alors que ses sbires écoutent passivement. Sa voix se fait plus amère. Il affirme que la France ne peut pas accueillir toute la misère du monde, qu'au lieu de se plaindre, le Noir aurait dû rester chez lui et se battre pour son ethnie et sa famille. Partir si tôt après l'indépendance, quelle honte ! C'est vraiment abandonner son peuple. Il aurait dû résister, comme les Français pendant la Seconde Guerre mondiale. Il marque une pause, respire, jouit de l'effet scandaleux de son discours qu'il croit provocateur et reprend, professoral. Il a de la chance, ce type. C'est un privilégié, estime-t-il. Beaucoup tueraient pour avoir les moyens d'acheter un appartement. Il répète qu'il a été bien gentil de l'aider et oublie de mentionner qu'il a été largement récompensé financièrement pour cette aide. Il omet de citer ses diplômes et critique sa présence en France – c'est compliqué de se pointer à son âge et d'espérer voler le travail de Français qui servent l'État depuis des années, et sinon pourquoi on se fait chier à cotiser. Le Chirurgien reste immobile, visage impassible, Ornelle parle fort, emporté par sa diatribe. Libéré, l'avocat l'habille des haines collectives communes

– il ajoute qu'il est évident que l'agent immobilière n'a pas voulu de lui parce que le Black lui faisait de l'œil. Que c'est de la concurrence déloyale, quand on sait à quel point les métis sont à la mode, ces temps-ci. Qu'à Saint-Dominique, on lui a appris que les mahométans avaient promis qu'ils reviendraient et envahiraient la France par le ventre des femmes, comme les centaures, ces moitiés d'humains, ont enlevé les épouses et les filles des Lapithes. Il ajoute qu'en France, on ne partage pas nos femmes. En France, on ne prend pas plusieurs épouses. Le Chirurgien se tend en l'entendant et s'apprête à aller le voir mais il se reprend et choisit de se taire. De ne pas aller lui dire comme il méprise sa colère. Il pourrait évoquer ses années en France, les soirées d'étude de médecine où il n'a jamais eu à voler la femme de qui que ce soit, ou Marie la Blanche, la plus belle d'Afrique. Il pourrait lui avouer la honte qu'il ressent à revenir dans un pays où il sent bien qu'il n'est plus le bienvenu. La violence du mot « immigré » pour celui qu'on nomme comme tel et qui cherche un refuge, la stupidité qu'ont certains à vouloir forcer l'autre à être de quelque part, comme si l'origine se mêlait au sang. Il pourrait se lever et montrer à Ornelle sa supériorité, lui envoyer en pleine gueule sa culture, sa connaissance parfaite de l'histoire française, de Balzac ou de Romain Gary, mais il ne le fait pas. Il paye pour le café et se lève. Quand il marche vers la sortie, Ornelle se retourne et voit le chapeau qui passe la porte – il rougit de peur.

Le Chirurgien marche toute la journée dans les rues de Paris. Il ne prend pas le temps de savoir où il va. Il s'apaise avant de retrouver Marie. Il sait qu'elle devine ses doutes. Quand il arrive à l'hôtel caché derrière la gare Montparnasse, les deux petits dorment déjà – Fati dessine et écrit sur des larges cahiers avec zèle, avide de montrer son sérieux. Elle se lève lorsque son père arrive et lui raconte sa journée – comment sa mère est devenue grincheuse sous la pluie et qu'Hamadi a déclaré qu'il n'aimait pas ce pays si ça la rendait malheureuse. En l'écoutant, le Chirurgien se déride, son regard se réchauffe. Fatimata ajoute que le Sacré-Cœur ressemble à un oignon et que la tour Eiffel est moche, qu'elle n'a pas peur du métro contrairement à son frère, mais qu'elle préfère le grand jardin avec les statues. Elle conclut en annonçant que sa nouvelle couleur préférée est le doré, et qu'elle portera une robe en or le jour de son mariage, quand ils retourneront à Conakry. Le Chirurgien rit de cette enfant et de ses projets matrimoniaux – il n'a pas le cœur de lui avouer l'improbable retour. Marie s'approche de son mari. Assis sur le bord du lit, ils se tiennent la main – la peau chaude de sa femme le rassure. Dans la chambre violette, ils feignent de prêter attention aux élucubrations de leur fille, yeux agités et mains expressives – sans avoir besoin de se regarder, ils se disent qu'ils s'aiment. Hamadi, dans la chambre d'à côté, vient de s'endormir.

Trois semaines plus tard, la famille emménage dans l'appartement du bout de la ligne orange. La transaction a été rapide, le Chirurgien s'était protégé des délais bancaires en ouvrant un compte en France. Les garanties exigées à des migrants moins fortunés s'appliquent peu quand on a l'assurance du cash. Pas besoin de titre de séjour pour acheter un appartement. Il en faut seulement un pour y habiter. À terme, la propriété sera plus légale qu'eux. Marie cache sa déception en pénétrant dans le logement. Ici, il n'y a pas d'ouverture sur le ciel, pense-t-elle. Seulement rectangles gris, carrés courts et fenêtres jaunes taillées comme des meurtrières. Elle regrette la maison blanche, et sa vue plongeant dans la mer. Elle ne sait pas quel enfant lui demandera de rentrer chez eux le premier. Hamadi osera-t-il lui parler un jour, ou cachera-t-il sa peur de la France comme il a voulu cacher celle d'aller sous terre ?

L'appartement n'a que trois chambres. Le Chirurgien précise qu'à Paris, c'est déjà très bien. Insolent, Hamadi lui répond qu'on n'est pas à Paris. Son père lui rétorque qu'il est bien heureux d'avoir un fils si instruit à ses côtés – ce dernier se fâche, vexé par la remontrance. Marie et le Chirurgien prennent la première pièce et annoncent aux enfants que les filles partageront la plus petite tandis que la plus grande des chambres reviendra aux garçons. Fati hoche la tête mais Hamadi regarde son frère avec mépris. Son corps, large et gras, se contracte. Il déclare que l'immeuble est trop petit et ridicule – il est tellement étroit qu'il faudra en acheter un autre pour loger les bonnes. Le Chirurgien explique qu'ici, il n'y aura pas de bonnes. Hamadi pense à Satimata, rougit et se rue dans la cuisine en écrasant au passage la main de Yero qui joue par terre. Les parents le laissent partir. Quelques minutes plus tard, Marie vient lui demander de l'aider à aller faire des courses. Il accepte, soulagé qu'on fasse appel à lui. Sur le chemin, Hamadi demande pourquoi il doit partager sa chambre avec son frère, et surtout, quand les bonnes vont revenir. Marie répond Hamadi-Chéri tu es un prince, mais même un prince doit ranger sa chambre tout seul, parfois. Pour le consoler, à la boulangerie, elle lui achète une quiche lorraine lardée de jambon, condamnée par la religion. Elle lui dit qu'il ne doit surtout pas en parler à Fatimata, ni à son père. Fier de son secret, Hamadi l'embrasse. Ils se baladent ensuite et explorent les environs du quartier avant de revenir à l'heure du dîner avec des poireaux, du bœuf et des champignons. Quand le Chirurgien prend Hamadi dans ses bras, il sent le lard et l'œuf.

Les premières semaines d'installation abîment la famille. Les jours se tachent d'angoisse et d'espoir, du poids de l'attente de leurs autorisations de séjour provisoires. Marie et le Chirurgien s'engueulent, il lui reproche de s'acheter des chaussures brillantes de Française et de ne pas faire attention à l'argent, la raille, se moque de ses attitudes de petite reine. Marie baisse la tête, pense, puis lève les yeux, rancunière et meurtrie. Ils se pardonnent ensuite, conscients de leurs nerfs fatigués. Dès la première semaine, Hamadi essaye son costume pour l'école devant le miroir. Marie le rassure alors qu'il s'inquiète d'être trop gros. Hamadi-Chéri, il y a plus à aimer. Quand le Chirurgien descend au tabac acheter de l'alcool pour remplir son briquet, il ne parvient pas à se défaire de la peur d'un éventuel contrôle. Ils ne sont pas en situation irrégulière, mais tant qu'il n'aura pas leurs papiers, il ne sera pas serein. Une peste qu'il traîne sans vraie justification : c'est la première fois qu'il a l'impression de ne pas être légitime. Pour cette raison, il a demandé à Marie de sortir le moins possible et d'emmener les enfants jouer uniquement dans le square caché derrière les tours. Lui-même se hasarde peu dans le quartier. L'avocate qu'il a engagée en puisant dans les réserves d'économies qu'il gardait pour le long terme a promis d'accélérer les procédures. Commencer la demande d'asile pour être au moins fixés sur leur situation. La dépense valait le coup. Le soir il s'endort en pensant à la Constitution, en se demandant si, dans l'exil, il vaut mieux être un banni ou un tyran. Il se tient droit contre Marie. Avec elle, il n'a pas vraiment peur. Elle a déjà décoré l'appartement, l'a rendu charmant, coloré, chaotique comme un souk marocain et orné de tissus brillants qui rendent Aïssa folle de joie. Lorsqu'au bout de quatre semaines l'avocate les appelle pour leur annoncer que leurs papiers provisoires arrivent à la fin du mois, le Chirurgien savoure le soulagement d'une première victoire. Le soir, toute la famille va marcher le long des larges quais du canal Saint-Martin jusqu'à la tombée de la nuit. Délivrés de leur captivité, les petits se ravissent d'avoir le droit de se coucher tard, et du goût des gaufres qu'ils achètent dans un restaurant au nom italien. Les quais du dixième arrondissement s'allongent vers l'horizon. Hamadi fixe son père avec fascination. Sur son visage, l'expression d'angoisse s'est changée en une défiance merveilleuse, un regard qui dit à la France « à nous deux ».

L’école républicaine

Une fois mis de côté le solde de l’argent dû à l’avocate pour continuer les procédures de demandes d’asile, la famille a assez pour tenir encore six mois. Rien n’est immédiatement urgent si ce n’est l’envie de reconstruire. Pourtant, ce qu’il reste à faire avant d’être à l’aise – pour être prêts, comme dit le Chirurgien – est conséquent. Hamadi l’écoute évoquer ce plan d’attaque, sans pour autant comprendre à quoi il est censé mener. Avec les papiers et l’appartement, le départ se termine enfin, pour laisser l’arrivée commencer. Il reste un peu plus de deux mois avant la rentrée scolaire et les jours d’été s’allongent paresseusement dans une tiédeur agréable. Trouver un travail et préparer les enfants à l’école sont les deux priorités. Le Chirurgien décrète qu’on anticipera le programme pédagogique de l’année, même pendant les supposés congés estivaux. Cette décision laisse Hamadi excédé par ces injustices qui semblent s’enchaîner. Fati, rassurée, se propose de servir de maîtresse aux plus petits et se formalise quand ses parents ne prennent pas la peine de relever. Le Chirurgien suggère à Marie d’enseigner aux enfants pendant qu'il cherchera du travail. En Guinée, elle n'avait jamais eu besoin d'une activité rémunératrice et s'occupait principalement de la famille – il suppose qu'il en sera de même en France. Une organisation évidente, qu'elle décline cependant instantanément. Elle lui annonce vouloir elle aussi trouver un emploi pour ne pas lui laisser la responsabilité d'assumer la famille seul. Il se vexe puis se reprend. Il sait qu'en voulant partager sa charge elle ne le défait de rien, mais l'amertume le gagne pourtant. Ils commencent leurs recherches respectives. Pour plus de facilité, ils décident que Marie restera avec les enfants le matin et le Chirurgien l'après-midi.

L'équité de cette organisation ne tient que peu de temps. Marie, qui a découvert le quartier et ses résidents dès qu'elle a été en mesure de le faire, trouve un job rapidement. On la recommande et elle commence à travailler quelques jours plus tard à la caisse d'un magasin aux rayonnages inélégants et à l'enseigne rouge et blanche. Le salaire est bas mais elle s'en accommode. Pour ne pas la contrarier, et le temps que se décident ses horaires définitifs, le Chirurgien accepte la garde presque exclusive des enfants. La soudaineté du départ ne lui a pas permis de bien vérifier la manière dont il pourrait se projeter professionnellement en France. Il se sent aveugle dans cette nouvelle vie imposée, trahi par sa nostalgie d'un Paris familier. Jusqu'ici, ses recherches se sont soldées par une série d'échecs cuisants. Selon l'avocate, qui lui a même proposé un rendez-vous à ce sujet, il doit souffler, réaliser qu'il lui faudra attendre d'avoir une situation stable et définitive pour pouvoir imaginer un futur à la hauteur de son passé. Il refuse encore de l'écouter et enrage de cette pause forcée. Pour la première fois dans l'histoire de la famille, il se retrouve seul face à ses enfants. Quand Marie passe la porte pour partir au travail, il est comme un dresseur de fauves à l'entrée de la piste de cirque, excité et apeuré. Afin de faciliter cette paternité nouvelle, il rompt les règles qu'il avait lui-même fixées quelques jours auparavant et cède aux supplications des petits en achetant une télévision. Ensemble, devant la programmation continue, ils découvrent l'image acidulée d'émissions toutes semblables. Yero et Aïssa sont encore trop petits, mais pour les deux aînés, le téléviseur est une friandise qu'on leur avait toujours refusée, par souci éducatif, quand ils étaient à Conakry. Un goût des vacances à domicile.

Marie, elle, se surprend à aimer son nouveau travail, il la divertit. Elle s'amuse des sourires insistants des clients, des rares types huppés qui s'égarent dans ce supermarché de banlieue et qui n'osent pas la regarder dans les yeux. Le Chirurgien vient parfois la voir pour acheter des pommes de terre et feindre de la surveiller, la ribambelle de gosses à ses talons. Le reste de la journée, il partage son attention entre les enfants et les nombreux coups de fil qu'il passe pour essayer de débloquer sa situation. Le soir, il lui répète qu'elle n'est pas obligée de travailler dans ce supermarché, qu'il lui reste de l'argent de côté. Elle le reçoit avec un air moqueur et tendre et le menace de partir avec Naru, l'Indien responsable de la gestion des stocks qui engueule toujours les clients et les suspecte de mal peser leurs fruits et légumes. Une spoliation de centimes qu'il n'entend pas accepter et qu'il combat en se cachant derrière les bières pour prendre sur le vif les petits malins cherchant à réduire le poids des cerises sur la balance en métal. Le Chirurgien, d'abord vexé, bénit sa femme et son humour intact. Il ne lui fait pas part de toutes ses angoisses, mais elle le sent tendu. À plusieurs reprises elle tente de dédramatiser en lui répétant que ça va venir, que ça doit venir, et évoque aussi, délicatement, la possibilité d'une reconversion. Après tout, estime-t-elle, il a déjà pas mal d'années de médecine derrière lui, quitte à prendre un nouveau départ, autant le faire entièrement. Le Chirurgien fait mine de ne pas comprendre et passe à autre chose, une blague supplémentaire sur Naru, la journée des enfants, les révisions, bientôt. Hamadi, au contraire, est séduit par l'idée. Il a surpris la conversation de ses parents et se prend à rêver d'un père mécanicien, pompier, antiquaire ou maître d'armes. Un père avec un métier moins abstrait et un bureau toujours en plein air, loin des couloirs stériles des blocs opératoires interdits aux moins de quatorze ans.

Au bout de trois semaines, le Chirurgien se décide à accepter la proposition de l'avocate et admet qu'il a besoin d'aide. Il attend que les plus jeunes s'endorment pour la sieste et laisse Hamadi et Fati s'affronter sauvagement au backgammon pour être au calme. Quand elle répond, sa voix est neutre, professionnelle. Il est soulagé – il ne lui aurait pas pardonné une effusion d'émotions. Il lui avoue qu'il n'a pas pour l'instant réussi à décrocher le moindre rendez-vous. Elle accueille la nouvelle sans surprise.

Elle lui répète que sans équivalence validée en France, il lui sera absolument impossible de retrouver des fonctions de chef de service dans le secteur médical. Quand il rétorque qu'il est prêt à n'être que simple praticien, elle lui indique gentiment que ce compromis ne sera pas suffisant. Pendant une demi-heure, ils clarifient ensemble les différentes options. Il raccroche, sonné. Sans diplôme français, sans citoyenneté européenne, les possibilités sont limitées. Même avec ses années d'études parisiennes. On ne reconnaîtra pas ses diplômes – pas même un niveau licence. Il n'a pas le droit d'ouvrir son propre cabinet ou l'espoir de retrouver un poste proche de celui qu'il a quitté. Le corps des hommes d'ici doit être différent. Pas les mêmes viscères, pas le même cœur. Il a l'autorisation de toucher du Guinéen, à la rigueur de l'Africain, mais pas de palper les valves des myocardes hexagonaux sans supervision. Même les cliniques privées ou les dispensaires ne voudraient pas de son expertise. Il pourrait entamer des démarches de reconnaissances de diplômes, mais les procédures sont longues, coûteuses et compliquées et l'avocate lui a bien précisé qu'elles pouvaient ne pas aboutir. Une autre option serait de reprendre des études, passer les certifications, mais ce serait risquer de n'être, aux yeux de l'État français, qu'un simple étudiant demandeur d'asile au moment de la décision. Un type sans stabilité, avec une famille à charge. Et puis, il ne peut plus se permettre de ne pas gagner d'argent. Il pourrait accepter d'être médecin non titulaire, un de ces étrangers qu'on engage pour travailler trois fois plus et payer deux fois moins, mais là encore, dans sa spécialité, une des plus courues par les médecins français, il lui serait difficile de trouver. Même si une place se libérait par miracle, les nombreuses heures de garde payées trois fois moins que ses confrères n'auraient pas de sens financier, puisqu'elles obligeraient la famille à engager une nourrice. Restait l'option d'un nouveau déménagement, dans un désert médical, qui lui donnerait plus de chances de trouver un poste, mais il ne veut pas imposer à ses proches un énième départ. Aïssa se réveille et hurle dans la chambre des filles, et quand il va la chercher pour la ramener au salon, les deux aînés se battent en s'accusant mutuellement de tricherie. Devant des dessins animés qu'il allume pour calmer les enfants, il reste mutique et cache sa colère dans son silence. Quand Marie rentre le soir, il lui annonce qu'il a décidé de chercher un autre poste, comme infirmier par exemple, le temps de mettre de côté et d'envisager une reprise d'études ou des démarches plus complexes, plus tard. Devant sa gêne, elle comprend qu'elle doit changer de sujet.

La rentrée anticipée commence dès le lendemain, menée par le Chirurgien. Une préparation scolaire forcée qui a des airs de revanche ; il est déjà trop tard pour lui, il a raté son entrée – mais il est déterminé à ce que ses enfants la réussissent parfaitement. Il a acheté en avance tous les manuels, et les a disposés sur la table du salon en ignorant les râles d'Hamadi qui aurait préféré aller au parc. Ce dernier n'est que peu sorti pendant ces premiers mois à Bobigny, et il essaye de négocier encore une fois, prétextant qu'il connaît déjà tout. Il ajoute qu'à ce rythme, il ne rencontrera jamais aucun enfant du quartier.

Sans prendre ombrage de son ton impérieux, le Chirurgien l'invite à réviser sa géographie. Alors que Fati s'applique sans un bruit, Hamadi gigote sur sa chaise comme si on l'avait tout entier recouvert de fourmis. Le Chirurgien, occupé à lire un essai sur la psychanalyse, l'observe du coin de l'œil, et, quand il apparaît évident que son fils ne réussira pas à se concentrer seul, il se lève, lui prend le livre des mains et l'invite à le rejoindre sur le canapé couvert de jouets. Il commence alors à lire à haute voix les leçons du premier chapitre qui portent sur les spécificités du monde rural français. L'intonation de sa voix se fait plus insistante pour souligner les mots en gras et les informations importantes. Après chaque paragraphe, il demande à Hamadi ce qu'il a compris et ils en discutent ensemble, critiquent les croquis de paysages et les codes couleur criards des exemples cartographiques. D'abord réticent, Hamadi se laisse prendre au jeu. Cet enseignement oral, fait d'échanges, a quelque chose de grisant, et il découvre dans le regard de son père une curiosité enfantine qui le rend plus proche, plus accessible, une porte vers quelqu'un qu'il ne connaît pas encore mais qui le séduit. Fati, toujours assise à la table, les toise d'un air jaloux en faisant mine de se boucher les oreilles. Les journées, entrecoupées du déjeuner et d'une balade qu'Hamadi a désormais le droit de faire seul, passent vite. Marie découvre à son retour un enfant qui parle de densité de population alors que son mari s'occupe à la cuisine. Un tableau qu'elle n'avait jamais imaginé. En s'endormant, elle se blottit contre le Chirurgien. Ce modèle de journée studieuse devient un rituel dans le mois qui précède la rentrée. Alors que la famille parvient enfin à trouver la sérénité d'une routine, le Chirurgien décide qu'il attendra la reprise des cours pour trouver un travail.

À l'aube du premier jour d'école, Fati est debout avant tout le monde. Tôt, elle attend tout habillée, front aplati sur la fenêtre, d'avoir le droit de réveiller son père. Elle ne ressemble presque pas à Marie – sa peau est sombre, mate. Ses cheveux diffus tremblotent autour de sa mâchoire quand elle parle. Elle n'a pris de sa mère que la courbe de la nuque et l'amour du matin. Elles partagent l'habitude de se coucher tôt pour se réveiller avant les autres le lendemain. Marie aime le repos qu'elle gagne en s'endormant encore à des heures d'enfant et le luxe de veiller parfois sans être lassée de l'épaisseur de la nuit. Fati respire en silence en savourant ces heures volées d'enfant unique et l'odeur des mandarines que mange Marie assise à la table de la cuisine. Le jour découpe graduellement des couronnes de lumière chaude autour des immeubles qui quadrillent le paysage. Fati regarde les façades en ciment gris se travestir et changer, luire quelques instants avant que la pierre ne boive la rosée et se ternisse à nouveau. Parfois, elle se retourne pour regarder les mains de Marie arracher la peau des fruits, ses doigts éclaboussés par le jus qui vient piquer la peau offerte, débarrassée des cuticules par des manucures répétées. Marie mange ses mandarines en contemplant un horizon paisible qu'elle s'invente, au-delà du mur blanc qui lui fait face. Elle regarde sa fille, déjà prête et sérieuse, indépendante, aussi. En s'habillant, Fati a hésité, fière d'avoir refusé l'aide de sa mère pour choisir ses affaires. Elle déteste la docilité avec laquelle son grand frère a laissé à Marie le soin de préparer son costume. À Conakry, l'école imposait les mêmes habits pour tous les enfants. Une jupe ou un pantalon noir, un chemisier, une veste, fournis par l'établissement. Ici, elle peut s'habiller comme elle veut et cette liberté l'angoisse – elle s'interroge sur ce pays qui oblige les enfants à s'occuper de leurs tenues en plus de leur travail scolaire. Elle choisit une jupe sérieuse et des chaussettes assorties à ses chaussures vernies. Elle espère sortir du lot. Elle a déjà croisé les autres enfants du quartier qu'elle méprise un peu parce qu'ils ne sont pas venus vers elle. Elle se dit qu'elle est meilleure qu'eux, se regarde dans le miroir rectangulaire qui coupe ses pieds. Est-ce qu'ils aimeront quand même sa jupe ? se demande-t-elle. Elle n'aime pas son corps de fillette et il lui tarde de voir ses mollets s'épaissir de longs muscles tendus, comme sur les jambes de sa mère. Son front s'attarde sur la fraîcheur de la vitre et y laisse une trace huileuse, elle tourne la tête et part voir si son père dort encore.

Le réveil du Chirurgien ricoche sur le sommeil des plus jeunes qui s'éveillent un à un. Yero qui dort et se réveille sans regretter la nuit, Aïssa qui pleure l'absence de sa sœur dans le lit d'en face. En l'entendant, Marie se lève comme un félin, s'étire et se caresse le cou ; elle s'est décidée à réveiller son aîné, Hamadi-Chéri. Dans la chambre, elle lui murmure à l'oreille qu'il est l'heure de se lever. Hamadi grogne et gigote quelques secondes avant d'accepter de sortir du lit. Marie a mal au ventre, un poids qui s'enroule du bas de son dos au haut de sa cage thoracique. Si elle apprécie le ballet quotidien du lever, elle a presque hâte de retrouver la calme monotonie du supermarché. Une odeur de pain qui crame et de marc de café envahit la cuisine. Sitôt levé, Hamadi demande du jambon. Mon fils est un musulman exemplaire – rétorque le Chirurgien en regardant Marie avec reproche. Elle lui répond en demandant à son fils d'aller s'habiller. Sur la table de la cuisine, elle sort ensuite tous les paquets de céréales, le lait, le pain, la confiture, rassurée par l'abondance de la nourriture. Yero assis dans un coin se fait oublier et se rendort. Revenu dans la cuisine, Hamadi refuse de manger. Son costume est trop petit et il ne parvient pas à mettre ses chaussures sans ouvrir sa veste. Fatimata se moque de lui et lui dit qu'il a grossi. Trop furieux pour lui répondre, il cherche le regard de sa mère qui hausse les épaules et affirme sans hésitation que les voyages en bateau font rétrécir les vêtements. Le Chirurgien sourit par-dessus son café – Hamadi, rassuré, réajuste son ourlet et se saisit d'un morceau de pain. Ce premier jour d'école est important pour lui, c'est son premier jour d'aîné officiel. Être l'exemple, le meilleur, montrer aux petits comment on fait en France : Hamadi se sent investi d'une mission. Après tout, c'est lui le plus grand de la famille. Une pression étrange qu'il ne saisit pas entièrement, mais qu'il accepte. Une envie inconsciente de faire plaisir à ses parents, de rendre fier son père le force à vaincre sa timidité et sa peur. Il a l'impression d'être le premier à aller à l'assaut de la vraie vie sur ce nouveau continent.

Après avoir pressé chacun de finir de se préparer, Marie aligne ses enfants – inspecte les fournitures scolaires, des cahiers qu'elle a mis des heures à recouvrir de papier collant, froissable comme les emballages à bonbons, pour qu'ils ne s'abîment pas. Le Chirurgien prend Aïssa dans ses bras et la colle contre lui pour calmer sa fille, tremblante de jalousie de voir ses frères et sœur prêts pour l'école. Ce jour-là, ils s'attendent tous à voir les discours répétitifs du Chirurgien prendre du sens. Depuis qu'ils sont arrivés, il ne se passe pas un jour sans qu'il ne leur parle à tous de l'école républicaine. Il leur affirme, « mes enfants, vous avez de la chance. Vous irez à l'école française ». Hamadi lui rétorque que lui aussi a étudié en France. Mais le père dit, « étudier c'est pas pareil. Vous, vous irez à l'école républicaine ». Le Chirurgien le garantit : c'est la meilleure du monde. C'est l'école de l'égalité, des citoyens et de l'excellence. Hamadi demande si les enfants des bonnes vont dans la même école. Le Chirurgien hésite et lui répond qu'il n'y a plus de bonnes ou de maîtres, que c'est cela justement, la République, et qu'à l'école tout le monde est égal. Sur le pas de l'immeuble, la famille se sépare – Aïssa reste avec le Chirurgien tandis que Marie part déposer les enfants avant d'aller au travail. Le Chirurgien embrasse sa femme et enlace ses enfants sans leur montrer son émotion, il leur dit de bien travailler, de le rendre fier. Marie remarque sa mâchoire figée par la joie et par cette victoire de voir les gosses partir pour leur rentrée scolaire. Puis, il prend Aïssa par la main pour traverser le carré d'herbe qui fait office de pelouse devant chez eux. Dans ce parc improvisé, des tessons de bouteilles bouffent l'herbe comme des sauterelles de verre, déchets de bière et d'ivresse. La silhouette cintrée de Marie disparaît au coin de la rue, suivie par les taches colorées des trois enfants qu'elle accompagne.

Devant l'école primaire, Hamadi attend que sa mère ait déposé son frère et sa sœur. La porte de droite est large, sérieuse, prolongée par un drapeau français en tissu plastifié, trop lourd pour se lever au vent. Marie lui glisse « c'est l'école des grands ». Fati baisse la tête pour ne pas montrer son inquiétude face à la file éclectique d'enfants d'âges divers qui convergent vers l'entrée – étrangement fagotés, inégaux, ils frottent leurs petites gueules mal réveillées de gosses trop autonomes pour leurs années. Elle considère avec envie son frère cadet, prêt à rejoindre les mômes plus jeunes qui tiennent la main de leurs mères jusqu'au portillon de gauche, l'entrée de l'école maternelle, décrépie mais charmante, avec ses murs décorés de croquis enfantins. Elle tripote la bordure de son chemisier pour faire baisser l'angoisse. En rentrant dans le rang, elle regrette soudain d'être malingre et d'avoir choisi cette jupe, mais elle ne se retourne pas vers sa mère qui la regarde s'agréger au flux des autres enfants. La force de Fati la surprend – elle est fière de cette fille qui traverse sa peur pour en sortir. À son tour, Yero se détache de ses bras sans pleurer et suit docilement l'institutrice qui lui prend la main pour le mener à l'intérieur de l'établissement.

Une fois les deux premiers rentrés, Hamadi et Marie se dirigent vers le collège. Cette fois, devant l'entrée, il n'y a pas de femmes, pas de mères venues sangloter ou se réjouir de voir leur enfant devenir grand. Pas de grandes dames en robes du pays, géométriques, pas de femmes-mères en jean incrusté de plastique brillant, pas de blondes distraites qui agitent la main. Seulement un troupeau d'ados excités, enthousiastes ou mornes. Hamadi observe les environs et remarque trois types semblables adossés à un arbre devant les arches bleues et jaunes de l'entrée qui meurent et naissent dans leur base de béton. Ils ricanent en le voyant arriver engoncé dans son costume brillant, la main de Marie calmement posée sur son épaule. « Non mais regarde le balthazar, commence celui qui porte un bonnet au sommet du crâne, il s'est cru place de l'Étoile. » Ils rient fort et sans honte, « on dirait un banquier du bled ». « Mais c'est sa mère qui l'habille tu crois ? Sans déconner ? » le plus petit répond. « Je savais pas que c'était possible de sucer sa daronne comme ça. Quand même, gros. Faut se respecter. Un minimum, quoi… » termine le dernier, plus sérieux.

Hamadi ne comprend leur rire que tardivement, quand Marie ôte la main de son cou en feignant de se recoiffer. Vexé mais craintif, il tourne la tête, s'éloigne de sa mère et la salue d'un geste pour se diriger vers l'entrée. Dans la cour, il essaye d'oublier cette première humiliation pour apprécier ce moment qu'on lui a ordonné de savourer. Silencieux, il scrute ses futurs camarades et cherche un allié qui, comme lui, porterait un costume. Mais les autres sont tous en pantalons qui, remontés sur leurs chevilles ou descendant sur leurs hanches, laissent souvent voir la naissance de leurs fesses. Les filles sont habillées pareil, souvent en caleçons de couleur près du corps : très peu de femmes en portaient à Conakry. Il passe les premiers nids d'élèves dans l'indifférence, tente de rester droit et de ne pas regarder ses pieds. Il sursaute soudain en entendant des cris qui se rapprochent en se détachant du bruit ambiant. « Hé, tu te retournes quand je te parle, quart d'homme ? »

Les trois types de l'arbre s'avancent en escadrille, le mec au bonnet en tête de file. Hamadi s'arrête, embarrassé. Leurs regards l'encerclent. Il essaye d'être courageux et se retourne. De plus près, les trois gamins se ressemblent moins. Leurs peaux mates se déclinent en nuances d'olive et de terre cramée. Le mec au bonnet a des cicatrices d'acné, inégalement réparties sur le côté droit de son visage ; le petit a un nez aquilin, ses traits s'affinent à la mâchoire ; le troisième, en retrait, n'existe que pour donner plus de corps au groupe. Les trois ne parlent pas ensemble, ils balancent des insultes sans jamais croiser leur venin. « Sale chien, tu me regardes quand je te parle. » Hamadi se fige, les bouches qui lui crachent au visage se confondent et s'emmêlent – « hé, tu me regardes pas comme ça ». Le type au bonnet attrape sa veste – il sent la doublure de l'épaulette qui se décroche –, « sale gros tu nous cherches ? ». Autour du quatuor, des dizaines de jeunes ont commencé à former un arc de cercle étrangement régulier. Hamadi se tient perché sur ses orteils sans s'en rendre compte, incapable de réagir, il attend les coups. Un groupe de filles ricane. « Et elle te torche aussi ta mère ou tu fais ça tout seul ? » Hamadi sent son corps trembler, mais il ne bouge pas et continue de serrer les dents.

« En tout cas, elle est bonne ta mère ! » Hamadi lève la main, et la rabaisse aussitôt, finalement incapable de se défendre. L'autre resserre sa poigne sur son épaulette avant de lui filer une claque. Il le gifle sans appuyer sa frappe, une talonnette d'humiliation. Hamadi bredouille et essaie de s'écarter en reculant. Le type au bonnet rigole, suivi des deux autres. Au loin un gamin appelle « Salim ! », et le petit tourne la tête. Hamadi ne saisit pas la suite mais peu à peu, les trois se détachent de lui. Interdit, il s'aperçoit qu'il ne réussit pas à bouger. Le garçon au bonnet se retourne une dernière fois, lève son majeur dans sa direction, crache par terre et va rejoindre les deux autres. La troupe de spectateurs se disperse puis disparaît. D'autres groupes se forment et laissent Hamadi au milieu de la cour, seul. Au bout de quelques minutes, il reprend sa route en silence, en essayant de comprendre ce qu'il vient de se passer. Il tait sa honte. Une fille en pull orange dit à son amie : « Celui-là, il va laver les murs à force de les raser. »

Dans le préau décoré maladroitement, où la peinture se décline en couleurs primaires, Hamadi s'assied sur un recoin de fenêtre. Il regarde les essaims de la cour qui se forment, s'opposent et se rejoignent. Sa joue est encore chaude. Il réalise que dans un monde où l'intimité est un luxe, il a eu jusqu'ici la chance de vivre en dehors de la meute. De manger ses repas dans sa grande maison du bord de mer, de jouir du calme de sa piscine et de l'amour de sa mère, d'être respecté à l'école parce qu'on connaissait ses parents. Il comprend qu'ici seul le plus fort a le droit d'être un homme.

Les autres restent les éléments d'un groupe auquel mieux vaut appartenir pour être protégé – un endroit où il faut survivre avant d'exister. La vitre d'en face lui renvoie son image. Il se sent étranger, si différent avec son costume de petit garçon parfait, ses grosses joues enflées. Même s'il trouve un groupe auquel appartenir, il se prendra quand même des coups. L'apanage de l'immigré, du nouveau, même ici. Et les coups, il ne sait pas les prendre – il se sait trop délicat, trop fragile pour se battre –, il n'a jamais appris. Dans la cour, les essaims dansent encore, dans un ordre déterminé par la ruse, la hardiesse et la force de chacun. Ils forment une communauté qui a grandi ensemble, et Hamadi n'en fait pas partie.

Toute la journée les heures défilent, collées entre les sonneries. Les enfants changent de pièce à chaque matière. Les professeurs entrent dans les classes avec les mêmes visages, les mêmes expressions, et les mêmes discours. Hamadi n'adresse pas la parole à ses voisins. Ses pensées se noient dans les discussions des élèves autour de lui, à peine dérangées par les remarques des jeunes femmes et des jeunes hommes qui se succèdent pour débiter une liste de règles qui ne sera pas respectée et répartir les travaux pour le trimestre sans que personne ne prenne la peine de les noter. Presque tous les professeurs sont des femmes, souvent semblables, cheveux mi-longs, jean brut et blouses fleuries. Les surveillants, des hommes. Restes tenaces d'une époque où on affirmait que s'occuper des enfants était un rôle de femme et que l'autorité revenait aux hommes. Hamadi se conforme au groupe et n'ouvre pas l'agenda rouge que Marie lui a acheté quand il le devrait. Les professeurs s'indignent avec plus ou moins de véhémence, le ton de leurs voix dépend du niveau de passion qu'il leur reste. En cours de français, une femme élancée, carré châtain clair, leur fait lire des extraits d'un même texte les uns après les autres. Hamadi réalise ainsi qu'il est le seul garçon à savoir lire correctement. Avant que son tour n'arrive, il a déjà décidé qu'il essaierait d'oublier. Quand c'est à lui, il bredouille et mâche des mots qu'il connaît pourtant, fier de son illettrisme d'intégration.

À la fin du jour, il sort de l'établissement et trouve Marie flanquée de sa sœur, extatique, qui parle de son avance sur les autres, et de Yero, indifférent et presque endormi comme à son habitude. Marie ne reconnaît pas l'enfant agressif et sombre qui ne veut pas prendre sa main et ne se laisse pas approcher. Elle lui demande si tout va bien, mais il refuse de répondre. À l'appartement, Aïssa et le Chirurgien sont en train d'empiler des larges cubes de couleur. Hamadi regarde son père, et songe à l'école républicaine. Il repense aux dîners autour de la large table de Conakry, à l'arrivée à Nice, aux mots qu'on lui a répétés comme un serment, à cette terre promise qu'on lui a décrite pour le rassurer après le départ. L'école républicaine accueille et nourrit tous les enfants vivant sur le sol français, qu'importent leurs origines, leurs religions, leurs milieux sociaux, chacun peut exceller dans ses talents et réussir, lui avaient dit son père et ses amis. Un havre de paix et de possibles. Puis il revoit la cour, les trois types, et les grands discours de tolérance disparaissent derrière les silhouettes des centaines de gosses du collège, tous morts de peur à l'idée de paraître faibles, et qui gueulent, crient, frappent et se chamaillent pour s'imposer. Cette école-là est bien pire que celle d'Afrique : à ses yeux, la France échoue au jeu de l'école républicaine, et il perd avec elle. Au dîner, il écoute son père parler, il ne le contredit pas, ne gâche pas sa joie, prétend que tout s'est bien passé. Pour la première fois, les mots du Chirurgien lui paraissent lointains. Ils ne sont plus l'impressionnante expérience d'un père, plus une promesse, mais de simples paroles. Plus tard, il demande à Marie d'aller jouer dehors. Avec des amis ? Oui. Bien sûr, Hamadi-Chéri. Il n'a pas l'habitude de mentir à sa mère, mais il ne tient plus. Avant de sortir il repasse par sa chambre, attrape le costume qui traîne sur son lit, encore à l'envers après qu'il l'a retiré à la hâte. Il le cache sous son bras puis passe la porte de l'appartement, descend deux étages et le roule en boule pour le faire entrer dans le vide-ordures communautaire. Le tissu geint en disparaissant dans la poubelle verticale. Il ne pense pas à ce qu'il inventera pour expliquer sa disparition. Il remonte et s'assied seul dans les escaliers, épuisé, sans colère.

Quelques jours plus tard, il fête ses douze ans. On lui offre un vélo aux roues crantées qu'il se fait voler en un rien de temps et que Marie remplace par une série de survêtements colorés en polyester. Elle les déteste, mais son fils a insisté. Elle le rassure chaque jour en lui disant que l'école est toujours plus difficile pour les enfants d'automne, qu'ils ont la mélancolie des feuilles mais leur beauté aussi. Autant de phrases trop poétiques pour être entendues par un adolescent, de plus en plus distant, de plus en plus lucide. Fati, jalouse, rétorque qu'elle maudit cette saison et l'humidité des plantes qui pourrissent sans même être sorties de terre, sous les traces écrasées de semelles passantes. Si Hamadi continue de se rendre au collège malgré tout, c'est pour son père. Depuis quelques jours, il a l'air sombre – la rencontre avec la conseillère recommandée en dernier recours par l'avocate s'est mal passée. Elle a confirmé ses craintes, l'a envoyé vers des formations basiques d'aide-soignant. Selon les grilles de compétences des agences de l'emploi et ses papiers de travail, il n'a d'autre choix que de se diriger vers ce métier pour le moment. En être désormais certain rend la chose encore plus difficile à accepter. Sans connaître tous ces détails, Hamadi sent que quelque chose ne va pas. Il aimerait l'aider à aller mieux, lui remonter le moral, être ce fils méritant et intégré dont il rêve, mais il n'y arrive pas. Il ne comprend même pas pourquoi. Depuis sa bagarre ratée il file tête basse dans les couloirs du bahut, sans parler à personne. Il a trop peur d'essayer, et se garde bien de se démarquer d'une quelconque manière. Ironiquement, son père et lui partagent la même incapacité à faire semblant. Il n'a pas le cœur de lui dire tout le mal qu'il pense de l'école française, et surtout pas envie de l'accabler en lui demandant de l'aide, mais il ne réussit pas à cacher entièrement son mal-être. Pas question non plus de laisser sa mère lui raconter d'autres conneries sur les enfants et l'automne. Il ressent une sorte d'amertume, de l'impuissance, aussi. Alors, il lui parle moins, regrette cette proximité qu'ils avaient réussi à créer pendant l'été. Il se dit qu'il racontera plus de choses à son père quand ça ira mieux – un répit qu'il s'accorde pour ne pas avoir à le décevoir. En ayant peur de voir une distance s'installer entre son père et lui, il la crée.

Marie est triste de les voir ainsi affligés, mais elle se fout de leur statut social, elle n'a pas de blessure d'orgueil. Au supermarché, elle n'a pas honte de son travail. Le tapis de caisse roule sur la chenille qui l'automatise avec un bruit écrasé. Les produits défilent, disposés sans régularité, lissés par une lumière froide. Marie passe les articles, étrangement hypnotisée par le ballet de ses propres mains, aux ongles courts et blanchis. Le clac-clac de la caisse rythme les voix qui viennent du fond de la boutique. Pour se distraire, elle regarde l'Indien, haut-commissaire des fruits et légumes, buste redressé et ventre en avant, qui passe le balai avec un air chevaleresque. Il semble très fier de lui, perdu dans un fantasme de grandeur qui l'empêche de réaliser que la poussière s'ouvre sur son chemin et se repose sur les côtés sans disparaître. D'habitude, Marie associe à ses moqueries l'employée dominicaine qui tient l'unique autre caisse mais aujourd'hui, Sonia est restée chez elle pour tenir le front de son fils fiévreux quand il vomit. Marie pense qu'il faudra qu'elle vérifie que ses enfants n'ont pas aussi attrapé le virus. Quand elle s'ennuie et qu'aucun client ne vient, elle s'occupe en lisant le dos des produits, se concentre pour essayer de déchiffrer les inscriptions en portugais avant de se rendre à la traduction française.

À la fin de sa première semaine, elle a déjà fini tous les jeux pour enfants dessinés au dos des boîtes de céréales miniatures et tous les magazines proposés à l'avant de la caisse. Alors elle s'occupe en mâchouillant la poignée de raisins qu'elle a volés en arrivant, attendant l'irruption amère des pépins broyés sous ses dents.

Depuis quelques jours, elle est distraite. Elle se prend à caresser l'endroit arrondi où naît la courbe de son ventre. Une démarcation, une rondeur et quelques stries blanches disposées en soleil autour de son nombril. Elle aurait dû saigner quelques semaines avant. Elle n'a rien dit aux autres enfants, ne dit rien au Chirurgien. Elle garde l'enfant qui naît en elle secret comme un amant. De peur qu'on n'aime pas la nouvelle, parce qu'elle ne veut pas sentir l'angoisse dans l'étreinte du Chirurgien, parce qu'elle veut chérir encore son bonheur solitaire de mère. Le soir, la froideur du rideau de fer qu'elle descend quand elle ferme le magasin lui brûle le doigt. En rentrant, elle se murmure des contes inventés pour bercer le bout d'être à peine vivant qui se tisse dans son ventre.

Chaque soir après le collège, Hamadi a pris l'habitude de se réfugier dans la cage d'escalier, un palier au-dessus de l'appartement familial. Rentrer directement dans le quatre-pièces exigu lui paraît insurmontable : depuis que sa mère a annoncé l'arrivée d'un nouvel enfant, l'ambiance s'est à nouveau dégradée et le quotidien s'est chargé de non-dits. Se forcer à être proche de ses frères et sœurs ne l'intéresse pas non plus : la proximité avec les petits a des airs de travail, et il ne peut supporter Fati plus de dix minutes. Les cours ont commencé depuis plus de deux mois, et c'est à peine s'il a adressé la parole à un autre gamin. Depuis l'incident du premier jour, on l'évite, on le toise. Pas qu'il soit si déplaisant, mais personne ne veut être surpris avec un faible ou contredire l'avis des chefs. Sans penser à rien, il attend l'heure où il pourra rentrer juste avant le retour de sa mère, au moment où le Chirurgien sera déjà devant le journal télévisé. Il n'aura alors qu'à concéder quelques mots, des bribes de mensonge sur sa journée, un échange si bref qu'il ne lui donnera pas l'impression de manquer à son devoir de fils. Dans cet immeuble populaire, personne ne s'intéresse à un gamin de plus assis au milieu du chemin. On se contente de l'enjamber en grommelant.

Un soir, alors qu'il s'attarde plus que d'ordinaire à sa rêverie urbaine et s'occupe à compter les granulés noirs qui mouchettent le marbre factice du sol sous sa chaussure, une porte claque quelques étages plus haut. Quand une main lui tapote l'épaule, il est tellement concentré à sa tâche qu'il ne se retourne pas et ne sursaute pas en découvrant à ses côtés un gamin un peu plus grand que lui qui le fixe, sceptique. Un duvet épais habille sa lèvre supérieure et ses joues sont couvertes de poils épars. Il se présente : Kader. Lui demande s'il est nouveau, et depuis quand il est arrivé. Il l'a vu à l'école et vraiment, il ne faut pas regarder les trois Turcs comme ça. Hamadi se tait. L'autre continue, « enfin, on s'est bien marrés en tout cas ». Hamadi détourne la tête. Kader rit, sort une cigarette de sa poche et lui tend, mais Hamadi refuse. Kader se moque de lui et poursuit son chemin dans l'escalier. Quelques marches plus bas, il se retourne et lui lance : « Allez viens, je vais te présenter à la Fraternité. Sinon ici, toi, tu ne vas pas survivre seul ! » Devant l'expression méfiante d'Hamadi, il comprend, n'insiste pas et disparaît. Le lendemain pourtant, Kader vient de nouveau interrompre ses pensées. Il le traîne et l'emmène à la rencontre de la Fraternité, la bande des quatre qui règne sur le square.

La Fraternité

Dans la Fraternité, il y a Arthur, Kader, Esteban, Georges et Hamadi. Arthur vient toujours en premier, sinon quelqu'un se prend une baffe et perd l'envie de réciter la liste. Arthur, c'est le violent – Kader dit que « c'est toujours comme ça avec les Polacks », que « c'est la pire race de l'Est ». Hamadi n'ose pas demander où à l'Est exactement. « Quand tu rentres dans la Fraternité et que t'as un nom d'étranger, il faut le changer », poursuit Kader. C'est une règle d'Arthur, le seul à ne pas avoir un nom d'étranger. Il dit qu'on n'est pas pris au sérieux quand on a un nom d'Arabe, et que Georges, c'est un nom de colon. À chaque fois qu'il entend ça, Georges se marre. Parce qu'il comprend colon comme gros intestin, et surtout, parce que Georges cherche toujours une raison de se marrer ; il tressaute à chaque occasion, du murmure au bêlement d'hilarité lorsqu'il rit, ses dents blanches sur le devant, et jaunes à partir des canines. Kader prétend que les Antillais, « c'est comme ça, de vrais saltimbanques, incapables d'être sérieux ». Au départ, il n'y a qu'Arthur et Esteban, les plus vieux – ils se rencontrent tout gamins, à huit et neuf ans, quand l'orteil d'Esteban se fait écraser sous un éclat de parpaing qu'Arthur lance de sa fenêtre pour arrêter sa mère qui court nue, un fichu rose et blanc enrubanné autour de ses cheveux. Sa mère, comme toujours à l'époque, à la poursuite d'un amant qui ne se retourne pas. Esteban hurle et Arthur le fait monter chez lui et lui dit de la fermer et d'arrêter de pleurer. Il lui bande le pied avec une serpillière et du scotch de chantier. Ils ne deviennent pas amis, ils sont frères immédiatement. Dettes de sang, sacrifice d'orteil et promesses de famille les lient en un après-midi. Sur le sol de l'appartement d'Arthur, les chaussures laissent des traces glissantes sur la graisse et la crasse fixée par les cendres des mégots qui débordent des cendriers. C'est là qu'Arthur annonce à Esteban qu'il faut changer son nom de tafiole – « maintenant, tu t'appelles Escobar, comme le patron colombien ». Escobar accepte. Quand Arthur évoque cette histoire, il précise que c'était sa période de bonté, qu'Esteban a eu de la chance et qu'aujourd'hui, il lui enverrait un autre parpaing, dans la gueule cette fois, pour qu'il se taise. Kader, lui, est venu après. Il a gagné l'amitié d'Arthur en lui cédant tous ses déjeuners pendant plus d'un an. Un riz gras, parfumé et suintant de viande que sa mère prépare dans des tupperwares bleu et blanc. Rapidement, sa mère a compris et s'est mise à préparer à manger pour plusieurs. La mère de Kader est généreuse, Arthur en a conclu que c'était pour ça qu'elle avait un gros cul de juive. En le faisant rentrer dans la Fraternité, Arthur a transformé Kader en Charles – comme ça, a-t-il argumenté, c'est pas difficile à retenir, et c'est un nom acceptable pour un juif. Escobar pensait que Kader était avant tout un bon nom d'Arabe, et a demandé si sa mère n'avait pas fauté, mais Kader leur a expliqué : les juifs et les Arabes, parfois, c'est la même chose. Depuis, Kader partage les pâtisseries orangées que fait sa mère en se faisant appeler Charles. Georges, le dernier, est entré à l'honneur. C'est le plus jeune et le plus grand – un jour, il a pris un coup pour Arthur alors qu'un babtou essayait de le frapper quand il était au sol. Ça lui a valu une omoplate, mais il a gagné le respect du chef. Ce dernier lui a donné le nom de Karl, parce que c'est un noble nom de lieutenant. Malgré les années, Georges prend toujours plusieurs minutes à répondre à ce nouveau nom et en rit encore, en tirant sur son joint. Le premier jour où Hamadi les rencontre, Georges se fout ouvertement d'Arthur et lui demande d'où vient le sang sous sa chaussure – si c'est de la schnek ou les restes de l'arcade sourcilière d'un malchanceux. Arthur se tait, amusé sans le montrer. Il a le visage beau et dur : pupilles bleu-gris, habituel regard déterminé, cheveux blonds qui glissent sur son cou, nez fin et visage taillé à la serpe. La mère de Kader prétend qu'il ressemble à un méchant de James Bond. Il rétorque, même devant elle, que les balthazars dans les studios de production ne savent plus quels acteurs trouver pour faire mouiller les vieilles. Arthur répond une connerie sur le sang sous sa chaussure, Escobar essaye de défendre le pantalon de golf qu'il porte en disant que c'est ce que mettent tous les patrons. Kader reste silencieux et Arthur lui dit qu'il a l'air d'une bonne femme inquiète. Pour l'instant, Hamadi est encore en sursis dans la bande, mais il a le droit de traîner avec eux. Avant d'être nommé, il devra cependant faire ses preuves car personne n'a besoin d'un petit gros qui a peur des Turcs. Dans la Fraternité, il y a Arthur, Charles, Escobar, Karl et Hamadi. Arthur vient toujours en premier.

Quand on entre dans la Fraternité, on ne raconte pas son histoire. Encore une règle d'Arthur d'après qui la narration est un truc de balthazars et de femmes mal baisées. Hamadi ne sait presque rien de ses frères avant son initiation, comme il ne sait rien des femmes ou de comment les « baiser ». Il les suit parce qu'il aime bien Kader et qu'Arthur lui fait peur. Quand Hamadi lui demande de ne pas l'accompagner au collège pour la première fois, Marie est surprise, heureuse – elle s'enorgueillit de voir son fils enfin intégré, et si sûr de lui. Elle ne se doute pas qu'il se cache dans la cave jusqu'à ce qu'elle parte au supermarché et va ensuite rejoindre la Fraternité qui se réunit dans le hall de l'immeuble d'Arthur. Ils ont choisi cet endroit parce que le mécanisme branlant de la porte d'entrée s'est brouillé et que la langue de métal du loquet la garde perpétuellement ouverte. Ses premiers jours d'école buissonnière ont un goût doux-amer. L'excitation de ces rencontres, la weed qu'il découvre et le soulagement de ne plus avoir à trembler sous sa capuche quand il marche dans le quartier suffisent à peine à apaiser sa culpabilité. Il n'oserait jamais l'avouer à ses nouvelles fréquentations, mais il a honte de mentir à son père tous les soirs sur les mérites d'un bahut qu'il ne fréquente presque plus.

Dans la Fraternité, on remet tout à demain sauf ce qui a de l'importance. Après une semaine seulement, un mardi à quinze heures, Hamadi en apprend plus sur ce qu'il devra accomplir pour mériter l'amitié de ses nouveaux frères. L'initiation, dit Arthur, ici c'est plus que religieux – pas question qu'on te coupe la bite comme chez les juifs ou qu'on te mouille à l'eau pseudo-sacrée comme chez les cathos, nous on est des barbares. Hamadi a peur comme on se plaît à anticiper une première fois – avec envie, appréhension, et la certitude d'une douleur à venir. Il le sait, chez Arthur, il n'y a pas de merci, pas de tendresse cachée sous ses airs de caïd. En un sens, Hamadi est déjà soumis à son autorité. Il prend ces amitiés comme des pansements préventifs, une façon de se dire qu'il aura une famille d'accueil. Pour annoncer les épreuves, Arthur se pose sur la plus haute marche du premier palier, accroupi, main dans la poche, tel un tribun plié et menaçant à la fois. Il les appelle des travaux – du gros œuvre, ajoute-t-il. Arthur respecte le BTP. En privé, Kader dit que c'est parce que tous les ancêtres des Slaves cassaient des putain de pierres toute la journée dans des forêts au nord du globe – en public, Charles hoche la tête. Arthur, habile et souple comme un chat, bascule le poids de son corps sur son pied droit pour s'approcher du visage d'Hamadi. Georges s'affaire dans un coin, il claque son paquet de clopes contre la porte vitrée pour gratter les derniers espoirs de feu qui gigotent, gouttes d'essence paresseuses, au fond du briquet.

Arthur expose la première épreuve. Il indique d'abord le lieu de la mission : la Place Jaune, la place forte des Asiatiques. Ils y tiennent un tabac, un boui-boui exotique aux lumières froides et blanches où des boules rondes comme des tumeurs s'excusent d'être des fruits, une boulangerie dégueulasse, un snack-bar qui fournit les jeunes en beignets de crevette servis avec salade, tomates, oignons. Escobar aime bien la Place Jaune car selon lui, les Chinois, c'est le seul peuple qui te fait te sentir grand quand tu es petit. Il aime les prendre de haut. Dès qu'Arthur évoque la Place Jaune, tout le monde comprend la tâche à accomplir, sauf Hamadi. Karl-Georges se marre, Escobar hausse un sourcil, le Charles algérien semble vouloir protester mais se tait. Arthur parle bien. Comme un général, un de ces types soviets qui dirigeaient des armées avec des médailles en étoiles. Il fait monter la peur, joue avec l'attente, amusé par la face d'Hamadi, idiote d'expectative. Il lâche enfin le morceau : si Hamadi veut rester, il doit voler du fromage au Gros Roland, l'unique épicier de la Place Jaune qui vient d'un continent de Noirs. Hamadi, immobile, sue dans son sweat-shirt synthétique. Personne ne connaît le vrai prénom de l'épicier – Roland, on l'a toujours appelé comme ça sans savoir si c'était juste. Gros, c'est parce que son ventre surplombe les trottoirs. Mais quand on parle de lui, on évoque rarement son prénom. Quand les portes des appartements exigus se ferment sur les plateaux-télé et les dîners improvisés où tout le quartier mange du riz, on l'appelle le Charcutier de Nouakchott. À l'école, chacun connaît la légende du barbare de Mauritanie. Il paraît qu'au pays, il a tué assez d'hommes pour remplir le petit bain d'une piscine municipale et qu'il sait déchirer les nerfs avec les dents comme on tire sur du poulet trop cuit. On prétend qu'il taillait tellement ses victimes qu'à la fin, elles ressemblaient à des chiffonnades de jambon Madrange, une fois le sang coulé. Hamadi aussi a entendu parler du Charcutier, et ne peut pas s'empêcher de trembler à l'idée de le voler. Arthur s'est relevé, satisfait, il apprécie le silence de l'assemblée tandis que Georges continue d'examiner son briquet, imperturbable. Il ne demande pas à Hamadi s'il accepte. Il enchaîne sur l'autre épreuve.

Cette fois-ci, il abandonne son rictus goguenard. Il se grandit, les épaules déjà carrées, la poitrine bombée, légèrement compressée par sa veste de survêtement trop petite et brûlée aux manches par des traces de clope. Investi, le gamin qui n'aime pas les histoires s'empare d'une légende qui l'a vu naître. Il parle des enculés de la cité du Sud, ces fils de chien, ces putes d'indignes qu'on hait depuis toujours. Il raconte à Hamadi les batailles des aînés, les années de guerre entre deux clans, les rivalités entre ceux de là-bas et ceux d'ici. Sans le savoir, il porte en lui la colère des lieux où il a grandi, celle qui attriste les mères et survit dans les parties communes des immeubles, la colère de la rage et de la cogne. Il en parle avec excitation car dans la guerre il y a l'autre, un divertissement qui lui permet d'oublier un temps l'ennui et la neige des mégots de son appartement. Il confie que la plus grosse rixe de l'année est prévue pour bientôt, à soixante de chaque côté, et que sa bande devra être devant. La Fraternité doit étendre le drapeau des braves. Personne ne dit rien. Arthur fixe Hamadi, marque une pause. Lentement, il lui explique que pour appartenir à la Fraternité, il devra être celui qui mènera l'assaut lors du prochain combat. Hamadi accepte l'épreuve en hochant la tête, porté par un enthousiasme qu'il ne contrôle pas. Arthur parvient à cacher sa surprise et à étouffer l'estime qu'il sent naître pour la nouvelle recrue en poursuivant : « Tu vas te battre, et tu vas te battre comme un homme. Sans arme. Sans pied-de-biche, sans branche, sans bouteille. Pleure et tu dégages. Parle et tu dégages. Regrette et je te bute. » Hamadi acquiesce encore, et autour de lui la Fraternité se détend et se remet à parler. Heureux, ivres de leurs facéties faussement militaires, ils repartent en plaisanteries. Arthur les rejoint dans leur liesse après un instant de recul – le temps qu'il lui faut pour parcourir la distance qui le sépare des autres. De l'enfance, il est déjà loin, comme de l'innocence. Hamadi croise son regard, devine une tristesse, va pour parler, mais Georges lui prend l'épaule pour l'arrêter. Il lui racontera plus tard l'histoire d'Arthur, mais pour l'instant, il le fait taire. Georges protège Hamadi pour la première fois.

Dans la Fraternité, les mots de haine s'articulent pour donner à ses membres le sentiment d'exister. Ce soir-là, Hamadi accepte la tendresse de Marie et va même s'installer nonchalamment à côté de son père, rentré de son nouveau travail. Suite à sa formation, il a accepté plus tôt dans la semaine un job d'assistant de vie. Gazé par la fatigue, il s'échoue dans les entrailles du canapé sous le regard confiant de son fils. Hamadi ose l'approcher parce qu'il s'aime plus, parce qu'il est heureux d'appartenir enfin à quelque chose. Parce que sans être exactement ce que son père voulait, il a presque trouvé une place, une nouvelle chance. Cet affrontement prochain, cette bataille qu'on lui a promise, il la mènera aussi pour son père.

La Place Jaune

La première épreuve a lieu deux semaines plus tard. Ce jour-là, il pleut si légèrement que les gouttes s'évaporent avant de toucher le sol. Le début de l'après-midi est trempé d'une rosée froide qui enveloppe les halls plastique et béton des immeubles. Le calme de la Place Jaune est grésillé par des bribes de conversations et les sifflements d'un opéra cantonais diffusé depuis la chambre froide de la boucherie. Ici les passants chuchotent sans s'en rendre compte. Des grappes d'enfants se pressent au matin puis s'éparpillent et s'étiolent vers les ruelles alentour. Les quatre vieilles quotidiennement installées à la table de la boulangerie ignorent la vie autour d'elles et saluent seulement d'un signe de tête ou d'un sourire les autres femmes des commerçants asiatiques du quartier. Elles restent assises dehors, concentrées sur leur jeu de cartes qui semble ne jamais avoir commencé et ne jamais devoir finir. Hamadi les voit tous les matins et tous les soirs, quand il traîne avec la Fraternité ou quand il va au collège. Pas une fois il n'a croisé le calcaire noir de leur regard, mais il sait qu'elles admirent parfois Marie quand elle passe, qu'elles parlent de son ventre rond qui pointe sous ses seins devenus plus amples, pointés et provocants avec l'avancée de sa grossesse. Kader prétend qu'elles veulent la laver, que dans leur pays ils trouvent toujours les Noirs un peu sales quoique parfois beaux. Arthur lui claque alors l'arrière de la tête avec brutalité – il respecte Marie, elle doit par conséquent être respectée par tous.

Pour l'heure, les quatre continuent à battre les rectangles de papier, essuient la surface plastifiée des cartes sur leurs pulls polaires colorés et trop grands – le parasol qui les abrite se gorge d'eau. Hamadi est déjà en position. Il attend un moment derrière l'arbre posté au centre de la place, il ne pense à rien pour ne pas avoir à appréhender les conséquences des prochaines minutes. On raconte que le Gros Roland garde une machette sous son comptoir et qu'un jour deux Togolais ont essayé de fracturer sa caisse en le tenant à poing d'armes, mais qu'il a reconnu la nature factice des flingues, leurs détails mal peints, des faux évidents et inoffensifs. Il a alors sorti la lame si vite qu'aucun n'a pu réagir et il a tranché une épaule et taillé un bras en seulement quelques secondes. Les Togolais ont hurlé et sont repartis avec les blessures d'une guerre qu'on n'a jamais connue ici. Une enquête a été ouverte et tout le monde a témoigné en faveur de Roland dans le quartier. Il a gagné une légitime défense indéfendable. Hamadi se demande qui viendra témoigner à son procès pour vol de fromage, et si on se moquera de lui quand il aura perdu une épaule pour un camembert. Avant de se lancer et pour se donner du courage, il crache par terre.

L'épicerie de Roland mange le trottoir et y dépose un amas d'objets incohérents mais bien rangés dans des caisses qui avancent chaque jour plus sur la chaussée. Entre la vitrine et l'extérieur, des tapis de prière tiennent en pile incertaine, textiles cendrés bien serrés en rouleaux, dans un ordre qu'Hamadi ne voit jamais changer. Derrière, un mur de générateurs s'élève jusqu'à couvrir deux des lettres de la devanture. Les machines sont usées, défoncées par endroits, mais rutilantes à côté des quelques bouteilles de gaz qui ont subi soudure et chalumeau. Calée sur le métal, une caisse pleine de kakis tangue dangereusement vers le béton. Souvent, un fruit hésitant roule vers la droite et renverse des bouteilles coupées à leur moitié et remplies d'eau qui débordent de menthe et de coriandre. Roland n'entretient jamais ce bordel compartimenté, pas plus qu'il n'opère la caisse. Il laisse les gens déposer le compte exact – ou plus – à l'intérieur d'un pot en terre cuite. Derrière lui, une télévision cathodique crache des images sans contours et des programmes retransmis en dégradés de vert.

Hamadi regarde l'épicerie avec défiance et inspire profondément pour calmer sa peur et ne pas laisser l'angoisse s'enrouler autour de son sternum. Il s'arrache de derrière l'arbre en courant – s'il marche, il réalise, il se retourne, il arrête. Il ralentit en arrivant au niveau des générateurs, quand il peut discerner toutes les craquelures sur la fresque fendillée de la devanture. Conscient des soupirs du caoutchouc de ses chaussures sur le bitume, il cherche Roland du regard – parfois, le Mauritanien se poste devant son magasin sur une chaise en plastique qui plie sous son poids et proteste, prête à cracher ses boulons. Hamadi ne le voit pas, comme il ne remarque pas, dans l'impasse, les silhouettes inégales des autres gamins encapuchonnés de la Fraternité. Arthur voulait surveiller. Savoir comment le candidat va s'en sortir. Le groupe s'agrippe aux hésitations d'Hamadi.

Il rentre soudainement. Sans un bruit, il fait coulisser la porte en faisant attention de ne pas buter contre la délimitation ferrée du cadre. Vite, il marche vers le fond sur la pointe des pieds, traverse l'odeur rance des bouteilles de jus d'ananas qui pourrissent, terrorisé par le frottement plastique du textile qui chante quand ses cuisses se touchent. Les spots au plafond éclairent chaque coin du taudis en une série de cercles parfaits. Hamadi pense à sa mère, à la colère qui crisperait son visage, si elle devait l'emmener à l'hôpital pour essayer de sauver un de ses membres. Il passe les pâtés pour chien et s'avance vers le rayon frais.

Ce dernier se résume à un frigo bringuebalant qui ne fixe plus le froid et fait un bruit de moteur. Le grésillement de la résistance annonce la fin proche de l'appareil gavé de produits divers pour moitié déjà entièrement avariés. Hamadi le considère, hésite, cherche encore Roland. D'un geste, il plonge la main dans la bouche poisseuse du frigo, attrape jusqu'à la tordre une bûche de fromage de chèvre dure et régulière avant de rebrousser chemin. Par la porte entrouverte du cagibi au fond de la boutique, il distingue enfin le Gros Roland. Affalé sur sa chaise pliante, il dort, tempe contre le mur, paisible au fond de son commerce. Hamadi redouble de précautions pour ne pas le réveiller. Il marche à tâtons sans se retourner, cherche d'une main les obstacles que forment les étalages bordéliques de l'épicerie. Arrivé à la porte, il n'ose pas y croire et ne se met à courir qu'après avoir passé l'étalage de marchandises. Dans sa main, la bûche est à moitié écrasée. Là, il court soudain comme le fils du champion de saut en longueur qu'il est. Il court sans respirer pour ne pas ralentir, court encore sans savoir vers quoi, s'épuise, va faire mourir sa foulée et sa peur dans le square voisin.

Assis sur un banc vert tagué au Blanco correcteur et au guano, il caresse alors enfin l'emballage en plastique de son larcin. Quelques minutes plus tard, il sursaute en entendant le petit portique du square grincer. Son corps se retend, il retire sa capuche pour voir le coup venir s'il arrive de côté et trouve en guise d'ennemi l'éclat de rire général de la Fraternité qui débarque vers lui. Georges le premier s'avance à sa rencontre en tapant dans ses mains pour l'applaudir, il esquisse trois pas de danse, se marre et prend Hamadi par l'épaule. La Fraternité se félicite, Arthur sourit. « Tout ça pour du putain de fromage de cabri mec, tu me tues avec tes deals de balthazar, tu nous as pris un truc de bonne femme ! », balance-t-il. Après ces effusions, les gamins restent encore dans le square et parlent de bagarres et de victoires. Pour la première fois depuis qu'il est en France, Hamadi se sent chez lui. Ce soir-là, il rentre tard. Le Chirurgien l'engueule, fatigué, pieds posés sur une chaise devant une émission animalière, puis se déride en le voyant jouer avec Aïssa et feindre d'ouvrir un manuel de mathématiques.

Au même moment, à l'autre bout du quartier, Arthur s'abîme les pieds contre la porte de chez lui. Quelques mois auparavant, sa mère s'est niqué les poings à cogner contre sa propre porte, et le lambris porte encore les traces de ses phalanges. Il défonce à moitié la porte, insiste en essayant de débloquer la serrure qui résiste à sa volonté. Il imagine sa mère vautrée sur le canapé, des boules de cheveux qu'elle a arrachées elle-même autour de sa tête. Il donne un dernier coup, la porte cède. Il passe devant la femme qui l'a sorti d'elle et qui fume désormais un joint affalée sur le sofa, en polo sale et chaussettes, sans remarquer son fils. Il va vers sa chambre et prend dans le tiroir de sa table de nuit un petit sac noir, lourd et cliquetant de dizaines de centimes légers et ternes. Il ne lui faut ensuite que cinq ou six minutes pour rejoindre la Place Jaune. Roland l'accueille en lui tapant l'épaule. Ensemble, ils regardent un match de foot de deuxième division. Les joueurs en bleu et rouge se confondent avec la pelouse sur la télévision du Charcutier. Une fois la partie terminée, Arthur sort de son sac des colonnes de centimes qu'il dispose sur le comptoir en valeur de un franc. Le Gros Roland les compte, lui rend deux billets, plus quelques francs pour son travail d'impeccable collecteur de monnaie. Il ne lui demande pas d'où viennent les centimes, il ne parle pas et Arthur lui rend la courtoisie. Ils se serrent la main et le garçon amorce son départ avant de se retourner comme on se souvient de quelque chose d'important. Il pose alors cinq francs sur le comptoir – « pour le fromage », lance-t-il. Le Gros Roland lui fait un signe de la main et sourit en se remémorant la tête crispée du petit Peul qui s'est cru discret alors qu'il ne maîtrisait pas même le couinement de ses baskets. Il pense, quand il a volé sa boîte de haricots verts, Kader avait au moins su rester silencieux jusqu'aux bières.

Adama

APRÈS LE PREMIER RITE d'initiation, Hamadi devient un membre permanent de la Fraternité. Il n'a pas immédiatement la même légitimité que les autres, pas encore de nom de guerre – qui, sur décret d'Arthur, arrivera après la seconde épreuve –, mais il voit sa nouvelle bande tous les jours. Une proximité fusionnelle qui le protège autant qu'elle l'éloigne du garçon qu'il était en arrivant. Ses angoisses scolaires s'amenuisent à mesure que son absentéisme se généralise. Malgré son aversion du collège et l'empreinte du traumatisme des premiers mois, il n'est d'abord pas à l'aise avec l'idée de sécher les cours plus qu'il ne le fait déjà. Une vieille réminiscence de la rengaine paternelle lui fait se demander si en choisissant la Fraternité et ses réunions buissonnières au Lavomatic, il ne rate pas quelque chose de plus grand. Sans oser se l'avouer, il a aussi peur de la réaction de son père s'il venait à l'apprendre. Mais pouvoir avoir la chance de traîner avec quelqu'un d'autre que ses sœurs ou ses parents efface bientôt son angoisse. Les heures de cours qu'il manque se transforment en après-midi, puis en journées entières. Georges, qui pratique l'école par intérim depuis qu'il est gosse, lui donne les clés d'une désintégration réussie. Il lui enseigne comment intercepter les lettres du service des absences du bahut, lui expose l'importance de connaître les horaires de passage du facteur et la fréquence des missives, toujours envoyées le mardi. Plus de deux jours par semaine, trois semaines de suite, et tout est grillé : c'est le coup de fil. En dessous de ça, personne ne fait cas des sommations écrites qui restent sans réponse. Ses professeurs s'accommodent mal de ses excuses inventées, mais s'en remettent avec lassitude à l'administration en multipliant les signalements. Il est loin d'être le seul déserteur. Fréquemment, Arthur le félicite de se débarrasser si vite de ses habitudes de balthazar bien éduqué ; ces compliments achèvent de le déculpabiliser.

Pour sa famille naturelle, celle avec laquelle il est né, il fait moins d'efforts. Le Chirurgien commence à réaliser qu'Hamadi s'éloigne. Le ton agressif de son fils, son vocabulaire désormais ponctué d'insultes nouvelles qu'il laisse échapper trop souvent sont autant de choses qu'il ne reconnaît pas. Il choisit de ne rien dire, suivant les conseils de Marie, qui, plus détendue et préoccupée par sa grossesse, l'exhorte à le laisser tranquille. Elle le renvoie à sa propre adolescence, explique qu'il y a toujours des âges difficiles, sans parler des circonstances. Ses journées d'assistant de vie l'épuisent, il relativise en supposant que ce métier imposé l'a rendu plus irritable. En février pourtant, le bulletin scolaire du second trimestre met fin à ce statu quo. La présomption d'innocence encouragée par

Marie ne tient pas face aux notes catastrophiques d'Hamadi, rendues encore plus inacceptables par l'excellence de celles de sa sœur. Le Chirurgien épluche le bulletin et les appréciations avant de reposer le courrier sans un mot. Manque d'assiduité, médiocrité, lacunes, comportement – il liste mentalement tous les échecs filiaux qu'il ne peut s'empêcher de prendre pour lui. Au-delà de ça, il se rend compte que son fils a menti un semestre durant alors qu'il avait eu l'impression de le découvrir pendant l'été. Il se sent trahi. Il va pour parler mais la rage est trop forte. Devant lui, Hamadi se tient mi-penaud, mi-défiant. Le Chirurgien se lève et quitte la pièce. À travers les murs fins, il entend la voix sévère de Marie qui gronde Hamadi. Il ne va pas les rejoindre. Le lendemain, la famille organise un goûter pour féliciter Fati. En la voyant manger une galette des rois tardive sur les genoux de son père, Hamadi enrage avant de s'en aller en claquant la porte. Quand il revient, trop tard dans la soirée, il s'est enfermé dans un mutisme semblable à celui de son père. Marie n'a pas le courage de les forcer à se parler.

Quelques semaines plus tard cependant, un jeudi après-midi, les contractions de Marie les réunissent tous à la clinique. Sur le chemin, Hamadi s'éclaire et oublie un instant son hostilité. Il aura bientôt un nouveau frère dont il n'aura pas à gagner l'affection. La sensation est étrange, comme s'il réalisait pour la première fois ce qu'une fraternité est vraiment. Une responsabilité supplémentaire à prendre en tant qu'aîné, pense-t-il. Une vie de plus. Une aubaine peut-être, une distraction pour ses parents. Il ne sait pas trop. Il aimerait s'en foutre, mais il ressent l'importance de ce qu'il ne comprend pas.

À l'entrée de l'hôpital, Aïssa a demandé pourquoi les étoiles en voyant le drapeau européen pendre à côté du drapeau français. Le Chirurgien a répondu que c'était pour symboliser un cercle de pays qui fonctionne comme un cercle d'enfants – qui doivent jouer ensemble, partager leur goûter, vivre en paix. Elle n'a pas écouté, trop occupée à tirer sur la manche de sa mère. Marie est calme dans la salle d'attente, posée. Elle incline son visage contre la joue du Chirurgien, se rassure de sentir sa peau contre la sienne. Un médecin débordé la fait passer dans une salle à part et lui demande, surpris par son visage serein, si c'est son premier enfant. Marie s'esclaffe, ravale une contraction et désigne la petite troupe réunie autour de l'homme qui l'a accompagnée. Hamadi, assis sur un siège un peu à part, regarde au loin et s'applique à paraître indépendant. Le médecin examine Marie et confirme l'imminence du travail. On lui demande de revêtir une robe bleue, la gaze légère laisse deviner le galbe de ses seins et l'indigo du tissu jetable souligne subtilement la peau claire de son cou. En la voyant ainsi, le Chirurgien sent son sexe se durcir mais se ressaisit, bientôt distrait par les commentaires excédés de Fati qui craint de ne pas avoir le temps de finir sa préparation de dictée. Hamadi est en charge de ses frère et sœurs. Ils attendront dans le couloir. Quand la porte se referme, Fati vient prendre la main de son frère. Tous ont peur d'entendre leur mère crier.

La naissance d'Adama est rapide, douloureuse mais brève, comme une écharde qu'on retire à la pince à épiler. C'est un enfant sévère, qui hurle et tournoie ses mains encore couvertes de glaire au-dessus de sa tête, chef d'orchestre minuscule des feuilles automnales qui s'ébrouent sur le parvis de l'hôpital, rousses, orange, parfois mangées d'un vert qui résiste à la mort. Marie est rouge et suante, belle encore. Elle prend son enfant et le pose contre ses seins, l'aime instantanément, comme les autres. Elle détaille cette petite tapisserie de chair, d'os et de sang qu'elle a composée. Le Chirurgien lui masse les épaules – autour d'eux les enfants forment un chœur assagi.

Après avoir emmené le nouveau-né pour le nettoyer, la sage-femme le colle dans les bras d'Hamadi. Dans les mains incertaines de son frère, Adama arrête de pleurer. Il s'apaise, suçote sa lèvre. Des larmes incontrôlées montent dans la gorge d'Hamadi, il pense qu'il le protégera, comme les autres. La famille s'unit autour de ce premier enfant de France et accueille son caractère irrité de syndicaliste. Marie s'endort peu à peu, épuisée par les pitreries du Chirurgien qui essaye de faire rire son nouveau fils, sans réussir à ne pas s'amuser de son air déjà renfrogné. Entre deux sourires, il pense à tout ce qu'il a perdu, à la maison du bord de mer, à l'estime, à son métier qui était aussi sa passion. Puis il regarde sa femme, son troupeau d'épuisés qui se chamaille, et le gosse qui se recroqueville sur sa poitrine. Alors il accepte le passé. Les choix qu'on ne fait pas vraiment sont les meilleurs, pense-t-il. Les allers sans retours laissent de la place aux surprises. Le lendemain, ils rentrent de la maternité. Marie est heureuse de retrouver ses marques. Le Chirurgien est repassé la chercher en laissant Hamadi en charge des autres enfants. Lorsqu'ils poussent la porte de l'appartement de Bobigny, ils trouvent dans le salon un ordre impeccable.

La semaine qui suit est une longue insomnie – Adama dort peu et ses nuits fragmentées dérangent la maison. Les parents se lèvent toujours, le Chirurgien avec patience, Marie avec lassitude. Hamadi va lui aussi veiller au chevet de son frère. Il observe son visage contrit et déformé par les cris et pose la main sur le rebord du berceau. Le nouveau-né s'habitue à sa présence, bientôt, Hamadi réussit à le calmer. En regardant son fils près du lit du bébé, le Chirurgien est soulagé. Il avait peur qu'Hamadi n'ait pas la force d'être l'aîné d'une famille coupée de ses racines trop vite pour qu'elles gardent du sens. Il reste inquiet du comportement d'Hamadi et de ses nouvelles fréquentations, mais à le voir ainsi, penché à veiller sur le dernier venu, quelque chose en lui se détend, comme s'il se délestait d'une partie de sa charge. Pour Hamadi, les choses sont différentes. Adama est le premier enfant qui naît en France. Celui qui ne le connaîtra pas comme Hamadi-Chéri, qui ne rencontrera jamais le garçonnet dodu de Conakry. L'impression que cela lui laisse est étrange. Il n'a pas de crédibilité à regagner, mais l'obligation d'honorer la légende du grand et l'histoire de petit caïd qu'il veut s'inventer. Il le protégera pour qu'il n'ait jamais à vivre l'humiliation de son premier jour d'école et les vexations des mois suivants. Il saura comment faire, puisqu'il l'a vécu.

Parce qu'elle est accaparée par son bébé, et que le Chirurgien a repris le travail presque immédiatement après l'accouchement, Marie doit se reposer sur Hamadi pour certaines tâches de la vie quotidienne. Lorsqu'Adama a deux semaines, elle tente bien de lui confier sa garde pour aller faire des courses, mais il refuse de rester seul avec cet être si fragile et préfère aller lui-même à la boulangerie chercher les goûters de ses frère et sœurs et le pain pour le lendemain. Marie plonge la main dans son sac mou pour lui donner de l'argent mais là encore, Hamadi refuse et dit qu'il paiera seul, avant de s'éclipser. Trop occupée ailleurs, Marie ne demande pas avec quel argent. La boulangerie se trouve à un pâté de maisons de l'appartement. Elle casse le coin de la rue et habille le carrefour d'une devanture rouge en plastique qui imite sans relief des motifs de bois sculpté. Elle jouxte le taudis du boucher qui pue le poulet cru et la viande faisandée, marchandises dégueulasses qu'il expose sans honte en vitrine et décore de feuilles de sauge. Sous les crachats irréguliers des lampes de présentoir, les chairs mortes se fatiguent et se fanent. Hamadi entre, s'agrège nonchalamment à la file d'attente. La femme de devant a des mèches brunes qui blondissent au niveau de sa nuque. Elle a arrangé sa tignasse avec une pince en plastique noir et porte une doudoune longue, resserrée en trois plissures à la taille. Elle est grande. Sous la vitrine, les éclairs dégoulinent leur trop-plein de sucre et les religieuses risquent leurs chapeaux en tanguant sur la droite. Hamadi sourit en pensant à Kader et à ses remarques quand il clame que le boulanger est un Portos et que ces mecs-là n'ont pas le goût du travail bien fait, que ce soit en mesure de farine ou en gros œuvres et chantiers. Malgré cette réputation discutable, tout le monde vient quand même, pour ne pas avoir à bouffer continuellement de la corne de gazelle. D'après Arthur, la pâtisserie orientale déforme les femmes – il balance ça pour le plaisir de se payer Kader en se moquant encore une fois du gros cul de sa mère qu'il attribue aux bouchées lunaires et empâtées de farine. Hamadi, serré dans un blouson en toile et plastique, fixe la jonction de la pince et des cheveux de la femme, toujours perturbé par l'odeur de carne qui baigne la boulangerie.

Impatiente, la femme considère avec exaspération le groupe de gamins, plus jeunes qu'Hamadi, qui crépite et s'engueule au sujet de colliers de Look-O-Look devant elle. Visiblement excédée d'être retardée par un siège sur les bonbons, elle se gratte le coude nerveusement – le plus trapu du groupe de gosses mord son voisin de droite et vient trouver le regard de Blandine, la seule vendeuse blanche de la boulangerie. Toute l'année, elle porte des chaussures d'été sans chaussettes – des baskets en toile bariolées à la semelle en plastique blanc qui lui font des pieds de palmidé et qui désolent Marie quand elle vient le matin acheter des pains au lait pour Aïssa. Marie lui dit souvent, sans maladresse, avec l'assurance d'une femme qui a l'habitude de soigner son apparence, une femme conservatrice aussi, qu'elle est trop jolie pour s'enlaidir par les pieds. La vendeuse rit toujours de la remarque. Hamadi a remarqué qu'elle avait la peau rougie sur les pommettes et sur le cou ainsi que des petites plaques d'eczéma sur l'intérieur des bras. Il aimerait lui demander pourquoi mais il n'ose pas de peur de la vexer. Il l'aime bien et elle est sympathique avec tout le monde, une bienveillance qui se lit sur son visage. Devant elle, les gamins tergiversent. La femme aux cheveux bouclés se gratte maintenant le crâne en soupirant. Les enfants choisissent enfin, payent et s'ébranlent vers la sortie en groupes disparates qui se rejoignent derrière la porte – la femme à la pince s'avance, elle soupire et annonce « une baguette s'il vous plaît ». Blandine l'accueille avec bonne humeur et lui demande machinalement si elle va bien. La femme maugrée. Hamadi n'entend pas, Blandine continue de sourire quand elle enrubanne la baguette d'un papier quadrillé rouge et blanc comme une nappe de campagne. Elle cherche un sac – la femme tapote sur le comptoir. « C'est silencieux », remarque-t-elle alors, un sourcil levé. Blandine la regarde sans chercher à comprendre. La femme ajoute « on dit toujours que les gens de couleur, c'est mignon quand c'est petit. Moi je m'en méfie dès qu'ils apprennent à marcher ». Blandine a arrêté de sourire – Hamadi serre son poing dans sa poche en froissant le tissu synthétique. « Y en a qui disent que c'est la culture et d'autres que c'est l'origine. Moi je suis pas raciste, mais faut appeler un chat un chat. Quand ça a l'air différent, que ça sent différent et que ça parle différent, c'est que c'est différent. » Blandine fourre la baguette dans un sac en plastique. Derrière elle, Hamadi reste tendu. Il est large pour son âge, de plus en plus grand – il laisse maintenant ses cheveux pousser, diffus et solaires en auréole autour de son crâne. La cliente hésite à ajouter un mot mais préfère se taire. Elle prend le pain, murmure un au revoir qui meurt sans écho. Quand elle passe devant Hamadi, elle serre son sac contre son flanc et se presse vers la porte. Blandine la laisse partir, puis se moque d'elle. Comme pour s'excuser de la bêtise de sa cliente, elle ajoute deux éclairs gratuits à la commande d'Hamadi. En ressortant, il se pose un instant sur la pelouse devant leur immeuble et pense à Adama. La liste des choses qu'il devra lui épargner est longue. Quand il rentre dans l'appartement, il jette le sac sur la table, s'enferme dans sa chambre un moment puis ressort, en annonçant qu'il ne sera pas là pour dîner. Sans attendre de réponse, il claque la porte et va rejoindre la Fraternité qui traîne au square à l'est du métro, et qu'il avait négligée pour répondre à ses devoirs de frère.

La Pierre Rouge

À PEINE UN MOIS PLUS TARD, Hamadi doit de nouveau prouver sa valeur. L'heure est venue pour lui de se confronter à la seconde épreuve imposée par la Fraternité : à l'issue de la rixe, il sera nommé, ou il sera viré. Juste avant le combat, il descend avec ses acolytes vers la rue adjacente qui accueillera l'épreuve. Bientôt, la cérémonie commence, solennelle comme un rituel religieux. Au début de la messe, la Fraternité se tait dans le respect et la peur, prête à prendre ses ordres d'Arthur. Se battre a un sens, peu importe lequel. Un besoin de justice peut-être, ou autre chose. Arthur commence à parler dans sa cage d'escalier transformée en autel – juché sur les marches et la tête entre les barres telle une gargouille déformée. Il dit qu'il ne reconnaît pas les mort-nés, qu'il crache les quarts d'hommes, les deals ratés, les gazelles, les Noirs fragiles, les juifs du vendredi, qu'il faut accepter le sang, les coups et les crachats. Cette bataille se profile depuis longtemps. Il rappelle l'origine du conflit, leur haine pour la cité d'en face et ses habitants, un groupe de traîtres qui ne leur ressemble pas. Il cite le racket d'un des grands, la guerre pour les territoires de vente du shit, prétend que parmi les rangs de l'ennemi il se cache des poucaves qui travaillent pour la BAC. Il enjoint à chacun de se préparer puis gueule « À mort, pédés ! ».

La Fraternité répond en hurlant, séduite par ce jeu de haine. Ils remercient ensuite Arthur, leurs mères, des dieux qui n'ont pas de visage, crient leur joie et se gavent de l'envie d'en découdre. Hamadi aussi veut se battre. Pour faire enfin partie de la Fraternité, pour trouver sur cette terre d'exil une signification qu'il ne cherche pas ailleurs. Il veut se battre bêtement, pour rire, jouer avec les autres, montrer qu'il est fort. Arthur poursuit son discours. À celui qui n'a pas de père, qu'une ombre de mère, il incombe d'être le Saint-Esprit. Plus tard, Arthur, Karl, Escobar, Charles et Hamadi se préparent. Dans la rue, ils se trouvent des armes de fortune qui viennent grossir leur stock de munitions : ils chopent des branches en guise de lances, volent des bouteilles en verre dans les consignes et les ajoutent aux autres projectiles, trient les pétards qu'Esteban s'est fait livrer en piquant la carte bancaire de son père et se débrouillent même pour mettre la main sur des barres de fer, issues de sommiers abandonnés ou subtilisés dans des magasins de bricolage. Kader, le soldat-Charles, exhibe son katana qu'il prétend avoir volé mais que sa mère lui a acheté pour Hanoukka. Hamadi regrette de ne pas avoir le droit à une arme, s'interroge sur l'efficacité de ses poings. Quand vient l'heure, la Fraternité sort, cavalerie inégale et désorganisée, sur la chaussée. Ils rejoignent les autres groupes du quartier, ces alliés qu'on connaît vaguement, des visages familiers et des voisins estimés.

Sur la place du rendez-vous, Arthur est le seul à saluer les anciens, les vieux, ceux qui connaissent déjà des mecs à Fleury, des types qui savent manier l'arme et les femmes, pense Hamadi. Arthur claque la main d'un grand qui lui donne ses ordres puis vient les rapporter aux autres. La Fraternité fera partie de la grande entrée, après la petite entrée des jeunes. Ils laisseront ces derniers essuyer les lacrymos de l'équipe d'en face, et bouffer les premières salves. Voir les écoliers de moins de douze ans se lancer les premiers dans un simulacre de combat leur permettra de deviner la force des troupes adverses. Ils rentreront ensuite en scène, eux, les grands. La nuit est déjà tombée. Les tours adjacentes clignotent de lumières, morceaux de vies carrées qui s'habillent de silhouettes passantes. Les rues sentent les épices et le riz, le poulet et la chair fade du tilapia frit au citron et au piment. D'abord tout est silencieux, l'air lourd est entrecoupé du bruit des vieux sur les scooteurs et des gamins qui s'échauffent et s'encouragent. On ne devine pas encore l'ennemi, l'arène est faite d'angles d'immeubles et de rues interchangeables et grises, de carrefours et de virages serrés qui cassent les perspectives. On attend la procession criarde des ennemis sur l'allée centrale. Soudain une onde rampante hérissée de cliquetis d'armes qu'on traîne et d'éclats d'ordres dispersés se fait entendre.

La tension monte, égale dans les deux camps. On aperçoit un gamin dans la rue de gauche, la face de l'ennemi s'incarne enfin, il traîne un bâton et semble minuscule. L'armée des petits se raidit. On jette un pétard, la rixe commence. Hamadi ne recule pas, il inscrit ses pas incertains dans les mouvements d'Arthur et sautille avec lui, en imitant maladroitement son impatience. Derrière, les généraux sont posés, impassibles face aux coups échangés par ces éclaireurs. Un grand mec sur l'Abribus prend des photos, les enfants les plus jeunes, ridicules dans la bataille, peinent à porter leurs épées de fortune et leurs bâtons trop longs, s'entravent et s'excitent, étrangement lents et clownesques, violents pourtant. Un sifflement survient, il vient de derrière. Arthur pousse Hamadi qui comprend qu'il est temps. Il court alors, débile et peureux, sans réussir à ne pas se retourner pour voir si la Fraternité le suit, cherchant derrière lui le poids de cette nouvelle famille. Il prend le choc en pleine figure.

Quelques minutes plus tard, la bouche en sang, Hamadi est couvert de sueur et de crachats – affamé d'air, vivant. Malgré les coups, il gueule de bonheur et de peur. L'affrontement est bref, intense. Hamadi voit Georges à sa droite et Escobar à sa gauche, qui évite les coups avec agilité. Dans les contacts sourds des corps qui se heurtent et cèdent, seul Arthur pourtant sort du lot. Calme, il frappe à la mâchoire un gars plus vieux que lui avec une pierre pointue. Le roc est déjà rouge de sangs mêlés. Le grand type tombe sous la pierre ; derrière les aînés sifflent le repli. Dans les tours inégales, les voisins ne sortent plus au balcon depuis longtemps et évitent les fenêtres, l'impuissance et l'habitude mutent toujours en désintérêt. On sonne la fin de la rixe. Sans en connaître les gagnants et se croyant tous vainqueurs, les gamins courent vers le square. Georges met la main sur l'épaule d'Hamadi, qui rayonne. Il a l'impression de s'être bien battu. Ensemble, ils s'éloignent des rumeurs du combat qui s'éteint.

Ce soir-là, dans la cage d'escalier du bloc 27, la Fraternité se réunit autour du feu inégal du briquet de Georges, et d'une drogue agréable à l'odeur de fougère. Arthur caresse, lovée dans sa poche, la pierre qui a été son arme et qu'il n'a pas jetée. Il ne revient pas sur la rixe – il évoque la prochaine. Hamadi a le blouson arraché et une balafre qui lui va du crâne à la nuque. Dans la Fraternité, on rentre comme à la naissance – à poil, et couvert de sang. Georges tire sur le joint, il se pose, regarde Hamadi, « tu veux tirer, mon frère ? ». Arthur chope le joint au passage avant qu'Hamadi ne puisse y goûter. Il le fixe et lui dit : « Tu l'as mérité, je te renomme. Bienvenue dans la Fraternité, Max. » Et soudain, Hamadi est augmenté. Il n'est plus seulement lui-même. Il n'est plus uniquement l'aîné de Conakry qui a sauvé Aïssa, celui qui ne voulait pas décevoir son père en ayant peur du métro souterrain, il est maintenant fils d'une famille et d'une autre. Ce sacrifice a un prix, mais Hamadi l'assume. Il se dit qu'il vaut mieux être fort, et qu'il pourra ainsi se protéger, être indépendant et devenir pour ses frères et sœurs le grand frère puissant qu'il n'avait jamais jusqu'alors réussi à être.

La Terre promise

TROIS ANS ONT PASSÉ. Marie, le Chirurgien et les enfants sont restés là, dans le coma du quotidien où chaque jour est chassé par le lendemain. La stabilité apporte un bonheur relatif. Le Chirurgien, pourtant, n'y a presque pas droit. Toute la journée il torche les vieux en gériatrie. Il ne se sent plus médecin, il lave les patients que l'on ne veut plus soigner. Il porte sur lui l'odeur de la merde, même après la douche qu'il prend le soir pour oublier qu'il pue le vieux. Jamais il ne se plaint, cependant. Il se lève tous les matins, et revient en traînant sous ses talons le parfum de la tombe, celui de ceux que nul ne visite.

Le mercredi, il cuisine toujours la même viande et ce mercredi-là n'est pas différent. Alors qu'il regarde les steaks hachés bon marché fondre de moitié et se répandre en exhalaisons de graisse dans la poêle ronde, il réfléchit. Il les décolle distraitement, avec le bout d'une longue cuillère qu'il ne peut s'empêcher de porter à sa bouche et de lécher de temps en temps ; les jus de viande pénètrent dans le bois et lui donnent un goût rugueux et fumé. Il vide l'huile de viande, augmente un peu le feu puis ouvre la fenêtre, dérangé par les accents insistants du dîner. Il s'interroge sur cette viande à peine animale qu'il n'aurait pas les moyens de se payer sans les heures supplémentaires de Marie.

Il se souvient, des années plus tôt, d'avoir paressé dans une bijouterie du centre de Madrid en choisissant des boucles d'oreilles de grenat et de jade qu'il avait offertes à Marie pour se faire pardonner de ne pas l'avoir appelée tous les jours, et pour la voir rougir de plaisir quand elle déballerait le ruban autour du paquet. En attendant que l'employé dépoussière l'écrin et noue les tissus autour de la boîte, il avait joué avec des boutons de manchettes et, après quelques minutes, s'était décidé à acheter un modèle en galuchat dont il n'avait pas besoin. Il n'avait pas regardé le prix, il avait sorti machinalement sa carte de crédit et ajouté les babioles à son achat de l'après-midi, récompense presque méritée de son voyage d'affaires. Les projections de graillon lui picotent la main, feux d'artifice domestiques sans éclat. Il racle l'anti-adhésif avec son souvenir, essaye de dégager de sa mémoire ce vestige d'une époque où compter lui aurait semblé ridicule.

La porte couine derrière lui, Marie rentre, bras et jambes emmêlés d'enfants. Fati la première, docile, un air grave d'adulte sur son visage rond. Le baiser de Marie ne le déride pas, il a couvert la poêle d'un cercle en aluminium et s'apprête à drainer les pâtes dans l'évier. Elle emmène les enfants dans le salon pour le laisser encore seul. Un bulbe de vapeur d'eau se dégage des pâtes et se condense rapidement, goutte sur ses mains. Le fer de la passoire le brûle sans le faire lâcher. Sa mémoire le rend amer : faire le bilan en égouttant des pâtes a quelque chose de dérisoire qui le fait sourire malgré lui. Pourtant, la rétrospective grave les comparaisons comme des sentences dans l'espace confiné et désormais humide de la petite cuisine de Bobigny. Il se voit, lui avant. Un homme qui fait des notes de frais et des conférences, qui répare la magie des humains et sauve leurs mécanismes, un type bien, drôle, respecté. Le genre de mari responsable qui sait vivre sans y penser. Maintenant, il ne veut pas se voir. Il s'ignore pour se supporter. Que reste-t-il du Chirurgien, de l'homme important d'Afrique qui aimait le whisky ? Une bribe d'avant, un père encore, pourtant. Il pense à Madrid. Au nombre de steaks hachés gras qu'il pourrait acheter avec la somme dépensée pour acquérir les boutons de manchettes en cuir de poisson – à cette époque où il s'ornait de chair pour se rendre beau. Avant de devoir manger.

À table, personne ne s'étonne plus de l'absence d'Hamadi. Quand il arrive enfin, il affiche une moue dégoûtée devant son assiette, incapable de comprendre la valeur du repas, de goûter le sacrifice de son père qui s'incarne dans ces formes carbonisées de barbaque et d'huile de sang. Le Chirurgien mastique et pense à ce fils distant qui ignore ce qui lui reste d'autorité, ce petit con qui ne parvient pas à cacher le privilège de sa naissance malgré sa taille plus fine et les cicatrices de combat qui couvrent ses bras. Il reste à ses yeux l'amoureux des bonnes, l'aîné capricieux et suffisant. Il sait néanmoins que le quotidien de leur nouvelle réalité le transforme peu à peu. Il voudrait lui avouer que lui aussi trouve leur sort injuste, que lui aussi regrette le fameux temps de Conakry, mais il doit tenir sa figure de père. Alors, il se concentre et essaye d'écouter Fati raconter sa journée, crispé et fatigué par les piaillements des enfants. Il craint le soir qui annonce la nuit et le force à coucher à côté de Marie son corps qu'il ne reconnaît plus. Les draps ne cachent pas ses muscles usés et amaigris. Chaque jour, la tente dressée par l'angle de son genou se fait plus pointue. S'il est triste souvent il est rarement honteux. Certes, on ne lui parle pas comme à l'homme qu'il était autrefois, parfois à peine comme à un homme. L'amour de Marie, sa façon de le regarder encore, lui permettent de continuer à vivre. Ce soir-là, Hamadi ressort et rentre tard – trop tard pour voir ses frères et sœurs s'endormir les uns après les autres. Il ne prend pas la peine de répondre aux interrogations de sa mère. Le Chirurgien ne le regarde même pas. Devant la télévision, il se masse le cou, souffle, s'arrête et réalise qu'il a désormais peur pour Hamadi.

Quatre jours plus tard, un dimanche, Adama fête ses trois ans. Hamadi a quinze ans. Sa moustache a poussé sur son visage, assombri sa lèvre et amoindri le volume de sa bouche d'adolescent. Il est grand et mince, sec comme un gymnaste. Il a traité Fati de connasse au-dessus du gâteau, Marie l'a sorti de la pièce, il a obéi. Elle lui a dit qu'aucun fils à elle ne traiterait jamais les femmes comme ça, et qu'il y a des mots qu'on n'utilise pas. Le Chirurgien est resté silencieux. Il a joué avec les ballons et les assiettes en carton plastifié aux couleurs chimiques. Sur le palier, Marie attend des excuses de son fils qui la dépasse désormais de plus de vingt centimètres. Il a les traits durs, ses pommettes prononcées le font ressembler à son père. La clarté de sa peau le rapproche de sa mère. Attendri, Hamadi penche la tête, demande pardon d'un haussement d'épaules. Il rend à sa mère sa tendresse, accepte de rentrer et d'ignorer sa sœur. Adama se colle à lui et pose sa tête contre son bras – Hamadi ne se défait pas de son étreinte.

Autour du bloc 27 les jours se ressemblent et se suivent, dans une apnée qui voit les enfants grandir et le temps glisser sans accroc. La boulangerie à l'enseigne défoncée qui préside la rue principale de la cité est le nouveau terrain de la Fraternité. Elle a délaissé la cage d'escalier d'Arthur parce qu'elle pue la pisse et que les têtes de seringue percent parfois les bords incertains et entoilés des chaussures. Ainsi, la vie continue. Semblable, parfois heureuse.

L'ÎLE DES BIENHEUREUX

Le Bois

Hamadi se brûle l'intérieur du doigt en décalant la cafetière italienne qui siffle sous la flamme bleue de la plaque au gaz. Une lapée de café éclabousse le lino qui couvre le sol, la tache brune s'étend et se perd dans la saleté. Il prétend un instant nettoyer puis se ravise, incapable de cet effort. Au-dessus de la gazinière, le portrait criard d'une pop star ukrainienne apporte une touche de kitsch à la cuisine qu'on a improvisée dans cette cabane en bois bâtie à la va-vite et surmontée de tôle. Quelques mois plus tôt, il a eu vingt-deux ans. La veille, il est devenu gardien de putes. Il a accepté le job sans savoir qu'il serait assigné à cette baraque pourrie, planquée dans le bois de Boulogne et étonnamment ignorée des autorités. À l'intérieur, en plus de la kitchenette, une table rouge, une chaise en Formica sur laquelle est resté accroché un bas couleur chair, virgule de féminité suspendue là, des baskets et une odeur de parfum bon marché. Il laisse refroidir le café avant de s'en servir une tasse entière. Alors que le taudis crame sous le soleil qui réchauffe les odeurs de feuilles mouillées, il soupire et repense à la façon dont il est arrivé ici, gelé dans un cagibi de fortune à attendre de surveiller des prostituées.

Comme souvent, tout a commencé avec Arthur. Ce dernier lui a proposé le plan et l'a présenté à Serge le Serbe dans la foulée, un proxénète et trafiquant plutôt connu. Il s'est retrouvé à accepter de bosser pour lui sans y penser, comme les fils de balthazars terminent un cursus universitaire par un doctorat mené sans conviction. Il a eu le job facilement. Serge l'a recruté directement. Il préfère les Noirs qui ne parlent pas et considère la gueule d'Hamadi comme un mal nécessaire. Le jour de leur première rencontre, il l'a fait marcher sur le carrelage blanc de son appartement porte des Lilas, puis a maugréé que ça ferait l'affaire. Son accent avait une inflexion grotesque. Le lendemain, il avait convoqué Hamadi à l'entrée de la petite forêt urbaine couronnée par le périphérique, à l'endroit où s'alignent des automobiles louées à l'heure, wagons d'anonymat et garçonnières roulantes aux fauteuils humides tachés d'amour tarifé. Ce dernier s'était pointé, nerveux comme à un entretien d'embauche. Le Serbe l'avait alors mené à pied derrière le Jardin d'Acclimatation, là où la masse de préservatifs colorés s'accroît et où se dessine, sur l'herbe, le témoignage des passes précédentes. Il lui avait indiqué qu'il serait en charge de six filles – une Malienne, une Nigérienne, une Russe, une Franco-Italienne, une Cambodgienne et une Marocaine. Serge s'était marré, avait fait une blague sur la diversité des chattes à Arthur qui était lui aussi présent et souriait poliment. Il avait ensuite remis à Hamadi un couteau cranté, une matraque et lui avait précisé que, s'il voulait un flingue, il devrait se le procurer par lui-même. Hamadi a commencé tout de suite car Serge ne voulait pas le payer à rien faire. Dans un premier temps, on lui avait dit de préparer l'arrivée des filles. Sans consigne supplémentaire, il s'était retrouvé seul dans ce box apparemment laissé à l'abandon. Les filles devaient arriver d'un autre lieu de passe que Serge voulait abandonner pour éviter les flics, le soir même ou le lendemain.

Toujours perdu dans sa réflexion, il déplace la chaise et la poste à l'extérieur. Il sait bien que ce nouveau boulot n'est pas vraiment un choix, mais le seul moyen qu'il a trouvé pour éviter un énième apprentissage et l'univers sans avenir des formations pour adultes où des intervenants professent des compétences qu'ils méprisent. Sans qu'il ne s'en rende vraiment compte, ses choix légaux s'étaient restreints dès le collège. Mollement agressif, même pas insolent, rarement présent – Hamadi s'était appliqué à ne pas écrire comme un balthazar, n'avait pas voulu faire le parleur : ces choses-là sont affaires de tapettes. Peu à peu, sa volonté d'effacer l'enfant lettré d'Afrique qu'il était, celui qui répétait ses leçons sous l'œil attentif d'un père bercé par des rêves de réussite, avait muté comme un virus. Son handicap simulé était devenu vrai et ses yeux faussement plissés devant les mots les lui avaient fait oublier. Ce faisant, il avait suivi les traces de ses frères d'élection. Arthur s'était arrêté en premier, en mentant sur ses seize ans. Des années plus tard, il parle encore de ce départ anticipé avec fierté. Il aime préciser qu'il encule l'Éducation nationale avant de cracher par terre et affirme qu'il faut traiter l'école comme une femme – si elle ne t'a ni aimé, ni aidé, tu t'en vas, mais avant tu l'encules. Les autres se marrent toujours, pour la forme. Escobar non plus n'avait pas tenu très longtemps. Il avait commencé à travailler dans le bâtiment, un domaine où son sérieux et son goût de l'effort sont récompensés. Kader avait poussé jusqu'à la terminale, obtenu un bac respectable, étonnamment suivi de Georges qui, lui, l'avait eu au rattrapage. D'après Arthur, on ne le lui a donné que pour pouvoir défendre la théorie de la méritocratie d'après laquelle on peut s'échapper de la banlieue par l'école. Pauvre petit gars de cité repêché pour faire croire que l'ascenseur social français ne connaît pas la panne. De son côté, Hamadi avait abandonné le lycée sans fracas, dans l'évidence d'un échec prouvé par sa scolarité. Le Chirurgien n'avait pas trouvé le temps de l'aider à se ressaisir et Marie, occupée à faire vivre les petits, lui avait fait trop confiance. Une fois libre, il avait ensuite enchaîné les stages et les boulots mal payés, toujours en prétextant auprès de ses parents qu'il s'agissait d'une période de transition. Il avait détesté se lever dans le froid, la nuit, pour décharger des palettes. Après plusieurs années de cette instabilité, il s'était juré qu'il ne se retrouverait plus dans ces galères, à se lever aux aurores pour de l'intérim et un smic irrégulier. C'est ce qui l'avait conduit à accepter l'aide d'Arthur, l'offre du Serbe et à se retrouver là, aux dernières heures de l'après-midi, seul.

Évidemment, il n'a pas parlé de tout cela à sa famille. S'il pense que travailler pour Serge est la meilleure option à sa disposition, il n'en est pas fier pour autant. La solitude et le relatif silence du Bois l'emmènent plus loin dans ses souvenirs et dans ses pensées. Il voit son père, qu'il a l'impression de ne plus connaître. Depuis sa capitulation scolaire, le Chirurgien n'essaye plus de s'impliquer dans la vie d'Hamadi. La télévision berce sa déception. Il pense souvent aux chances en plus qu'il aurait voulu pouvoir lui donner, mais son aîné ne lui parle presque plus. Leurs échanges sont rêches et venimeux, chaque mot est une sentence, le début potentiel d'une dispute. Pour oublier l'ingratitude de ce fils sur lequel il misait tant, le Chirurgien préfère bientôt ne plus s'en soucier. Il se concentre sur Fati, ses notes incroyables, son bon français, sa rigueur butée mais efficace qui s'illustre jusque dans les courbes appliquées de son écriture. S'il s'inquiète de Yero, de sa nature taiseuse, de son désintérêt pour l'école, il se rassure en constatant sa gentillesse et sa jovialité de gosse obéissant. Aïssa aussi réussit, les commentaires usés mais tendres des professeurs fustigent ses bavardages et son insolence mais célèbrent son esprit joueur. Au fond, le Chirurgien s'en veut, mais il se tait. Il n'avoue pas à Hamadi qu'il pensait qu'il serait le seul sacrifié, qu'il n'avait pas prédit qu'il perdrait son fils dans cette chute ordinaire faite de difficultés financières et de précarité. Alors, aux silences s'ajoutent les non-dits, et entre eux la rupture se consomme. C'est pour cela, surtout, qu'Hamadi a définitivement choisi son camp. Celui de la Fraternité avec laquelle il passe tout son temps, jusqu'à élire entièrement cette famille, la seule qui ne lui impose pas de jugement. Ce boulot, c'est aussi une évasion. Tout pour ne pas avoir à affronter le regard triste de son père, noyé dans les rides de son visage.

Le Chirurgien a vieilli en peu d'années, la tension de sa peau s'est évanouie avec son sourire. Alors, Hamadi ment. Quand il est parti au travail pour ce second jour au Bois, il a prétendu qu'il avait trouvé une mission en tant que vigile de nuit. Devant la grimace du Chirurgien, sa mère a tenu à montrer qu'elle n'était pas inquiète et a déclaré que ceux qui ont un emploi ne sont pas perdus – qu'Hamadi-Chéri est jeune, qu'à son âge elle n'avait pas non plus idée de ce qu'elle ferait ensuite. À présent, la gêne de l'appartement de Bobigny lui paraît déjà loin.

En finissant son café, Hamadi soulage sa culpabilité en se disant qu'en un sens, il est bien vigile de nuit. Que l'orée du bois de Boulogne a des gueules de parking de supermarché ; que l'espace goudronné de la route face à lui, qui hésite à la naissance de l'herbe boueuse et sera bientôt foulé par les putes, les flics et les clients ressemble aux allées commerciales ; qu'il protégera le négoce et l'échange et veillera sur des camionnettes comme d'autres sur des produits. Il se persuade aussi qu'il n'a pas le choix – il ne sait pas dealer, n'est pas bon en compta, pas excellent dans la vente, trop impressionnant pour servir les autres. On n'est pas en confiance quand le type qui vous vend ressemble à un colosse. L'ampleur de son physique suscite des craintes. Vigile pour putes, un job presque honorable, une fonction qui peut être exercée par un mec bien, du moins. Bien payé, surtout. Et ça aide le commerce d'Arthur.

Il appréhende quand même, frissonne un peu en se remémorant les consignes fixées par Serge. Ce dernier lui a indiqué qu'il n'avait pas le droit de frapper les filles – c'est sa seule prérogative. « Les bleus, ça se paye, a-t-il ajouté. Je suis le patron des plaisirs, et des coups aussi. » Hamadi devra le prévenir des comportements suspects des filles mais il a le droit de redresser les clients trop entreprenants. Le servir, protéger les filles, ne jamais quitter sa position, « une mission simple », a-t-il conclu. Il ne lui a pas interdit de baiser la marchandise, c'est un à-côté, comme les tickets-restaurant. Mais il l'a mis en garde, interdiction de laisser des traces. Pas d'avortement, pas de bleus, et surtout, pas d'espoir allumé dans le cœur de ses putes.

Le Syndicat

Les filles arrivent finalement au début de la semaine suivante, accompagnées de Serge et de ses autres hommes de main alors que la soirée est déjà bien avancée. Quand ils débarquent, Hamadi, prévenu par Georges et Arthur, les attend à son poste en essayant de faire bonne figure. Dans l'étroitesse du cabanon, sa silhouette paraît démesurée – ses épaules larges, protégées par son blouson en faux cuir aligné de rouge au col, lui donnent l'air d'un adulte coincé dans une fringue d'enfant. Ses muscles sont saillants, il est sec et massif comme le tronc d'un arbre. Son visage resté fin, il a gardé un peu de l'élégance du Chirurgien mais sa beauté est plus agressive, avec pour seule touche de douceur ses cheveux bouclés qu'il soigne. Le matin, dans le miroir de la salle de bains de l'appartement de Bobigny, il se réjouit de cette tignasse qu'il sait aimée des femmes. La maladresse de ses gestes trahit un reste d'adolescence quand il s'avance vers le minibus, flanqué de deux autres bagnoles, qui décharge sa marchandise de chair. Les températures d'octobre glacent le Bois. En s'approchant, il commence à mieux distinguer le visage des femmes qu'il va garder. En voyant qu'elles sont presque nues, il ne peut s'empêcher de penser aux murs fins de la cabane qui protègent à peine du froid. Elles bougent lentement, dociles, et s'acheminent vers la baraque en écoutant les instructions qu'aboie Serge. Il semble pressé. Ses associés, qu'Hamadi connaît de réputation, restent silencieux. L'installation se fait en vitesse, Serge salue à peine Hamadi, et lui remet un sac rempli des passeports des prostituées qu'il devra surveiller et cacher. Il n'explique pas pourquoi il ne les garde pas lui-même et tourne les talons pour s'engouffrer dans sa voiture noire, bientôt suivi par ses acolytes alors que le conducteur du camion finit d'aider à décharger les cartons de préservatifs et de lingettes pour la nuit qui commence. La scène se clôt avec la vitesse d'une claque, et sans le réaliser, Hamadi se retrouve face à six inconnues. Il balance un « bon allez, au travail ! » en gueulant un peu trop fort pour paraître vraiment détendu, et la file inégale de ses prisonnières s'avance à la queue leu leu. D'abord, elles déposent une à une leurs quelques effets dans l'abri, puis elles marchent, juchées sur leurs talons, vers la route goudronnée. Hamadi se tient en retrait, soulagé de voir que chacune sait quoi faire. Il n'ose pas les regarder, presque honteux d'être témoin du commerce qui s'initie sous ses yeux. La nuit se passe sans incident. Quand le minibus revient les chercher vers neuf heures du matin, il peut enfin souffler. Dès le lendemain, il s'habitue.

Les premières semaines, il méprise les putes sans trop savoir pourquoi. Pour lui, il y a toujours eu les filles bien et les putes, une dichotomie à laquelle il s'accroche encore. Sans parler à quiconque, il reste enfermé dans son cabanon et les jours lui paraissent si semblables qu'il espère qu'un client déconnera pour faire quelque chose de lui. En essayant de ne pas s'endormir, il surveille la ligne de travailleuses postées à l'orée du Bois comme à l'avant d'un front. Responsable de la sécurité, il est aussi le garant de l'organisation et du placement de leurs chairs. Les professionnelles retrouvent toujours la même place, scrupuleusement cantonnées à leurs territoires, cambrées sur des talons étroits sucés de boue. Serge dit que l'ordre permet aux réguliers de retrouver leurs trous, comme au golf. Ses échanges avec ses subordonnées se limitent à quelques ordres, un bonjour, et de rares permissions accordées pour qu'elles se soulagent ou se nettoient. Ce mutisme et ces relations superficielles s'installent pour durer, jusqu'à un soir de trafic faible, un mois après sa prise de poste, juste avant décembre.

Le mauvais temps ou peut-être la concurrence du nouveau mac qui vient d'installer un spot avec des filles fraîches à l'ouest du Bois ralentit l'activité. Alors qu'il impose son autorité en se tenant bien droit dans son cabanon – il a entendu que Serge passerait peut-être cette nuit pour inspecter ses affaires –, de petits cailloux pointus viennent frapper sa nuque, des projectiles innocents qui l'agacent sans le blesser. Il met du temps à comprendre qu'une des femmes s'amuse à lui lancer des graviers. En prime, c'est la Marocaine, celle qui quitte le plus son poste pour bavasser, aller voir les autres filles ou raconter des blagues en se moquant des clients après les avoir congédiés. Il l'a même entendue se foutre de Serge. Hamadi se retourne et la voit sans savoir comment réagir. Il décide d'être furieux pour montrer qu'il est le chef. Il se met à crier mais elle ne bouge pas, indifférente à ses insultes. La rangée de femmes le regarde, amusée. La Marocaine ne baisse pas les yeux mais quelque chose dans cet échange insolent le perce. Son air taquin, sa défiance, sa liberté peut-être. À ce moment-là, une autre prostituée se met à rire, la tension redescend et bientôt, toutes les femmes se détendent. Hamadi n'a plus le choix que de se laisser emporter lui aussi. Le fou rire se prolonge et, en le déridant, l'effrontée le fait sortir de son rôle de maton pour se montrer tel qu'il est. Hamadi croit qu'il a été clément, magnanime dans son absence de punition, mais dans ce matin glacé, c'est elle qui le libère. Quand le jour se lève, il s'autorise pour la première fois à s'aventurer entre les filles et à échanger plus que des ordres avec elles, à leur parler. Il apprend leurs noms, et en particulier le sien – Khadijah. Ce jour est le début de son amitié avec les femmes du Bois et le début de son histoire avec elles. Quelques heures plus tard, quand le minibus qui affrète les filles arrive, Hamadi réalise qu'il ne s'est jamais demandé où elles allaient et ce qu'elles devenaient hors du Bois. Le véhicule avec des faux airs de monospace familial s'ouvre et les putes s'avancent pour y monter. En passant devant lui, Khadijah lui fait un signe de la main. Il se surprend à lui sourire.

Les jours suivants, Hamadi apprend à connaître celles qu'il appelle « ses filles » quand il rentre au quartier et qu'il traîne avec la Fraternité. Il les écoute, les apprécie. Toutes les putes ont une histoire et Hamadi a retenu chacune de celles qu'elles lui ont racontées. Serge a placé la plus blanche en premier comme un hommage aux charmes slaves. On l'appelle Sainte Catherine, un pilier du commerce qu'on dirait sculptée par Dieu. Pâle, son corps est fin et musclé. Russe sans âge au regard bleu-froid, elle traîne son calme dans la laideur du Bois et prie parfois à voix haute. Sainte Catherine croit au diable parce qu'elle croit aux hommes. Elle a confié à Dieu la responsabilité de lui écrire une vie singulière sans en exiger une fin clémente. Elle défend, pardonne et prétend même sauver certains pécheurs dans l'ombre de ses cuisses qui s'arquent comme les portes en bois d'un confessionnal. Elle ne parle que très peu de son passé, n'avoue à personne son vrai nom. On ne sait qu'une chose de son enfance, elle a hérité de sa mère une maladie génétique qui fait que l'une de ses pupilles est plus petite que l'autre quand elle est fatiguée. Au Bois, elle rêve en levant en l'air ce regard inégal quand elle s'use du ballet incessant des voitures aux phares éteints. Sainte-Catherine est la mère supérieure des autres putes, la Sappe, un Congolais passionné de fringues qui s'est rebaptisé et se fait appeler par le même nom que celui de son magasin, une boutique de costumes et de chaussures colorées coincée dans une rue irrégulière de Château Rouge, est son client le plus fidèle. C'est un type sympa, affable, qui explique à qui veut l'entendre que sa grande idée marketing fut de prendre le nom de sa boutique pour fidéliser le client. Hamadi a travaillé pour lui pendant quelques semaines – la Sappe trouvait qu'il présentait bien, un grand type africain, classe. Il espérait que ce dernier lui permettrait d'attirer de vieilles Blanches riches égarées dans les quartiers du nord de Paris, qui rentreraient pour toucher ses cheveux et repartiraient avec un chapeau. Il ne l'a pas gardé longtemps, Hamadi n'ayant pas réussi à apprécier à leur juste valeur les cravates et costumes d'inspiration italienne qui, selon son patron, constituaient un trésor. Le jour où il s'est endormi alors que la Sappe éructait et critiquait les coupes formalistes des costumes anglais, ce dernier l'a viré. Ce sommeil a signé la fin de leur collaboration mais pas celle de leur amitié. Depuis, c'est au Bois qu'ils se retrouvent. Il prend vite l'habitude de demander à Hamadi une ristourne pour ses visites répétées, ce qu'Hamadi refuse chaque fois, mais Sainte Catherine est toujours prête, capote à la main, à recevoir celui qui vient pour elle.

Sur la ligne, Marguerite est seconde. Elle a un nom de vache sans en avoir le physique. Élancée, sans poitrine et large, elle ressemble à une amphore aplatie. Son visage est banal, un nez qui s'étire doucement à la base et se fond sur ses joues noires. Hamadi lui trouve des airs de Satimata, la distance, l'essence en moins. Elle est parfois belle et parfois laide. Elle porte tous les jours les mêmes résilles endommagés, leurs fils rompus par des puceaux maladroits ou des types pressés. Marguerite utilise son vrai nom car elle n'a pas honte de ce qu'elle fait – elle n'y prend aucun plaisir, mais elle préfère ça au sable malien. Pas qu'elle déteste son pays de naissance – simplement, elle s'en fout. Elle ne sent rien et ne veut rien, l'intérieur de son corps lui est indifférent. Elle vit avec Lolita, l'autre Africaine de ce que Serge appelle sans délicatesse le « troupeau », par commodité, sans l'aimer plus qu'une autre. À ses yeux, Lolita est une esclave. Des histoires d'identité, de pays, de provenance justifient son opinion, un héritage qu'elle a rapporté comme seul souvenir du continent africain. La famille de Marguerite restée au pays ne la condamne pas. Elle envoie de l'argent, elle est célébrée. Serge a accepté qu'elle ait un mari. Il dit que ce sont des coutumes de Noirs.

Lolita vient ensuite. C'est une masse, grande et large, assez brutale et disgracieuse. Arthur pense qu'elle ressemble à un homme. Elle garde les poils de son sexe drus et fournis, un triangle noir qui dépasse entre ses cuisses crevassées de cicatrices. Malgré son corps carré qui semble refuser l'amour, Lolita plaît. Elle incarne une forme de transgression, ce qu'un homme ne doit pas aimer, puisqu'elle leur ressemble supposément. Elle aime séduire, faire l'amour et se battre, principalement avec des femmes. Mutique pendant l'acte, elle chante quand elle essuie sa vulve avec une lingette démaquillante, et grogne quand elle se fait frapper par Serge qui lui reproche d'oublier trop souvent de facturer le supplément pour prestation sans préservatif.

Cerise est quatrième. Serge et Arthur l'essayent le même jour pour vérifier si les Asiatiques ont la chatte plus serrée. La fermeté du tunnel, c'est le nerf de la guerre pour les puristes, les nouveaux pères et les pédophiles. Une théorie d'Arthur, qui a beaucoup de théories. Franchement déçu, il raconte son expérience à la Fraternité et Kader se garde de rétorquer que c'est peut-être parce qu'il n'a lui-même pas un sexe assez gros ; il y a, après tout, des légendes sur les queues de babtous aussi. Cerise est cambodgienne. Selon Serge, les Cambodgiennes sont des Chinoises en solde parce qu'elles sont plus foncées. Jupe plissée rose et ridicule à moitié retroussée sur le rebond de ses fesses étroites, elle s'éloigne à peine de son poste lorsqu'elle veut uriner. Cerise aime la bière brune, et parler à Hamadi d'un chiot qu'elle a adopté et qu'elle cache sous les planches pétées du sol de la cabane quand Serge est en déplacement. Le reste du temps, elle le laisse courir pas loin d'elle dans le Bois, et l'entraîne à ne pas japper pendant ses passes.

Khadijah est avant-dernière. Depuis le soir des cailloux, Hamadi la considère avec une distance prudente teintée de désir. Ses seins sont fermes, mais endommagés. Inégaux, ils sont posés sur sa cage thoracique qui s'élargit progressivement depuis la taille. Ses coiffures changent souvent et ses cheveux s'effilochent chaque fois plus, brûlés par le peroxyde et les couleurs en boîte qu'elle utilise et qui tournent après quelques shampoings. Arthur dit que les Rebeues adorent se teindre les cheveux. Elle porte généralement une combinaison transparente coupée à l'entrejambe pour révéler un body en dentelle qui ne se ferme plus, au niveau du sexe, que par deux agrafes. Hamadi déteste ses chaussures hautes bleu électrique qui jurent avec son justaucorps noir, mais elle est de loin celle qu'il préfère regarder la nuit.

Au bout de la ligne, le Renard reste toujours à distance. Ses cheveux sont longs, lisses, crème, châtain et roux comme le duvet d'un ventre de canidé. Elle parle peu et choisit ses clients et ses amis en silence. Son monde intérieur est un espace si grand et si gardé qu'on ne peut ni le pénétrer, ni vraiment le comprendre. Même quand les hommes plantent leurs sexes durs dans son ventre, ils ne l'atteignent pas. Dans leurs bras, sous leurs bassins ou leurs soupirs elle reste absente – sa peau chaude, une illusion. Le Renard est au-dessus de tous, elle est la plus belle des putes et la plus belle du Bois. Elle le sait mais n'y accorde pas d'importance. Après le sandwich snacké qu'elle avale pour déjeuner, elle aime s'asseoir avec Sainte Catherine et Khadijah, les écouter en leur donnant ce qu'elle veut de son amitié. Loyale, elle leur parle parfois de sa vie d'avant. Quand Hamadi approche, elle se tait. Il ne se vexe pas ; lui-même se fait progressivement à son rôle et au silence que les filles imposent parfois. Ignorant leurs souffrances, il commence à y voir une sorte de refuge.

Chaque jour, les travailleuses reviennent à dix-sept heures trente. Hamadi commence plus tard, vers vingt et une heures ou vingt-deux heures selon les semaines. L'après-midi, il retourne en général à l'appartement de Bobigny ou va prendre un verre avec Arthur dans un quartier riche de la capitale. Il hait ces arrondissements autant qu'il les envie, y traîne souvent pour ne pas avoir à faire l'aller-retour d'une banlieue à l'autre. Un lundi, il arrive en avance. Il a voulu échapper à une dispute entre Fati et Aïssa, rentrées des cours et déjà occupées à se hurler dessus pour des raisons qu'il n'a pas cherché à comprendre. Il a filé avant que sa mère ne rentre, histoire d'être un peu tranquille, et s'est rendu directement au Bois. En attendant de prendre son poste, il décide de se balader parmi les arbres. Alors qu'il avance, une chanson d'enfance lui revient : une comptine que lui chantait Marie et qui l'agaçait quand il était gosse. « Nous n'irons plus au bois, les lauriers sont coupés » – dans les rues de Conakry, il n'y avait pas de lauriers. À l'époque, il ne saisissait pas l'allusion. Il ne la saisit toujours pas. « La belle que voilà, la laiss'rons-nous danser ? » Il marche avec ce souvenir. La suite vient, qu'il fredonne : « Entrez dans la danse, voyez comme on danse. Sautez, dansez, embrassez qui vous voudrez. » La ritournelle se répète encore, va de sa mémoire à ses lèvres. Il s'entend murmurer « embrassez qui vous voudrez », et il pense à Khadijah, à son profil, son regard. Sa balade le ramène bientôt à la cabane. La nuit est déjà tombée, précoce comme l'ordonne la saison. Ses filles, à leurs places, crachent des petits nuages d'air dans le soir glacé en gigotant sur leurs talons. Le gardien de jour termine une canette de Coca qu'il tient de travers, avachi sur la chaise qu'il a sortie sur la pelouse et qui s'enfonce dans le sol. Il ne bouge pas, s'occupe de ses affaires, indifférent. Hamadi hésite et s'approche de Khadijah par-derrière. Elle sursaute quand il lui tapote sur l'épaule. « Attention, les putes ça mord ! » balance-t-elle, visiblement amusée par sa maladresse. Elle le laisse lui parler et lui proposer de venir boire un café avec lui dans la cabane. Elle mentionne Serge et suggère à Hamadi qu'il risque d'apprendre qu'elle a fait une pause non justifiée et de s'en prendre à elle. Hamadi bredouille, embarrassé, avant de lui assurer qu'elle ne risque rien. Personne ne dira rien, conclut-il en regardant les autres filles. Alors qu'elle jette un œil nerveux vers le geôlier diurne qui rentre la chaise et s'apprête à partir, Hamadi change d'avis et lui propose de venir plutôt le rejoindre au cours de la nuit. Elle accepte d'un simple hochement de tête.

Pendant tout son service, Hamadi guette son arrivée, le souffle court, à l'intérieur du pavillon en bois. Il a connu des femmes, plusieurs même, mais aucune ne l'a jamais marqué. Il a toujours préféré traîner avec ses potes, et ne se voyait pas gaspiller son temps à comprendre cette race particulière qu'est celle du sexe féminin. Ses aventures, toujours à la va-vite dans des cages d'escalier ou dans les pièces désertées des fêtes du quartier l'ont lassé, mais parfois, il se dit qu'il aimerait quand même bien connaître ce qu'on appelle « l'amour ». Il n'aurait jamais avoué ça à Georges, Kader ou Esteban, encore moins à Arthur, mais ce que Khadijah lui fait ressentir semble pouvoir y ressembler : une sensation qui le prend au ventre et remonte jusque dans sa gorge. Il est plus excité ce soir qu'il ne l'a jamais été. Quand, juste après minuit, il entend quelqu'un s'approcher en trébuchant, il se précipite vers la porte laissée entrouverte avant de réfléchir. Elle apparaît dans l'embrasure, il pense à aller l'aider pour lui donner son bras mais il se ravise, conscient de la présence des autres et de ce qu'elles pourraient dire s'il traitait Khadijah comme une femme. Il lui tend quand même la main pour qu'elle monte la dernière marche, l'invite à l'intérieur de ce chez-lui emprunté. Les premières minutes sont étranges, timides. Khadijah retire ses chaussures et réveille un peu plus le désir d'Hamadi sans s'en rendre compte. Souple, elle pose son pied sur le rebord de la fenêtre à côté de la porte et gratte le vernis qui se décompose sur l'ongle aplati de son gros orteil. Des paillettes en laque sèche tombent sur le sol. L'écart de ses jambes laisse voir le trou béant et arrondi de sa combinaison. L'odeur de son sexe, l'impudeur du body qui jaillit et recouvre à peine les reliefs de son pubis paraissent incongrus, soudains dans ce lieu clos et silencieux. À travers la dentelle, Hamadi distingue des poils noirs qui transpercent le tissu. « Bah alors, tu fais du café ou quoi ? » Khadijah repose son pied sur le sol et s'assied par terre. Hamadi réalise qu'il a pris la seule chaise et se lève. Il se reprend, prépare la cafetière et commence à parler. Il lui demande où va le bus qui les emmène chaque jour. D'un geste, il désigne la chaise, qu'elle refuse. Khadijah répond qu'elle et les autres putes ont une vie en dehors du Bois. Il se retourne pour la regarder. Aucune trace de colère sur son visage. Elle lui explique alors que toutes les travailleuses de Serge vivent dans la même maison, un squat à Saint-Denis où l'on place des hommes aux entrées pour les empêcher de s'enfuir. Des portes coulissantes en métal séparent les pièces « comme dans les abattoirs », ajoute-t-elle. Hamadi ne connaît pas cette planque. Elle ne s'attarde pas sur ses conditions de vie, décrit simplement son quotidien. La salle de bains à partager à vingt, les produits de maquillage mutualisés dans un bac en plastique bleu. Sainte Catherine est la plus douée en la matière. Elle aurait, dit-on, fait de la danse quand elle était petite et appris là-bas à se farder. Un truc de ballet ou autre chose, Khadijah ne sait plus. Hamadi réfléchit, une référence lui revient en tête – un spectacle que Marie les avait emmenés voir à Conakry et qu'il raconte tant bien que mal. Son propos a peu de sens, mais il est enthousiaste. La pause de Khadijah dure plus longtemps que prévu. Soudain, elle interrompt leur échange avec la même rapidité que quand elle met fin à une passe. L'horloge clouée à la porte de la bicoque la rappelle à son devoir. Elle lui demande si demain il y aura encore du café. Ils se donnent rendez-vous à la même heure. Sans le dire, Hamadi espère que la pause durera plus longtemps.

Le jour d'après, le sifflement feutré de la cafetière accompagne une discussion plus légère. Ils essayent d'apprendre à se connaître, dressent des portraits chinois respectifs de l'un et de l'autre en se posant des questions triviales. Khadijah juge qu'elle serait un serpent si elle devait être un animal, Hamadi lui trouve des airs de chat. Elle dit que sa couleur préférée est le rouge, Hamadi le bleu. Rien d'intéressant, seul le plaisir de connaître des détails sur l'autre. Il ne pose pas de questions sur sa vie de pute, trop occupé à penser à cet amour naissant, le premier qu'il vit. Les autres prostituées commencent à jaser, balance-t-elle d'un coup. Hamadi répond qu'il gère la situation et ils poursuivent. La veille, c'est elle qui menait le dialogue mais cette nuit, comme les suivantes, c'est Hamadi qui parlera le plus. Il trouve dans cette cabane à putes, avec Khadijah, l'écoute qu'il n'a pas dans sa vie. Certes, il peut compter sur la Fraternité, sur l'incroyable loyauté de ses amis d'enfance. Mais dans ce groupe de garçons à la vingtaine plus ou moins avancée, parler de soi n'est pas permis. Khadijah l'écoute patiemment en lapant son café, elle prend peu à peu ses aises. Le troisième soir, les clients sont nombreux, comme tous les mercredis. Khadijah n'a pas le temps de le rejoindre ; il s'aperçoit qu'elle lui manque déjà.

Les trois jours d'après marquent le début d'une habitude. Hamadi parle, Khadijah écoute. Il évoque sa famille, ses sœurs, ses frères et parfois son père, mais pas Marie. Il a toujours du mal à lui parler de sa mère. Il a trop honte. Il évoque alors sa concurrence avec Fati, cette petite conne appliquée qui sait si bien s'y prendre avec son père mais qui ne gagne toujours pas d'argent. Lui au moins, réussit et peut se payer le luxe de s'entretenir tout seul. Il revient sur son père et l'accuse, acerbe, de ne pas avoir assez envie de vivre. Khadijah peut voir qu'il ne réussit pas à le détester entièrement. Il lui raconte aussi des histoires moins intimes, petits bouts d'extérieur qu'elle apprécie. Et puis finalement, un soir, Hamadi se lance et lui demande comment elle en est arrivée là – « sur un malentendu », répond-elle, froidement. Il corrige : comment elle est arrivée là. Il laisse passer quelques secondes pour qu'elle saisisse l'occasion de développer mais devant son silence, il n'insiste pas et choisit de parler des dernières conneries d'Arthur pour changer de sujet. Il se fiche après tout de savoir pourquoi et comment elle est arrivée là, l'important est qu'il y soit avec elle et qu'elle revienne chaque soir le voir. Les autres filles ont bien remarqué leur manège mais ne le critiquent pas. Khadijah le prévient néanmoins que Serge est au courant – une des filles le lui a dit et elle n'a pas voulu mentir, elle lui a confirmé. Il a rappelé la règle, baiser oui, mais pas d'histoire d'amour, puis il est passé à autre chose. Un homme qui couche avec une prostituée n'est pas un événement notable.

Après trois semaines d'entrevues quotidiennes, Arthur débarque à l'improviste pendant l'un de leurs tête-à-tête. Il se fout de la gueule de son pote qui s'entiche d'une caille que tout Paris Ouest a sautée et lui dit être venu pour vérifier l'info, parce que Serge lui a dit la veille et qu'il s'est étonné, Hamadi ne l'avait jamais évoqué lors des réunions de la Fraternité. Il jette un billet de vingt par terre et ordonne à Khadijah de ramasser. « Prends, c'est pour toi, tu nous auras bien fait marrer. » Elle attend quelques secondes, guette une réaction de la part d'Hamadi ; il ne bouge pas. Alors, elle s'accroupit, ramasse et sort sans dire un mot. Dans ses yeux, Hamadi distingue une colère qu'il ne lui connaissait pas.

Après cet incident, Khadijah reste distante. Elle regarde au loin quand il parle, le rejoint en retard, fait même parfois mine d'avoir oublié. Ses tentatives de se faire pardonner échouent. Une semaine plus tard, un jeudi, alors qu'il rentre à Bobigny après le départ du car, il se repasse la scène et regrette de ne pas avoir réagi. Il voudrait rattraper les choses mais il ne comprend pas vraiment pourquoi elle lui en veut. Elle a eu de l'argent en plus, n'a reçu aucun coup. Le lendemain, en arrivant au Bois, il offre une clope à Sainte Catherine, se pose sur la rambarde avec elle et lui demande quoi faire. Il est presque sûr qu'elle est la plus proche de Khadijah. La Russe n'a pas grand-chose à lui conseiller, si ce n'est de lui faire un cadeau, une attention, comme avec une femme. Il la remercie en lui tendant un billet de dix qu'elle refuse.

Deux jours et deux cafés décevants plus tard, Hamadi voit une occasion quand Marie rapporte du supermarché cinq boîtes de chocolats tout juste périmés qu'elle donne à ses enfants. Yero les avale avec voracité, nourrissant son corps adolescent qui grossit sans limites. Fati les partage avec son père et défroisse les papiers brillants, violets et argentés, qu'elle garde en secret comme un trésor, honteuse de collectionner de vulgaires emballages à vingt ans. Aïssa donne à ses amis ceux qu'elle n'aime pas et se rend malade en mangeant tous les autres. Pour imiter son frère, Adama les déguste jour après jour. Hamadi les enveloppe d'essuie-tout et les prend dans un sac en plastique qu'il tient contre sa cuisse quand Kader passe le chercher en scooter en bas de chez lui pour l'emmener au Bois. Ce dernier aime dire que son véhicule est volé, même si, dans le quartier, tout le monde sait que sa mère le lui a acheté. Quand il s'enquiert du contenu du sac, Hamadi oublie de mentir. Une demi-heure plus tard, il distribue les chocolats pendant que de l'autre côté de Paris, Kader raconte à la Fraternité l'histoire du chien de garde qui apporte des friandises aux salopes du Bois. Tout le monde se moque de ses manières de sensible, dans le cercle des supposés gros durs les rumeurs fusent comme chez les vieilles chinoises de la Place Jaune.

Ce soir-là, Hamadi va de fille en fille, en tentant de ne pas gêner la vue des conducteurs qui passent au ralenti devant elles, vitres baissées ou à peine entrouvertes. Il distribue ses sucreries et les filles disent merci. À vingt-deux ans, Hamadi est encore une bribe de gosse qui offre à des femmes exploitées les friandises que lui rapporte sa mère. Arrivé face à Khadijah, il lui tend les chocolats en lui demandant pardon. Elle sait qu'il ne sait pas de quoi il s'excuse, mais elle l'accepte, déjà sûre de l'éternelle lâcheté des hommes. Plus tard dans la nuit elle le rejoint et, autour de leur traditionnel café, il se confie de nouveau et lui raconte qu'il a menti à son père, en prétendant qu'il allait reprendre son éducation, pour être comptable ou quelque chose comme ça. Ce dernier l'a cru et en a parlé à Marie et à toute la famille. Fati a mal réagi et il s'en délecte encore en y pensant alors que Khadijah se baisse pour descendre doucement vers son bassin. Il retire son pantalon et son caleçon pour accueillir sa bouche – il sent son souffle chaud sur son sexe et se tait. Au loin, des bruits de caisses et parfois les lumières des gyrophares bleus annoncent les rondes des flics. Il se laisse faire entièrement et jouit rapidement. Alors, tout disparaît autour de lui – l'odeur pourrie des feuilles dehors, le froid, son père, Conakry. Il oublie tout sauf Khadijah et il comprend au plaisir qu'il éprouve à la voir le lui donner qu'il la veut tout entière, et rien que pour lui. Il la relève vers lui en la touchant maladroitement, puis la prend sur la table posée plus loin. Elle crie sous lui, professionnelle, quand il va et vient. Il l'embrasse à la fin avec une tendresse qu'il ne se connaissait pas, désireux de la prendre encore. Khadijah lui caresse le visage. Ensemble, ils rient de cet instant plus vrai dans leur monde simulé.

Champs-Élysées

La liaison qu'il entretient avec Khadijah a une conséquence inattendue dans la vie d'Hamadi : pour ne manquer aucun moment avec elle, il est devenu particulièrement zélé. Lui qui n'avait jamais été vraiment sérieux à l'école ou dans ses précédents boulots, est devenu exemplaire. Toujours à l'heure, fidèle au poste, il est l'employé parfait que Serge utilise comme exemple pour dresser ses autres gars. Le Chirurgien et Marie ont presque arrêté de s'inquiéter, bercés par ses mensonges – ils pensent toujours qu'il met de l'argent de côté pour reprendre ses études l'année prochaine. La relation d'Hamadi et de Khadijah est intense et régulière. Ils se retrouvent toutes les nuits au Bois pendant plus de six mois, s'aiment comme ils peuvent mais sans plus. Leurs échanges sont naturels, simplifiés par le cadre strict d'une routine, des horaires définis et une tendresse qu'Hamadi ne questionne jamais. Pourtant, son envie de l'avoir entière, celle de vivre autre chose aussi, sont contrariées par sa captivité. Il y pense de plus en plus et le tolère de moins en moins.

Tous les mois, Hamadi jouit d'une nuit de congé. Il décide de tenter sa chance le matin de sa soirée libre de juin. Alors que Khadijah repart comme tous les jours à Saint-Denis, il glisse un mot au transporteur pour essayer de négocier de la garder pour la journée. Le type le regarde, ahuri, puis éclate de rire. Il ne prend même pas la peine de répondre et hâte Khadijah dans le van à la suite des autres, en la malmenant comme ces dernières. Les pneus patinent dans la boue humide laissée par les pluies du début d'été et le véhicule démarre en trombe. Hamadi reste là, interdit et dégoûté. Le soir, la Fraternité est de sortie. Suite à cette déconvenue, il n'a pas envie de faire la fête mais Kader passe l'après-midi à le convaincre : ces jours-ci, rassembler tous les membres de la bande n'est pas simple et la virée nocturne prévoit d'être une réunion plénière. Les supplications de son pote d'enfance finissent par le faire céder ; ils prennent le scooter de Kader pour rejoindre le huitième arrondissement où les autres les attendent déjà.

Ensemble, ils descendent l'avenue large des Champs-Élysées qui tire sa langue de l'Arc de triomphe aux bords de la Seine. Ils s'arrêtent dans un restaurant franchisé pour prendre un café rapide et se changer dans les toilettes. Ils ressortent de la brasserie en portant tous des pantalons de couleur et des costumes satinés qu'Arthur leur a prêtés. Ils fêtent leur jeunesse avec fracas. Ce soir, c'est Arthur qui paye – pour les fringues, l'alcool, pour la bouffe. Depuis quelque temps, Arthur crache de l'argent. Tout le monde sait que c'est sa vieille qui lui offre toutes ces sapes et qui fait couler le fric puisqu'il couche avec elle. Personne ne lui en parle. La vieille non plus ne dit rien. Même si elle est consciente qu'il aime d'autres femmes, elle s'en moque. Arthur a toujours plu aux femmes, enfant il était adoré par les mères des autres grâce à sa belle gueule. Puis, il est devenu rabatteur de putes, et enfin pute lui-même. Arthur se croit au-dessus de ça, il peut vendre son cul et celui des autres en restant digne – c'est la force incontestable de la confiance en soi. Ses paupières s'alourdissent sous la fatigue des nuits de prostitution fastidieuse mais il reste le chef incontesté de la Fraternité. Sur l'avenue, il y a Arthur, Georges, Esteban, Kader et Hamadi. Ils occupent toute la largeur du trottoir, leurs costumes clinquants s'accordent aux lumières des vitrines. Sur l'avenue, ce soir, ils sont Arthur, Karl, Escobar, Charles et Max. Ils s'arrêtent dans un restaurant cher qui a une belle terrasse, un établissement bien comme il faut où on peut voir ses dents dans les couteaux. Ils exigent une table, s'installent, bouffent des steaks et des plats avec des sauces fortes et des vins aux noms glorieux qu'ils n'apprécient pas mais qu'ils aiment pouvoir se payer.

Ils se plaisent à voir les femmes étrangères se retourner discrètement sur leur passage, les bernadettes accompagnées qui ne réussissent pas à retenir leurs regards. Ils sont beaux et puissants, pleins de vie et d'avenir, pensent-ils. Hamadi se sent heureux, excité par son histoire d'amour, rassuré par la présence de ses potes de toujours. Alors que l'ivresse avance, la mélancolie gagne pourtant un peu de terrain. Des pensées brèves comme des flashs. Il aimerait être avec Khadijah. Il n'est pas si fier que ça des mensonges servis à ses parents. Parfois, il culpabilise de traiter ses frères et sœurs comme des étrangers. Puis, la soirée reprend et lui fait tout oublier. Ils enchaînent, vont d'une boîte à l'autre. Sur des pistes de danse qui collent et sentent l'alcool, ils abordent des filles dans un tourbillon confus de fumée et de gin tonic jusqu'au lever du jour. À l'aube, ils cassent leur dalle amplifiée par le manque de sommeil en effritant des viennoiseries sur les bords de la Seine. Leurs rires se mêlent et deviennent une seule voix, et dans les anecdotes qu'ils se remémorent, la nostalgie semble se mêler à l'espoir.

Ils rentrent ensuite tous un à un et Arthur reste seul avec Hamadi, qui commence à sentir les premiers effets de la gueule de bois. Après avoir financé la nuit, Arthur a un dernier cadeau pour lui, mais celui-ci ne le sait pas encore. Plus tôt dans la journée, Arthur a eu Serge au téléphone au sujet d'un deal qui devait se conclure en fin de semaine, et pour faire la conversation, il lui a raconté la pitoyable tentative d'Hamadi d'obtenir un rendez-vous avec sa pute, diligemment rapportée par le chauffeur. Ils en ont ri mais, à la surprise du Serbe, Arthur a proposé de prendre un plus petit pourcentage sur la livraison du week-end pour obtenir en échange que le proxénète cède à son pote cette journée avec Khadijah qu'il voulait tant. Le malfrat a hésité, mais par curiosité et appât du gain, il a accepté. Au début, Arthur avait cru qu'Hamadi se lasserait au bout de quelques semaines – mais des mois plus tard, son ami s'entête à aimer une pute. Il a bien essayé de ne pas en parler mais tous les membres de la Fraternité connaissent la vraie nature de ses sentiments : il a laissé échapper des remarques, vantant son regard, son écoute, avançant même une fois, ivre, qu'elle serait la seule à le comprendre. Arthur l'avait vanné mais au fond, il ne le juge pas. Arthur a beaucoup de théories, mais finalement peu de jugement.

Pour l'instant, ils remontent tous les deux des quais à la rue, vers une pizzeria médiocre qui leur sert des cafés hors de prix. Il est presque dix heures et l'alcool est encore épais dans leur sang – ils comatent en silence en regardant la Seine qui scintille et ondule comme un serpent. Une demi-heure plus tard, un taxi hésite puis s'arrête en face d'eux. Khadijah descend. Elle porte un sweat gris élimé qui lui tombe sur les hanches, un jean souple et des baskets impeccablement blanches. Son sweat est légèrement usé et laisse voir la rondeur de ses seins. Elle a lâché ses cheveux qui tombent en mèches miel brûlé autour de son visage, ne porte pas de maquillage. Elle paraît plus jeune que d'habitude. Hamadi la trouve incroyablement belle. Arthur paye son café et celui de son frère et monte dans le taxi dont Khadijah vient de sortir sans dire un mot.

Hamadi n'en revient pas. Il n'a pas le temps de remercier son ami. Le choc de la surprise le fait dessoûler d'un coup. Il se lève pour lui offrir une chaise, l'embrasse rapidement et lui demande comment s'est passée la nuit puis regrette aussitôt de l'avoir fait ; le Bois est loin et il ne veut rien en savoir. Leurs horaires ne leur permettent pas de moments de vie, ils ont peu l'occasion de se trouver comme un couple normal. Là, près de la Seine, alors que les restaurants et les magasins commencent à ouvrir pour la journée, ils sont comme tous les amants de Paris. Hamadi lui prend la main naturellement et lui caresse la paume comme il a vu le Chirurgien faire avec Marie – un reste de l'enfance qui vit toujours en lui. Il veut plus qu'une oreille pour écouter ou une chatte pour jouir. Il veut faire de Khadijah sa femme, même si elle fait la pute et lui le mac. Ils partent du café, voisin du Grand Palais, et descendent vers les quais calmes et boisés du seizième arrondissement, marchent sans trop parler, quand soudain Khadijah se met à se confier à son tour. Elle lui avoue d'abord qu'elle a peur du silence et quand il lui demande pourquoi, elle ne peut répondre sans se raconter pour la première fois. Les vannes de la parole s'ouvrent, et Hamadi rencontre celle qui est son amante depuis près de six mois – celle qui connaît tout de lui mais qui n'est connue de personne –, son premier amour dont il ignore cependant encore tout.

L'histoire de Khadijah commence dans des montagnes arides du sud du Maroc. Petite, elle aide son père à la ferme. Au début de la saison, pour s'assurer qu'il y aura assez de chevreaux et donc de lait, on piège les chèvres par le cou dans les mangeoires grâce à un mécanisme en bois. Dans le box exigu de l'étable, nuque coincée, on garde leurs croupes offertes aux boucs. Excités et violents, les mâles les blessent et les fécondent alors que les captives hurlent en essayant de se libérer du joug des poutres resserrées sur leurs gorges. Quelques mois plus tard, elle joue avec les chevreaux capricieux. Ainsi, elle apprend tôt, sans le comprendre, les risques de la vulnérabilité. Elle a peur du silence, parce qu'elle se rappelle les chevreaux qu'on égorge. Leur mort n'est pas signalée par des cris d'agonie, les bêtes crient tout le temps, elle se devine par l'absence de bêlements. Un jour, alors qu'elle a sept ans, son père, lassé d'avoir à lui cacher l'ordre des choses, la laisse entrer dans l'étable à la fin de la saison. Accrochés aux murs, des tendons de chevreaux sont pendus pour sécher, une fois durs, ils habilleront les arcs ou deviendront des baguettes destinées à frapper les jambes du troupeau. Les peaux aplaties et poussiéreuses, encore incroyablement petites, des chevreaux, s'entassent dans un coin et servent de cachette aux gerbilles. Elle comprend soudain la raison de la disparition cyclique de ses partenaires de jeu. Quelques années plus tard, son père part et la laisse seule avec sa mère. Il voulait un garçon. Pas une autre femme à nourrir.

Elle n'a pas de frère, la mère l'éduque comme elle peut. Elle grandit, fait des petits boulots et ce jusqu'à l'adolescence, sans connaître l'école. Elle est plutôt belle et le village le sait. Un jour, un grand type qui a réussi à la ville la repère et débarque chez sa mère pour lui dire qu'il y a du travail à Paris, les personnes riches cherchent toujours des femmes de ménage présentables et il la voit bien dans ce rôle. Elle sait que le travail sera dur, qu'elle devra se lever tôt et apprendre à servir toute la journée, mais elle accepte. Elle veut partir à tout prix, avoir une chance. Elle a toujours été grave, sérieuse même quand elle était enfant, et facétieuse aussi. Quand elle raconte son histoire à Hamadi, elle se souvient de l'inquiétude qu'elle avait avant de partir et de la question qui l'obsédait : et si c'était pire là-bas ? On lui paye le voyage. Sa mère lui dit au revoir et lui demande de lui donner des nouvelles, elle ne la serre pas dans ses bras et la laisse aller libre vers une vie dont elle sait qu'elle ne fera pas partie. Khadijah comprend que quelque chose ne va pas dès qu'elle arrive à l'aéroport. Elle ne dit rien pourtant, espère se tromper. Quand ils contournent Paris sans rentrer dans les artères ordonnées de la ville, elle réalise qu'on ne l'emmène pas là où elle devait aller. Elle se tait, ne pleure pas. Elle ne regrette pas. Elle sait que la chèvre qui veut manger n'a pas d'autre choix que de baisser la tête. Le sbire de Serge qui est venu la chercher l'emmène dans la maison de Saint-Denis, la seule qu'elle connaît depuis son arrivée. Sur un canapé défoncé, il la viole. Puis il lui explique quelle sera sa vie, à présent. Ce dernier détail, elle ne le partage pas. « Maintenant tu sais », dit-elle, puis elle se tait. Hamadi ne trouve pas quoi répondre et préfère l'embrasser. Il aimerait lui dire qu'il va la protéger mais il ne le fait pas, car il ne veut pas promettre ce qu'il n'est pas sûr de tenir. Il lui propose d'aller manger une gaufre, elle accepte en changeant de sujet. Ils restent ensemble toute la journée. Hamadi réalise cet après-midi qu'il l'aime, sans avoir besoin de se l'expliquer. Il se dit qu'il doit réussir à convaincre Serge de la lui laisser entièrement. Il demandera l'aide d'Arthur, il proposera ses services pour d'autres missions, plus dangereuses. Il essaiera d'acheter sa liberté. Au fond, il est prêt à tout. Il se promet d'aller lui parler bientôt.

Delf

DEUX SEMAINES PLUS TARD, Hamadi n'a toujours pas trouvé la force de parler à Serge. Sa première expérience, avec le chauffeur, l'a refroidi et, même si l'histoire de Khadijah l'a touché et qu'il est sûr de ses sentiments, il ne veut pas se mettre en danger bêtement. Que ferait-elle, sans lui, s'il ruinait toutes leurs chances en pressant trop l'affaire ? Pourtant, il sait qu'il doit le faire bientôt. Après s'être confiée, Khadijah est devenue pudique et il ne supporte pas de la voir se renfermer. Elle a l'air déçue, il le comprend et se résout à agir, il ira voir Serge ce soir avant le travail. Mais avant, pour se donner du courage, il décide de passer par un bar situé près de chez lui pour boire un verre. Il se sent puissant, fier de sa décision et renforcé par l'amour qu'il ressent pour Khadijah. Il descend son pastis rapidement, puis en recommande plusieurs. L'excitation et la peur lui donnent envie de boire. Lorsqu'il va pour payer, il s'aperçoit que sa poche est vide, dépourvue des dizaines de pièces qui s'entrechoquent d'ordinaire entre la fermeture et la doublure de toile de son blouson. « Putain de Georges ! » lâche-t-il. Georges a cette sale habitude de faire les poches de celui qui laisse traîner ses affaires. Il n'est pas radin, mais il a des manières d'Antillais, clame-t-il pour se défendre. Selon Arthur, les Antillais « pensent qu'on peut tout partager parce qu'ils sont structurellement adaptés à la vie en communauté sur une île ». Les lèvres déjà trempées de Ricard, seul dans le PMU qui marque l'entrée du quartier, il réalise avec agacement qu'il ne pourra pas payer ses boissons. Il est légèrement ivre, encore assez lucide pour savoir que Karim, l'Égyptien clandé qui tient le service du soir, a consigne de ne pas faire crédit. Au fond du bar, une télévision passe en boucle un match de foot en haute définition. L'image de la retransmission a des teintes plus vives que la réalité terne des décorations de l'établissement, matelassé de banquettes rosies à force d'avoir été grattées à l'éponge.

À cette heure, il sait qu'il ne réussira pas à joindre Georges et qu'Arthur doit être chez un client ou chez la mère de quelqu'un. Kader ne répond jamais quand il s'agit d'argent. Escobar peut-être, mais son mois est chargé de contrats de réhabilitation de HLM. Il dit qu'il met de côté pour lancer son propre business bientôt, Arthur se marre en précisant qu'à ce rythme, il aura peut-être seulement un sixième de pavillon dans l'Eure à soixante ans. Hamadi pense alors à ses frères, Yero n'est pas chez eux, quant à Adama, il préfère ne rien lui demander. Il n'appellerait jamais Marie pour ça. Il ne pense même pas au Chirurgien. Il réfléchit, bute et ne trouve pas.

Karim regarde de loin et comprend. Il reconnaît immédiatement le comportement de celui qui manque de liquide et tapote gauchement tous les recoins de ses vêtements pour trouver quelques pièces. Il se tait et attend de voir si le grand Black tantôt si assuré osera avouer qu'il n'a pas d'argent. Hamadi ne bouge pas. Une demi-heure plus tard, Karim fait gémir les fûts de bière et clôt son service. Sur toutes les tables, il dépose poliment les additions et attend. Hamadi fait encore semblant de chercher, il joue faux, feignant l'embarras, et sort de sa poche trois chewing-gums, la clé de la baraque en lambris du Bois, deux capotes couverture glacée imitation denim et sa carte d'identité. D'un geste maladroit, il la tend à Karim qui le fixe toujours. « Si je te donne ça en attendant, je peux payer le Ricard demain ? Comme ça t'es sûr que je reviendrai. » Karim prend la carte sans un mot, teste la rigidité du parallélépipède plastifié aux bords arrondis – le plastique rebondit avec la souplesse contrariée de la perche du sauteur avant l'envol. Il vérifie que son patron ne le voit pas puis marmonne un oui et s'éloigne.

Karim vit en France depuis trois ans. Il s'éreinte dans la course des demandes administratives de papier et des supplications standardisées d'asile et de nationalité. Il se voit comme un chien de cirque forcé à faire des tours pour contenter ses maîtres. La carte d'Hamadi entre les mains, il pense aux examens, aux contrôles, aux tests écrits de français et aux questions civiques auxquelles il doit répondre et qui demandent à ceux qui naissent ailleurs de professer leur amour de la France. Il pense à sa vie sans assurance, au jour où il s'ouvrira les veines sur le bord irrégulier d'une conserve d'olives vertes semblables à celles qu'il ouvre pour accompagner les demis et les ballons de vin – alors il voit le sang couler et le coude se détendre. Il songe encore aux enquêtes, aux conditions nécessaires qu'on doit remplir pour pouvoir obtenir ce titre rectangulaire sans lequel la légalité de son existence sur ce territoire ne reste que relative. Il pense à l'entretien individuel qu'il passera bientôt devant un agent de la préfecture qui n'y connaît pas grand-chose et qui évaluera pourtant ses mœurs et sa valeur. Pas d'écart ou d'erreur permis. Quand il range la carte sous le comptoir, il regarde sur la photo le visage de ce privilégié qui brade son rêve à lui pour un Ricard. Il n'a accepté de lui faire crédit que pour une chose, pouvoir glisser ce petit bout de papier dans l'enclave synthétique de son portefeuille. Il la gardera jusqu'au lendemain, pour avoir la sérénité de celui qui dort français.

Avant d'aller au Bois, Hamadi repasse par l'appartement. Dans l'escalier il croise son père, arqué par sa journée, il revient du supermarché avec deux sacs dont dépasse un paquet de jambon de dinde sous vide. Hamadi murmure un bonjour sans lui proposer de l'aider – il grimpe les marches deux par deux pour arriver plus vite à l'étage et ne pas avoir à lui faire la conversation. Il partage toujours sa chambre avec ses frères, mais cette pièce étriquée commence à perdre ses airs de prison. Pour lui, le domicile familial n'est qu'une étape qu'il espère quitter rapidement. Il reste encore par flemme, par habitude et parce qu'il sait qu'il aurait du mal à expliquer à un agent immobilier la provenance de son « salaire ». Dans la chambre, il s'accroupit et sort de sous son lit une boîte à chaussures molle qu'il ouvre pour contempler les liasses de billets roulées et maintenues par un élastique en caoutchouc qu'il y cache. Une planque banale à la Scarface dont il est très fier, des billets de vingt entassés qui lui donnent l'impression d'être le prochain Tony Montana. L'argent lui donne confiance en lui, comme l'alcool et toucher la peau de Khadijah. Il a réussi à s'en sortir, se répète-t-il, le pire est derrière lui : l'école, la société, la peur de ne pas trouver d'emploi ou sa voie. Il aime montrer ce qu'il gagne, prétendre qu'il est blindé. Tout le quartier sait ce qu'il fait à l'exception de ses parents qui préfèrent ne pas voir. Dans la boîte à chaussures, une bouteille de whisky qu'il attrape pour s'offrir juste une gorgée d'alcool avant d'aller voir Serge. S'il se tient à carreau et continue de bien le servir, le Serbe lui donnera probablement plus de responsabilités. Il est raciste mais plein de bon sens, il suffit de lui faire gagner de l'argent. Quand il sera passé chef, il connaîtra la maison de Saint-Denis et Serge pourrait même lui offrir Khadijah en cadeau. Voilà tout son plan : monter dans l'organisation, épouser Khadijah, et un jour peut-être, partir avec elle. Il referme la boîte après avoir contemplé une dernière fois les devises et la photo de famille qu'il a glissée dessous. Son regard s'attarde alors sur le visage de sa sœur. Il retient son souffle quand il compose le numéro de Serge, lâche un soupir quand le Serbe ne répond pas. Il réessaye, tombe sur un sbire quelconque qui lui indique que le patron ne rentrera pas ce soir. Déçu et soulagé à la fois, il termine la bouteille et se promet de réessayer plus tard dans la semaine. Il se met en route pour le travail. Arrivé à Boulogne, il est ivre et fanfaron. Il blague trop fort avec Khadijah, persuadé d'être intouchable.

De l'autre côté de Paris, Aïssa ne s'occupe pas trop de la vie de son frère – elle se réjouit des cadeaux qu'il lui offre parfois et se plaît à imaginer la femme qu'il aime et dont elle ne connaît que le parfum qu'il traîne derrière lui. Elle en discute avec Marie qui se vexe de ce qu'elle sait déjà : son enfant a trouvé une femme et ne lui en parle pas. Quand elle s'en plaint au Chirurgien, il ne relève pas ou lui dit de se concentrer sur des problèmes plus importants. Aïssa se fiche à présent de ne pas être la préférée. Elle connaît son charme évident et répète à qui veut l'entendre que les ailes de son nez ressemblent à celles d'un papillon, colorées de taches de soleil. Elle s'aime très évidemment. Fati, qui devrait la prendre pour exemple, ne comprend pas cette sœur cadette qui veut se faire remarquer, vole le maquillage de sa mère depuis qu'elle a sept ans et ne s'habille qu'en couleurs. Elle est la seule à porter encore des tissus africains, mêlant le bleu et le noir, et le rose et le rouge, toutes ces couleurs qu'on refuse de marier au nom de vieilles décisions dictant le bon ou le mauvais goût. Elle seule égaye encore son père et connaît tout le quartier, de l'épicier vieillissant qui lui donne des ours en guimauve et chocolat trop fatigués pour être vendus, aux femmes qui vendent la joie, des derniers enfants au dealer raté qui parade. Marie la regarde grandir avec sérénité – elle sait qu'elle n'aura jamais à s'inquiéter pour celle-ci. Elle s'amuse de sa fougue, de sa mauvaise foi, de ses mensonges innocents et de son assurance à toute épreuve. Intelligente, Aïssa se doute de ce que fait son frère, mais elle l'aime comme les autres, sans efforts.

Son meilleur ami s'appelle Môhon. Il a presque quatre-vingts ans et vit au même étage qu'eux. Ils se sont rencontrés lors d'une évacuation causée par un incendie dans la cave de l'immeuble : tous les résidents s'étaient déversés sur la pelouse devant l'entrée, et elle avait tout de suite aimé sa grosse voix râleuse qui tonitruait contre les pyromanes. Elle a pris l'habitude de sonner à sa porte et petit à petit, il a accepté de la laisser rentrer et de remballer sa mauvaise humeur pour l'accueillir. Au fond, il apprécie sa compagnie. Lorsqu'elle lui rend visite, Môhon lui parle de la guerre d'Algérie, qui est une grande trahison de la France, et des traîtres qui ont tué son cousin, et du berger allemand qui l'a débusqué alors qu'il était caché chez ses tantes et qui l'a mordu au cou en le trouvant. Il dit que ces salauds l'ont soigné pour pouvoir le défoncer à nouveau, que ce sont des traîtres comme ceux qui ont chassé ses parents. Aïssa n'est pas au courant de l'histoire de ses propres parents et ne se souvient pas si elle-même a été chassée. Môhon mélange souvent les dates, les lieux, les noms, Aïssa en conclut que sa tête est comme une machine à laver cassée : ça grogne et tourne et mousse, et tout ne ressort pas toujours bien propre et blanc. Elle écoute de loin ces histoires de guerre qui lui paraissent être toutes les mêmes, parce qu'il n'y a rien de moins surprenant ou de plus commun que la violence. Elle n'a jamais été très attentive aux mots – elle préfère observer. Môhon porte un pull gris sale et bleu qu'il ne prend pas la peine de changer, son menton est toujours couvert d'une bave brune, résidu comateux d'un quelconque médicament qu'on lui a fait prendre. Il a des enfants, qui sont selon lui, eux aussi, tous des traîtres, comme les Français. Il ne quitte jamais sa veste militaire parce qu'il a été très gradé et colonel dans l'armée des justes, mais il l'accompagne à présent d'un bas de survêtement trop grand pour lui.

Il raconte sempiternellement les mêmes histoires, et Aïssa a ses préférées. En particulier celle de cette hôtesse de l'air suédoise que Môhon dit avoir séduite puis quittée il y a bien longtemps, et qui serait allée se consoler chez des Comoriens cracheurs de feu qui n'ont pas voulu d'elle parce qu'elle était trop grande et que leurs huttes en paille n'étaient pas un lieu convenable pour son mètre quatre-vingt-cinq. Parfois, Môhon demande à Aïssa des conseils pour aller récupérer la femme de sa vie, un canon pour qui il a construit de ses mains une maison en Algérie. Il dit qu'elle est partie parce qu'elle lui reprochait de regarder trop de porno. Pour comprendre, Aïssa regarde elle aussi un film porno un soir chez une amie qui a accès aux chaînes cryptées à la télévision. Une fois le film terminé, elle reste pensive : elle peine à en saisir l'intérêt. Pour aider son vieil ami, Aïssa demande des conseils à Marie et au Chirurgien, ou à Hamadi, quand il rentre assez tôt. Ses interrogations sont accueillies avec incrédulité et beaucoup d'amusement. Ses parents lui disent que la base de l'amour est la confiance, et l'attention qu'on porte à l'autre. Elle ne se satisfait pas de cette réponse, et préfère celle d'Hamadi, qui assène que pour récupérer sa poule ou mieux, en trouver une plus jeune, Môhon a juste besoin d'être plus riche. Elle ne rapporte pas ces suggestions au vieux et préfère l'écouter lui donner des conseils pour ses futurs amoureux. Il lui fait écrire des listes de ce que les hommes aiment et n'aiment pas. Elle obéit, docile, en écrivant en très gros et très rond. Souvent, au dîner, Aïssa s'amuse à raconter ces histoires d'hôtesse de l'air. Du haut de ses seize ans, elle fait marrer tout le monde en annonçant qu'elle se mariera à un Comorien puisqu'elle est petite et donc adaptée à la vie de hutte.

Musique nègre

Pour être sûr de pouvoir voir Serge dans de bonnes conditions, Hamadi a demandé à Arthur d'intervenir. Ce dernier a longuement hésité avant d'accepter de solliciter directement un rendez-vous auprès du Serbe, et il a mis son ami en garde : si tu vas trop loin, personne ne sera en mesure de te protéger, même pas moi. Serge n'est pas devenu patron de multiples empires faits de foutre et de sang en se montrant compréhensif. Hamadi a acquiescé et menti en disant qu'il s'agissait surtout de parler de sa place dans l'organisation et de sa volonté de s'impliquer plus. Même pas un mensonge, en un sens. Arthur n'a pas été dupe, mais il a laissé à Hamadi la possibilité de faire son choix.

Le rendez-vous est fixé à midi, un mardi, trois semaines après qu'il a pris la décision de parler à son patron. Serge ne l'invite pas à déjeuner – il ne lui accordera que quelques minutes, dans l'appartement de la porte des Lilas, Hamadi devra le regarder manger. En arrivant devant la porte d'entrée, ce dernier sent ses mains qui tremblent. Son courage, sans l'appui du whisky, lui semble bien moins sûr. Il sonne et distingue derrière la porte trois voix d'hommes, puis une voix plus perchée qui suggère la présence d'une femme. On lui ouvre, un grand gars typé qu'il n'a jamais croisé le mène jusqu'à la salle à manger. Là, Serge est déjà attablé devant une salade piémontaise. Sans cesser d'engloutir ses pommes de terre, il congédie tout le monde d'un geste de la main pour rester seul avec Hamadi. Il fixe Hamadi et son regard lui somme de s'expliquer. Hésitant, ce dernier commence par annoncer qu'il prévoit de voir les recettes du cabanon en hausse ce trimestre, et qu'il est toujours fier de travailler pour un homme comme lui. Il ne peut pas s'empêcher de se racler la gorge à la fin de chaque phrase. Le silence appuyé de son interlocuteur le met mal à l'aise. Il poursuit : « De toutes les filles, c'est Cerise qui rapporte le plus. Les Asiatiques sont à la mode, il paraît. » Toujours pas de réaction. « Sainte Catherine fonctionne bien aussi. On dit qu'elle a le sens du service. » Serge semble s'impatienter, il pose sa fourchette et balance : « Mais qu'est-ce que tu veux que ça me foute ? Tu crois que c'est mon problème ? Qu'est-ce que t'es venu chercher ? » Hamadi panique, son corps de colosse paraît engourdi par l'angoisse. Il a peur d'évoquer le sujet de sa visite, tente de gagner du temps pour trouver une bonne manière de l'aborder : « J'ai pensé à de nouvelles manières d'organiser la ligne, bredouille-t-il, un truc pour faire plus d'argent, je me suis dit qu'il fallait que je vous en parle. Et puis comme j'ai bien bossé, j'ai aussi pensé que... » poursuit-il avec hésitation, « ... que vous pourriez me confier d'autres responsabilités ? »

La colère passe dans les yeux de Serge. Il ne se lève pas et termine son assiette avant de rétorquer, froidement : « Donc, en plus de tes avantages en nature tu veux plus de blé ? C'est toujours comme ça avec vous, les Noirs. Toujours n'importe quoi. » Hamadi ne sait pas quoi dire et reste interdit. Quand Serge reprend, il est décontenancé par la clairvoyance du Serbe qu'il n'avait pas soupçonné d'être fin. « La vérité, c'est que tu t'es amouraché d'une pute et que maintenant tu la veux. Et tu oses débarquer, me prendre pour un con et m'expliquer comment gérer mon business. » Le souffle coupé, Hamadi cherche une solution pour s'en sortir. Soudain, il n'y tient plus et balance : « Si vous voulez, je bosse gratuit, je fais autre chose. Si vous voulez quelque chose. Je sais pas. Mais un jour, moi et Khadijah, on voudrait… Tenter quelque chose. Enfin, en dehors de tout ça. » Puis, s'entendant, il se reprend : « Mais pas maintenant bien sûr, pas sans prévenir, je veux pas vous la mettre à l'envers. J'ai du respect. Je voulais juste vous en parler. » Le Serbe se lève, et Hamadi remarque qu'il porte des chaussons à carreaux troués, un détail qui ne le rend pas moins effrayant. Il se saisit d'une compote dans le réfrigérateur et la pose sur le bar blanc de la cuisine ouverte. Il s'arrête puis ouvre l'opercule, un sourire passe sur son visage. Il répond, posément : « Toi, tu ne m'intéresses pas. Qu'est-ce que je ferais d'un sale Noir qui ne réussit à rien demander sans trembler ? Par contre, reprend-il, ton frère là, le gamin. Il m'intéresse. Le gros Yero, c'est bien ton frère non ? » Hamadi acquiesce sans comprendre où l'autre veut en venir. « Il est costaud, lui », souligne le Serbe, qui semble désormais réfléchir à haute voix. Quelques instants qui paraissent une éternité à Hamadi passent encore, puis Serge statue : « Si tu me l'amènes et que le gosse est prêt à bosser pour moi sur une de mes missions, je te donne la pute quand je l'aurai rentabilisée. » Devant l'air abasourdi d'Hamadi, il précise. « Dans un ou deux ans, ça dépendra de son usure et de si elle gagne bien. Mais souviens-toi : faut que tu m'amènes ton frère, et qu'il accepte le deal, ok ? » Hamadi ne croit pas sa chance, il hoche la tête vigoureusement avant de remercier Serge avec une émotion qui dégoûte le trafiquant. « Allez, maintenant dégage ! » Hamadi ressort de l'appartement. Il est tout juste midi et demi, l'entrevue a été expéditive. Il se demande pourquoi le Serbe pourrait avoir besoin de Yero et décide de se renseigner auprès d'Arthur. Les plans de Serge sont parfois dangereux, mais il a survécu tous ces mois sans aucun accrochage, il s'est même enrichi. Recruter son frère ne lui paraît pas si difficile. Et Yero sait se défendre.

Il débarque au Bois plus tôt que prévu et va déranger Khadijah qui est en train de négocier le prix d'une fellation. En le voyant arriver, le client prend peur et démarre sans demander son reste. À bout de souffle, il a couru depuis le métro, Hamadi raconte à Khadijah ce qui vient de se passer, légèrement blessé quand elle ne semble pas réagir avec enthousiasme à la nouvelle. Il répète alors, persuadé qu'elle n'a pas compris : « Seulement un ou deux ans, tu réalises ? C'est canon non ? » Intelligente et soucieuse de le ménager, elle force un sourire, lui assure qu'elle est ravie et le remercie d'être allé parler à Serge – personne à sa place n'aurait osé, commente-t-elle. Elle s'excuse de sa réaction initiale et lui promet de venir le rejoindre à minuit. Imprudent, il l'embrasse en public et la laisse tranquille en se joignant au gardien de jour posté dans le cabanon.

Le jeudi, Hamadi parle à son frère après être allé voir Arthur. Ce dernier a haussé les épaules quand il l'a interrogé et lui a dit n'avoir aucune idée du coup que préparait Serge mais a ajouté que Yero serait effectivement une bonne recrue. Il expose à présent la situation à son frère en omettant presque tout de Khadijah, qu'il présente comme un simple intéressement financier qu'il percevrait comme récompense de son recrutement. Yero est un gosse calme, sans problèmes, mais il admire son aîné et ne dirait pas non à un peu d'argent. Pour le moment, il travaille seulement quelques heures par semaine dans le même supermarché que sa mère. Il ira voir Serge le soir même pour lui dire qu'il accepte son offre. Le Serbe lui a fait savoir que sa proposition avait une date de péremption : le boulot pour lequel il a besoin de Yero doit se dérouler pendant le week-end. L'affaire est conclue en quelques minutes, Hamadi jubile. Yero trouve tout un peu trop pressé, mais il n'ose pas en parler à son frère. Quand il rentre de son rendez-vous avec le proxénète et ses sbires, il reste taiseux, il n'a pas le droit de lui donner de détails.

Ce week-end-là, Hamadi se sent plus fort que jamais. Il s'autorise une sieste en revenant du Bois dimanche matin. Près de Bobigny, les rues pleines d'enfants la semaine se vident le week-end venu, le quartier est un îlot silencieux. Il se réveille vers une heure de l'après-midi et fait glisser le bouton de la radio qui suit sous son doigt un chemin connu. Les ondes traversent la grille crantelée du boîtier et crachent des paroles qu'Hamadi a déjà maintes fois maladroitement traduites – « regarde ces nègres avec de l'attitude ». C'est de l'os, du nerf, des vertèbres rythmiques qui retendent sa colonne vertébrale. Il aime ces paroles, ces mots qui parlent de destin, de race et de fierté. Mis en musique, elles résonnent dans son sang et son esprit. « Regarde ces nègres avec de l'attitude » – et les moqueries de ce connard de Serge, qui avait eu pour habitude quand il passait au Bois de pincer les seins de Khadijah devant lui pour tester sa patience et sa docilité s'effacent. L'horizon s'ouvre à nouveau, pense-t-il. « Regarde ces nègres avec de l'attitude » ; à mesure qu'il reprend les paroles, de nouveaux héros surgissent pour effacer celui qui lui sert de père et qui a perdu de sa superbe. « Regarde ces nègres avec de l'attitude » et Hamadi pense, putain, montre à tous ces balthazars ce qu'ils ont à craindre. Montre-leur qui a le plus faim, qui ira le plus loin, qui a la rage et l'appétit. En écoutant cet hymne de pouvoir, il a envie de tout brûler pour tout reconstruire, comme si la chanson l'assurait de sa force. Il voit soudain son avenir, brillant. Il sera riche, heureux avec Khadijah. Elle pourrait devenir coiffeuse, mais, une fois qu'il aura pris la place de Serge, elle n'aura même plus besoin de travailler ! Sans comprendre tous les mots d'anglais qu'il ne sait ni parler ni lire, il ressent la puissance de ce cri de rage et d'envie qui résonne en lui. Un message d'espoir et de résistance pour tous les Noirs avec de l'attitude, et tous les pauvres, les crevards prêts à tout pour réussir ; ceux qui pointent au chômage, les employés BTP, les clandés du bâtiment, les mères célibataires, les camés, les macs et les putes sublimes. Tous ceux-là, fiers d'exister, fiers de se battre pour leur place au soleil. Marginalisés, brutalisés, stigmatisés mais encore debout. Hamadi se regarde dans le miroir. « Regarde ces nègres avec de l'attitude » – il s'aime et en s'aimant, en soutenant son regard dans son reflet, il existe. Il ne voit aucun mec comme lui à la télévision, sur les panneaux publicitaires ou dans les programmes en papier glacé des candidats aux élections, mais dans sa salle de bains de Bobigny, il se voit comme un homme. Il regrette l'Afrique, pense à cette terre de princes, à cette race inventée à laquelle il s'identifie, puis il revient à Khadijah pour laquelle, pense-t-il, il a tout osé et vaincu, et pour laquelle il continuera à se battre. Il chante encore dans sa tête « regarde ces nègres avec de l'attitude ». Et ces paroles tournent. Il aime ces mots d'une internationale qu'il fantasme sans connaître parce qu'ils parlent aussi de lui. De Noirs comme lui. Il aime ces nouvelles odes chantées à l'honneur de héros de sang et de trafic. La musique nègre, c'est un chant de guerre venu des princes d'Afrique, pense-t-il. Et cette histoire lui fait dire qu'il est en train d'en devenir un. Comme eux, il ne doit rien à personne, ne veut rien de personne. Comme eux, il crache sur ces gothas que l'on doit remercier de n'avoir rien reçu. Lui ne sera pas comme son père, lui ne sera pas un esclave.

Il continue sa danse dans la salle de bains et imagine un peu plus sa vie d'après, son avenir avec Khadijah. Pour commencer, elle se teindra les cheveux en brun, une couleur naturelle, pas un truc de pute. Ensuite, il lui achètera de beaux vêtements. Des ensembles féminins mais sobres, comme ces combinaisons en lin que les femmes riches portent dans les sitcoms. Quand elle sera présentable, il l'introduira auprès de sa famille et lui inventera une histoire pour taire ses origines. Puis ils s'installeront dans une zone calme loin de Paris et du Bois. Il la sauvera. Du monde, des clients, d'elle-même. Et si les autres, ses potes, ou les commères osent parler, il leur cassera la gueule. Il prendra du galon auprès de Serge et pourra enfin aider ses frères et sœurs, ses parents même. Prendre sa juste place d'aîné et de chef de famille. Il s'imagine déjà riche, donner du fric à son père et payer des robes à sa mère. Il irait les acheter avec Aïssa, peut-être même avec Fati. Puis, il commencera sa famille à son tour, Khadijah portera ses gosses. Il soupire, enfile un T-shirt et va jusqu'au salon. L'appartement est vide. Il regarde le ciel gris embué des nuages débordants des centrales blanches, les enseignes en néon des gros complexes commerciaux. Détendu, il a l'impression d'avoir de nouveau une place dans cette société, et un rôle à assumer dans cette famille. À cet instant précis, il déteste moins son père, il ne se sent plus impuissant à l'aider. Les conseillères d'orientation et les conseils de classe traumatisants sont loin, l'agence du chômage, encore plus. En un an, il s'est sorti du trou.

L'argent couplé à une bonne dose d'estime de soi, à l'amour de Khadijah surtout, semble tout régler petit à petit : il sait qu'il sera l'aîné, désormais, le protecteur. Il en est fier.

Il ne se doute pas que ce sentiment est le plus traître qu'il ait jamais connu. Qu'il est l'heure pour lui d'être l'aîné, mais l'aîné coupable des maux de ses cadets. Alors qu'il s'apprête à allumer la télévision pour patienter avant de rejoindre Khadijah au Bois, son téléphone sonne. Au bout du fil, sa mère pleure, hoquette, et lui demande de la rejoindre au plus vite. Il est arrivé quelque chose à son frère, ils ont besoin de lui. Toute la famille l'attend d'urgence à l'hôpital, il ne doit pas perdre une minute. Il raccroche, attrape son blouson et la nausée le prend : Yero est de nouveau allé rejoindre Serge la veille au soir. Il n'a posé aucune question et n'a pas eu de nouvelles de lui. Depuis, pas une seconde il ne s'est inquiété. Il n'y a même plus pensé.

Il se précipite dehors. Dans sa tête, les paroles reviennent, « regarde ces nègres avec de l'attitude ». Elles lui glacent désormais le sang.

La Santé

En arrivant à l'hôpital, Hamadi comprend tout de suite que les choses ont mal tourné. Sa mère, d'habitude insupportablement optimiste, porte la manche de son pull contre sa bouche, pétrifiée d'inquiétude. Elle se tient avec le reste de la famille devant la porte de la chambre de l'unité de soins intensifs qu'il a rejointe après avoir donné le nom de son frère à la réception. Elle ne dit rien et devant son regard vide Hamadi sort de l'effroi. Pour la première fois, il sent monter en lui la culpabilité. Adama est le seul à se défaire des bras du Chirurgien pour courir le voir. Au contact du petit, la honte grandit. Il ne s'était pas douté que son frère pourrait risquer sa vie, pâtir de ses arrangements. Il avait pensé qu'il lui donnait une opportunité : une chance d'être comme lui. Simplement, alors qu'il va pour s'enquérir sur l'état de son frère, il remarque, à côté de sa famille, deux policiers qui discutent entre eux. Il devine qu'ils sont là pour Yero. Son père sort de son mutisme et commence à parler. Il débite des phrases neutres et froides, comme il lirait le compte rendu d'opération d'un patient lambda. « Au cours d'un affrontement, dans la nuit, ton frère a subi une lacération au visage, à droite, la plaie part du dessus de l'œil et va jusqu'au bas de la mâchoire. Il vient de sortir d'une intervention de plusieurs heures. Les praticiens ont réussi à rattraper la majeure partie des dommages musculaires. Il restera marqué à vie, mais le pronostic vital n'est plus engagé. Il risque de perdre son œil. » Devant la mine ébahie d'Hamadi il précise, en haussant le ton : « Il a eu le visage coupé en deux. » Et ajoute : « Tu n'étais pas joignable. » Alors que son père le regarde dans les yeux, Hamadi se demande s'il sait, si son frère a parlé de son implication, ou s'il l'a lui-même devinée. Mais il ne demande rien. Aïssa et Adama viennent autour de lui. La présence des plus jeunes rend sa douleur plus grande. « J'ai merdé », pense-t-il. Après quelques minutes, il essaye de se reprendre et balance, en forçant un sourire : « Bon, y a pas mort d'homme. » Alors son père lève la tête et en un mot l'achève : « Si, il a tué son agresseur. »

Hamadi ne comprend pas tout de suite, il se tourne vers sa mère qui éclate de nouveau en sanglots. Les mots le frappent, mais il ne parvient pas à leur donner du sens. Déboussolé, il jette un regard aux flics, hurle presque en demandant des précisions au Chirurgien. Ce dernier ne répond pas. Puis d'un coup, il s'engouffre dans le couloir, passe la réception, emprunte l'ascenseur en tapant furieusement sur le bouton d'appel et en grognant des mots que lui-même n'entend pas. Une fois arrivé dehors, il appelle Arthur, qui décroche à la deuxième sonnerie. Sans avoir besoin qu'Hamadi l'y invite, il explique la soirée passée : la veille, Serge a voulu utiliser Yero pour faire la sécurité d'une livraison. Il ne sait pas de quoi il s'agissait, mais les choses ont mal tourné. Les gars de Serge ont croisé un gang adverse, et tout a dégénéré. Yero n'a pas frappé le premier, ce sont les autres. « C'est parti en couille pour une connerie, une queue-de-poisson, mais les mecs se sont chauffés. Le problème, c'est que les types d'en face étaient drogués, ils avaient pris un truc fort, genre un truc qui les faisait se sentir surpuissants. » Il continue de raconter. L'un d'entre eux a saisi un crochet de boucher qu'il cachait dans sa boîte à gants et s'en est pris à Yero. Il lui a taillé le visage. Son frère n'a pas pu se retenir et l'a frappé sans s'arrêter. « Bref, le gars est mort, ajoute Arthur avant de conclure : Serge est au courant, il propose une compensation. Il couvrira les frais d'avocat pour ton frère. Et tu pourras avoir Khadijah dans six mois, le temps qu'il trouve un remplacement. Tu pourras la voir à l'extérieur aussi. Il dit que t'as toujours ton job chez lui. » La rage en lui, Hamadi raccroche sans rien dire. Devant les urgences, à droite du parking ambulancier, il se tient immobile. La face tranchée et peut-être de la taule : c'était donc ça que ça donnerait, avoir une chance de devenir comme lui. C'était donc ça le rêve français dont son père parlait.

Le procès se tient quelques mois plus tard, Yero a guéri de ses plaies. L'audience est rapide. Certains mecs, inconnus et badauds, s'amassent dans la salle, cherchant une alternative à la télévision. Dans le public, derrière les barrières et les bancs d'accusés, la juge au visage neutre qu'on ne retiendra pas. La famille est venue. Celle de sang et celle des amis ;

la Fraternité au complet, Marie, le Chirurgien, Fati, Aïssa et Hamadi – seul Adama est resté chez la mère de Kader qui lui raconte des histoires de pays scindés en deux et de princesses. Même Serge s'est déplacé. Il se tient assis droit, visiblement insensible au regard glacé que lui lance Marie, qui connaît tout le monde dans le quartier et a entendu parler de lui, évidemment. Elle ne sait pas ou ne veut pas savoir qu'Hamadi, pour protéger Khadijah et par lâcheté peut-être, a continué à travailler pour le Serbe tout en empochant l'argent prévu pour les frais légaux de Yero. Il s'est promis de le filer à son frère à sa sortie de prison, le donner au Chirurgien aurait semblé trop suspect. Depuis qu'il s'est retrouvé à l'hôpital, Yero n'a jamais mentionné le rôle que son frère a joué dans l'histoire, et quand, au pied de son lit, Hamadi s'est excusé, il a tourné la tête et a répondu « c'est la vie ». Ils n'en ont pas reparlé.

Yero a tout juste l'âge d'être considéré comme responsable de ses actes. Sa peau est claire, comme du lait légèrement teinté de roux, une carnation sucrée, celle de Marie. Il est plus grand que gros. Quand il se dresse pour saluer l'autorité de la justice, il a la lenteur gauche des bêtes, une douceur aussi – la nonchalance qu'on attribue souvent aux colosses. Au fond de la pièce, une jeune fille nerveuse tapote son doigt sur son genou, pleure un peu. L'amie de Yero, une des femmes, sûrement, qu'il serre contre lui la nuit. Marie, elle, retient ses larmes pour ne pas ajouter à la peine du Chirurgien. Elle ne voit plus le visage de son fils, seulement le mur de son dos et le mouvement régulier de son souffle lorsque ses poumons se gonflent et se vident. Engoncé dans une chemise trop petite, il ressemble encore à un enfant. Yero ne bouge pas, il se tait à l'audience, laisse son avocat parler. Arthur se marre doucement quand il voit le représentant légal hésiter sur le prénom de celui qu'il doit défendre. Hamadi, lui, ne rit pas, il a la mâchoire serrée depuis une semaine, une pression qui enserre son crâne et y fait exploser une douleur que l'alcool ou la weed ne calment pas. Yero ne dit rien. Il laisse les autres parler et raconter l'histoire. Répéter les horaires et les faits avec imprécision. Sans chercher à dissiper les approximations, sans vouloir même plaider une innocence qu'il sait d'avance qu'on ne lui accordera pas. Juste avant le rappel des faits, il tourne la tête. Hamadi sent la nausée monter en voyant, sur la partie droite de son visage, du front au menton et jusqu'au cou, posé sur l'œil et la bouche de son frère, le grand pansement blanc qui tranche son faciès.

Pendant qu'on raconte à sa place, Yero se souvient. Le soir de l'accident, il est à l'arrière d'une voiture quadrangulaire et étriquée, entre deux associés de Serge qu'il connaît à peine. Devant il y a William, un Français du Sénégal qui porte des tresses perlées de plastique vert, jaune et rouge, à côté un Soudanais fin dont les chicots ressemblent à des dents de lait. Il prétend avoir été pirate même si tout le monde le connaît dans le quartier depuis ses sept ans. Eux, il les a déjà fréquentés, et ça le rassure. Dans la voiture, personne n'a plus de vingt-cinq ans, et excepté lui, puisqu'il est resté sobre, tous se laissent porter par les effets combinés de la vitesse, de l'alcool et d'une pointe d'ecstasy qui sature les couleurs alentour. Pour eux la route s'étire et les distances entre les lignes blanches entrecoupées de gris n'ont plus de régularité, plus de sens. Yero rit avec eux sans s'inquiéter de la rapidité de leur voiture.

Concentré sur la mission qu'ils mènent, il n'entend pas plus que le chauffeur les crissements de la voiture qui arrive par-derrière. Soudain, la ceinture de sécurité lui tranche le ventre et il sent ses os craquer sans céder sous sa carrure de mastodonte – devant, une autre caisse, plus longiligne, leur coupe la route, les ralentit et les colle. Bientôt, les deux véhicules les coincent et les empêchent d'avancer. Malgré le choc, Yero sent l'aiguille glacée du danger percer son cerveau. Le reste s'enchaîne. On dit souvent que les événements traumatiques reviennent en flashs – pour Yero, ils défilent en vignettes successives mais statiques. La voiture qui pile. La panique gainée de colère. Les hurlements mêlés des gars qui sortent de la voiture de devant, puis les extirpent violemment de la leur. Les insultes qui fusent et les corps qui se tendent. Le métal des armes qu'il perçoit d'abord comme du froid, de la matière. La brutalité des deux groupes qui se jettent l'un contre l'autre. Le tranchant de l'arme qu'il ne distingue que quand elle lui ouvre la face en deux – un crochet métallique, acéré. La sensation distincte de son visage qui s'ouvre comme un fruit fendu dans sa chair. La facilité avec laquelle sa peau cède, et puis le sang. Le sang partout, de la bouche au nez, qui emplit l'œil et transforme sa respiration en une noyade. Enfin, le corps de l'ennemi dans ses bras – l'étreinte. La folie. Serrer pour arrêter la douleur. Les os qui craquent, et le corps de l'autre qui s'affaisse comme un pantin. Il ne se souvient pas du reste, seulement de l'obsession de tenir chaque partie de sa tête dans ses mains – et aussi de la douleur, son omniprésence, et l'idée à laquelle il se raccroche avant de s'évanouir : tenir sa carne pour ne pas qu'elle tombe.

Les hommes de loi précisent que les faits se sont déroulés aux alentours de deux heures du matin. Une voiture non identifiée est arrivée par-derrière, une autre par-devant. Ils reconnaissent que les hommes dans la Fiat verte ont coupé la route de la Clio noire, provoquant ainsi l'altercation. Ces mêmes individus étaient armés d'une machette et d'un crochet de boucher. L'individu X s'est dirigé vers le prévenu. Les deux parties étaient sous l'emprise de l'alcool et de plusieurs substances stupéfiantes, d'après les analyses sanguines, seul le prévenu était sobre. X a frappé le premier et lui a ouvert le visage au crochet de boucher. On remarque que le prévenu, en dépit de l'importance de sa blessure, ne perdra vraisemblablement pas l'usage de son œil ou la capacité de parler. En réponse, le prévenu a frappé l'individu X jusqu'à provoquer un traumatisme crânien fatal, laissant son corps sans vie sur la chaussée avant de perdre conscience. La suite du procès se déroule dans la fascination dégoûtée et fébrile du public. Le brouhaha de la salle couvre les plaidoiries, les témoignages, les délibérations et la chute finale. Marie peine à entendre les derniers mots, personne ne dit aux spectateurs de se calmer, aucune voix ne s'élève au-dessus des autres – le bruissement des remarques est continu mais mesuré. Le Chirurgien croit à la légitime défense, il espère, attend un verdict clément sans rien dire. Hamadi pense qu'il sera acquitté, tant l'agression a été violente. Seule Marie sait. Yero est condamné pour homicide. On lui reconnaît des circonstances atténuantes. On pense sûrement que ce n'est pas entièrement juste, mais on ne le dit pas. On se contente de juger ce qu'il a fait : il a tué. L'avocat essaye en vain de le défendre, plaide que Yero est un gamin dans un corps que personne ne pourrait maîtriser, mais même lui n'y croit pas. Quand le jugement tombe, Hamadi reste interdit. Yero, toujours silencieux. Le reste de la famille s'effondre en entendant la peine : deux ans de prison ferme.

Avant qu'il parte, Marie le prend dans ses bras, lui dit qu'elle l'aime. La Fraternité forme une haie qui s'ouvre à son passage comme on écrase des ronces du pied. Arthur dit qu'il va parler à ses contacts à la Santé, que Yero ira bien. Hamadi se tait. Il aimerait s'excuser, il aimerait prendre la place de son frère, aller casser la gueule à Serge qui n'a pas bougé depuis qu'il s'est assis. Pas même réagi. Mais il ne le fait pas, il n'ose pas, il reste interdit et laisse son frère partir sans oser le regarder. Il sait que tout est de sa faute. Il sait au fond de lui qu'il a fait condamner un homme qui n'était pas violent : Yero n'est pas un homme hargneux – il est calme et fort, comme les orques pensait-il, ado. Au sortir du tribunal, Marie s'écroule. Ses jambes cèdent sous son poids, et c'est Georges qui la rattrape et la porte jusqu'à un banc adjacent sous les yeux du Chirurgien abattu. Sans le souffle calme de Yero, son silence, sa bonhomie, sa masse pour boucher les courants de froid, l'appartement de Bobigny se remplira bientôt de vent. Son absence pèse déjà sur eux tous.

Hamadi n'ose pas aller la consoler, il se réfugie dans la colère, et surtout contre Serge. Il transfère la rage qu'il se doit sur le Serbe. Il décide qu'il va partir, prendre Khadijah et quitter tout demain – le soir. Il emprunte son téléphone à Arthur et appelle le gardien de jour. L'ivresse de la colère le rend malin, et son propos, fluide et assuré, déroute le maton qui ne pense pas à refuser quand ce dernier lui indique que Serge a besoin de Khadijah pour une affaire pressante, un gros client saoudien à faire dans le centre de Paris, à domicile. Il lui dit de prévenir l'intéressée, qui doit le rejoindre à l'hôtel Concorde Lafayette, situé au niveau de la porte Maillot. Il n'oublie aucun détail. Il n'oublie pas de préciser qu'on l'attend et qu'« elle doit reprendre son passeport, caché sous la troisième planche de la cabane, celle qui a pourri. Sinon, on la laissera pas passer à l'entrée de l'hôtel ». Son interlocuteur hésite et déclare qu'il va devoir confirmer tout ça avec Serge. Alors Hamadi s'empresse d'ajouter, agressif et menaçant : « Te gêne pas dérange-le, et en plus pour lui dire qu'il va perdre un client à mille deux cents balles la nuit parce que tu tergiverses. Baltringue ! » L'assurance d'Hamadi le déroute et achève de le convaincre. Avant de raccrocher, Hamadi demande à parler à Khadijah. Il n'a plus peur de rien et lui dit : « On s'en va. On se casse. On est libres. » Puis il se met en route vers l'hôtel Concorde Lafayette sans un regard pour sa famille.

Icare

QUAND KHADIJAH RACCROCHE, l'air frais du Bois a pour la première fois un goût de victoire. Elle prend le passeport que lui donne le gardien de jour, salue les autres prostituées calmement avant de monter dans le van qui doit l'amener à l'hôtel choisi par Hamadi. Dans la voiture, des larmes de joie coulent sur ses joues. L'occasion qu'elle attendait est arrivée – brusquée peut-être, assurément risquée, mais elle ne veut pas la laisser passer. Depuis des mois elle met de l'argent de côté. Elle fait les poches de ses clients comme de ses collègues, même celles de Cerise quand elle dort, prend des passes en plus en prétextant ensuite que certaines rencontres ont duré plus longtemps. Avec le temps, Hamadi a appris à lui faire confiance, il croit encore qu'elle veut la même chose que lui. Elle l'a soutenu depuis le début, l'a bercé quand il pleurait du sort de son frère à l'hôpital. Il ne s'imagine pas qu'elle veut partir sans lui. Elle ne rejoindra pas Hamadi. Elle ne veut pas passer d'une prison à une autre, d'un homme à un autre, d'un mac à un mac. Elle veut s'enfuir pour être libre, elle n'aimera jamais ses bourreaux. Elle aime bien Hamadi, mais au fond, elle n'a jamais accepté son amour. Un homme qui a tiré profit de sa souffrance n'est pas son avenir – il fait partie d'un passé qu'elle veut déjà laisser derrière elle.

Une fois arrivée à l'hôtel, le chauffeur lui remet son passeport et elle traverse le hall, entre dans l'un des ascenseurs et monte au troisième étage. Elle attend quelques secondes puis redescend et ressort de l'immeuble. Là, elle vérifie que le van est parti et se dirige vers le métro. Elle sait exactement ce qu'elle a à faire. Elle se prépare depuis longtemps à ce moment. Elle prend la ligne une du métro puis la ligne deux jusqu'à la place de la Chapelle. Puis elle marche jusqu'à la gare du Nord. Elle prend un café sur le mange-debout en plastique rouge et jaune d'un magasinier avant de se diriger vers un guichet. Elle fait la queue et achète son billet en liquide. Elle part dans une heure et demie. Elle ne réalise pas encore qu'elle est libre, mais elle se le répète. Dans une heure et demie, elle partira pour Londres. De là, elle prendra un avion pour retourner en Afrique du Nord. Dans une petite ville moderne près de Marrakech, elle retrouvera une cousine éloignée qui a, elle le sait, monté un restaurant. Elle a le lointain souvenir d'une ville en bas des montagnes où des barres d'immeubles blanches contrastent avec l'ocre du sable – dans ce monde de constructions neuves, les hommes ne s'occupent pas du passé, se dit-elle.

Les chèvres de son père lui reviennent à l'esprit. Cou coincé, offertes, gâchées par une vie de servitude. Elle n'aura pas ce destin-là. Et quand elle pense à Hamadi, à ses promesses d'amour, elle ne regrette pas. Khadijah sait depuis longtemps qu'on n'est destiné qu'à soi-même. Elle pense aux projets de mariage d'Hamadi, à la fois où il a évoqué le fait d'avoir des gosses, à ses cadeaux fréquents et toujours aussi déplacés. Elle ne lui en veut pas. Après tout, il faisait de son mieux. Dans une autre vie, elle aurait peut-être pu l'aimer. Puis elle se souvient de toutes les nuits où il participait à sa vente, son exploitation, pour protéger ses bourreaux. Toutes les fois où elle rentrait cassée, bouffée de l'intérieur après les allers-retours indignes des clients. Quand Serge la frappait, quand elle rentrait, à peine capable de marcher dans le taudis de Saint-Denis où il fallait dormir par terre et essayer de ne plus entendre les râles essoufflés des types qui s'acharnaient plus tôt en elle. Souvent, Hamadi lui parlait de sa mère, de cette reine et de sa dignité à toute épreuve. Mais toujours, il la raccompagnait ensuite sur la ligne à putes. Khadijah termine son café. Le train partira bientôt. Il l'emmènera loin des hommes d'ici et de la faiblesse d'Hamadi. Autour de son poignet, un bracelet de pacotille qu'il lui a offert et qu'il voulait la voir porter. Elle l'enlève délicatement et le jette dans la poubelle grise du quai. Elle se débarrasse de cette fausse affection. Un bijou comme on tatoue une vache. Une fois dans le train, le paysage défile, des campagnes vertes qu'elle découvre pour la première fois.

Devant l'hôtel, au même moment, Hamadi trépigne sur le trottoir. Il attend et rumine, croise son reflet dans le miroir inattendu d'une vitrine, et se trouve ridicule à battre ainsi le pavé. Une heure plus tard, il panique : et si le gardien de nuit avait appelé Serge ? S'il s'en était pris à Khadijah ? Sans vraiment réfléchir, il se met à courir vers le Bois. Il y arrive vite. Son collègue est parti se soulager à l'écart du cabanon. À la hâte, il interroge les filles qui le regardent avec des yeux ronds. Cerise se crispe. Lolita sourit en coin, comme si elle savait quelque chose. Le Renard et Catherine devinent presque immédiatement. Khadijah ne leur a rien dit, elles connaissent leur amie, sa force et son désir de liberté. Hamadi, lui, essaye de justifier l'absence de sa maîtresse, incapable de se rendre à l'évidence. Le gardien de jour revient. Il lui dit qu'elle est bien partie, que le van l'a déposée à l'hôtel. Hamadi réfléchit, mais il n'avoue pas son mensonge. Il croit encore en elle. Il imagine qu'elle est quelque part. Qu'elle a dû mal comprendre. Puis, vient la peur. La peur de la perdre et celle de la réaction de Serge. Et plus il pense, plus il comprend. Le sourire enjoué de Catherine achève de le persuader. Son acolyte commence déjà à lui demander des comptes. Sans lui répondre, Hamadi décroche son téléphone et appelle Arthur. Ce dernier débarque dans l'heure. Pour la première fois, il a l'air paniqué.

La suite de l'histoire se déroule rapidement, dans l'éclair brut et sanglant de la violence. Arthur dit à Hamadi de prévenir Serge – « si ça vient de toi, il sera peut-être plus clément », estime-t-il. Mais pour Serge, les actions ont des conséquences – Hamadi le découvre en répondant à sa convocation quelques heures plus tard. Quand il arrive à la maison de Saint-Denis où Serge l'a sommé de venir, il ressemble à une bête qui entre à l'abattoir, ignorant, mais capable de pressentir le mal. Dans la maison qui a vu souffrir Khadijah, son procès se déroule sans sommation et sans jury. Dès qu'il passe la porte, les sbires de Serge l'attrapent et l'assoient de force sur une chaise, en le maintenant par le cou et les épaules. Serge entre lui-même une fraction de seconde plus tard. Il ne prononce pas un mot. Il tient dans sa main droite un marteau noir et lourd. Serge n'a pas de code de conduite. Il n'hésite pas à se salir les mains. Il assure sa poigne autour du marteau, et, sans hésiter, éclate le genou d'Hamadi. Le premier coup pour briser l'articulation, le second, pour que les os s'éparpillent et se répandent en débris de chair. Soudain, tout est blanc et brûlant – Hamadi entend distinctement l'explosion de sa rotule, sent ses os se briser. Il vomit – les hommes le laissent hurler. Serge fait appeler Arthur, resté dehors. Il entre, jauge la situation et Serge lui dit calmement de se magner de nettoyer la merde qu'il lui a apportée.

Vingt minutes plus tard, ses frères de la Fraternité arrivent, entassés dans une même voiture. Esteban a lâché son chantier pour venir. Kader manque de s'évanouir en voyant le genou d'Hamadi. Georges s'approche et attrape son ami pour le mettre sur son dos. Puis, ensemble, ils repartent. Le corps d'Hamadi est lourd et raide comme une croix.

Le Village

AVANT LA FUITE DE KHADIJAH, la vie d'Hamadi n'était que grands projets. L'avenir avait un sens. Après sa disparition, son genou cassé, le temps ralentit. La Fraternité l'a emmené en urgence à l'hôpital, aux portes d'une longue guérison, mais il a vite oublié l'opération qu'il faudra faire en plusieurs fois pour réparer les dommages. Seule l'absence de Khadijah l'obsède. Il savait qu'il l'aimait sans réaliser ce que ça voulait dire. Depuis, elle lui manque tous les jours. Il ne pense même pas à lui en vouloir. Il accueille avec gratitude la douleur embuée de morphine qui se répand dans son corps. Elle le distrait de la brûlure continue de son premier chagrin d'amour. La rupture lui noue le ventre. Il n'a pas faim, n'a envie de rien, pas même de se lever ou de guérir. Il est simplement perdu au milieu des journées qui semblent durer des semaines. Un mal banal que presque tout le monde vit une fois mais dont les conséquences sont plus graves dans son cas.

Le premier mois après l'accident est fait d'allers-retours à l'hôpital, de soirées passées seul chez ses parents où il ne veut voir personne. Il accepte que sa mère vienne lui apporter des repas dans sa chambre, autorise Georges à l'aider à descendre pour prendre l'ambulance qui vient le chercher et l'emmène à la rééducation deux fois par semaine, mais il ne parle plus à Arthur ou aux autres, par peur d'être jugé. Quand Khadijah s'est sauvée, il a essayé de la retrouver pendant des semaines, en vain. Petit à petit il n'est plus en colère, plus haineux. Le Bois, qui était son quotidien, est devenu un souvenir lointain et flou. La seule chose qui l'inquiète est de savoir comment il va retrouver un travail. Sur un CV, gardien de putes n'est pas l'expérience la plus valorisante. Alors, allongé dans son lit à longueur de journée, il ressasse. Des idées de ce qu'il aurait pu faire autrement, des choses qu'il aurait dû comprendre avant. Mais aussi des envies d'avenir qui n'ont plus de fondement, comme retrouver celle qu'il aime encore ou redevenir le patron du crime qu'il pensait être. Les jours passent, et le second mois succède au premier. La rémission est lente, son articulation capricieuse lui fait mal, surtout quand l'humidité des jours de pluie fait grincer ses os. Les petits sont les premiers à pouvoir de nouveau entrer dans sa chambre. Adama reste au chevet de son frère. Il s'assied des heures durant à regarder avec Hamadi un plafond qu'il fixe en fumant. Aïssa vient souvent déranger cette paix contemplative de son rire et de sa joie. Elle entre, des gâteaux plein la bouche. Elle est la seule à réussir à arracher un sourire à Hamadi. Tous les soirs, Marie l'aide à faire ses exercices – les mains de la mère soignent autant sa blessure d'orgueil que ses chairs. Il y a une jouissance à se sentir cassé, et quand ses cicatrices le tiraillent, il les effleure du bout du doigt avec une certaine satisfaction. Au moins, sa souffrance se voit.

À l'orée du troisième mois et pour faire plaisir à Georges, il accepte de revoir la Fraternité. Le grand Antillais doit insister pour le convaincre, le rassurer et lui dire qu'au-dehors, ses amis s'inquiètent plus qu'ils ne se moquent. Il prétend aussi avoir une nouvelle qu'il ne se voit pas annoncer en son absence. Le genre de truc qui change une vie, une révolution en quelque sorte. Hamadi grommelle, pense, accepte. En se préparant, le mardi suivant la demande de Georges, il mesure l'ampleur des dégâts en trébuchant maladroitement, incapable de mettre seul son pantalon. Kader passe le chercher en voiture pour aller au restaurant de couscous derrière la Place Jaune, un rade qui vient d'ouvrir mais qui a l'air d'avoir toujours existé. Après une poignée de main embarrassée, les amis peinent à se parler – Kader a laissé trop longtemps son regard traîner sur les béquilles en plastique gris, Hamadi n'a pas pu ignorer son air de pitié. Le trajet est court, l'atmosphère, tendue. Arrivés sur le seuil du restaurant, ils se garent sur le rond-point adjacent. Kader n'ose pas lui proposer de l'aider à sortir de la voiture. Hamadi s'extrait finalement du véhicule et emboîte le pas à Kader tant bien que mal, alors que ce dernier frime en déclenchant la fermeture à distance des portières. La gaminerie de son pote l'amuse. Quand il arrive devant le restaurant, sa peur s'est déjà partiellement dissipée. Amoncelés devant les portes de la brasserie orientale, ils sont tous déjà là. Esteban est le premier à venir vers Hamadi, il le prend dans ses bras spontanément et lui pose quinze questions sans attendre les réponses. Georges lui serre la main, souriant encore plus que d'ordinaire. Arthur le jauge d'abord. Ils s'observent en silence. Hamadi lui tend la main, et il l'accepte sans délai. Entre eux rien n'a changé – un lien supplémentaire est même né, celui d'avoir presque tout vécu ensemble. S'il n'y a pas de rancœur, leur amitié reste éprouvée. Ils ne parlent pas de Serge. Le Serbe a fait savoir dans le quartier qu'il s'accommoderait du genou d'Hamadi comme simple rétribution, et qu'il garderait ses dernières payes pour compenser le départ de sa pute. Il en reste là, par respect pour Arthur mais surtout parce qu'il n'a pas intérêt à aller plus loin. L'exemple est fait.

Ils commencent le repas. Ils parlent de tout, surtout de rien, se foutent de la gueule d'Hamadi qui se planque dans sa piaule comme une ménagère dépressive. Il tique un peu quand Kader lui fait remarquer qu'il a perdu du poids et s'apprête à se défendre. Soudain, Georges se lève. Il déploie sa longue silhouette et annonce, ému, qu'il va être père. Tout le monde se tait autour de la table. Esteban est le premier à applaudir, suivi de Georges et des autres. Hamadi est ému et se sent heureux pour la première fois depuis longtemps. Une vie qui arrive au milieu de l'océan de merde des derniers mois, une lumière inattendue qui le surprend à bien des égards. Toujours au quartier, jamais aussi loin qu'à cet instant d'une vie de crimes, les mômes ont des airs d'hommes. Malgré le genou, malgré l'angoisse de l'avenir, Hamadi retrouve un peu d'espoir.

Il rentre chez lui et s'installe à côté de son père devant la télévision. Depuis son accident, ils ne se sont presque pas adressé la parole. Le Chirurgien n'a pas été dupe de l'origine illégale de sa blessure, pas voulu être là pour ce fils qui refuse d'être digne. Hamadi parle en premier, d'une connerie, d'un détail du *Télé Z* qui traîne sur le guéridon, renoue le contact sous prétexte de programmation télévisuelle. Le Chirurgien est étonné, mais accepte la proposition de paix. Marie rentre une heure plus tard, surprise de les trouver en pleine conversation. Une fausse dispute animée sur la boxe, des avis sur tel ou tel champion – une entente père-fils nostalgique même si elle n'a jamais vraiment existé longtemps. Une relation normale, faite de maladresses, de banalités, loin de la violence et du déclassement. Elle revoit cet aîné qu'elle avait un peu perdu, le Hamadi-Chéri sensible qui hésitait à aller à l'école. Elle préfère ce type au voyou qui porte sa haine comme un honneur.

Alors, peu à peu, la vie revient. Les voisins se mobilisent pour la famille. La Sappe le recommande pour des petits boulots de vigile, qu'il accepte sans avoir le choix. Il passe ses nuits devant des écrans de surveillance sécurité. La Tunisienne du dessous qui bosse en tant que préparatrice en pharmacie lui laisse des pâtisseries à peine fatiguées dans la boîte aux lettres. Il ne paye plus le café au troquet de la Place Jaune. On parle de lui, sa légende sacralisée par une fin tragique. Il réalise qu'il n'a pas perdu la face. Avec les billets qui restent dans sa boîte à chaussures, il se paye des fringues, s'amuse au même rythme qu'avant. Les économies qui rétrécissent ne l'angoissent pas. Il se dit qu'il reprendra, il se dit que c'est une étape. Quand il aura guéri, il refera de l'argent. Comment ? Il ne sait pas, mais il trouvera bien. La solidarité tacite de tous ceux qui ont vécu eux aussi des moments difficiles, ceux qui connaissent la violence, la galère mais aussi l'envie de s'en sortir, l'aidera. Il ne se sent pas coupable d'avoir essayé de réussir. Le quartier, c'est chez lui : son seul repère. Et il l'aime, pas pour ses attraits trash qui séduisent malhonnêtes et blasés cherchant à s'encanailler en safari banlieue, mais pour ses gens. Ceux qui réussissent à lui montrer qu'il reste une beauté dans la communauté. Souvent, il s'assied en bas de son immeuble. Des marches qu'il a connues, pratiquées tellement qu'il les a lissées. Il prépare la suite, espère un futur plus beau.

Il fête ses vingt-trois ans simplement. Seule la naissance du fils de Georges vient troubler la routine qui s'est installée – jobs basiques, visite à la prison pour voir Yero qui reste presque toujours silencieux et qui s'est encore musclé, courses avec sa mère et après-midi avec son père devant la télévision. Il s'occupe d'Aïssa et d'Adama, les aide à faire leurs devoirs même s'il est tout aussi mauvais qu'eux en calcul et grammaire. Un soir de février, Marie vient le voir dans sa chambre. Il écoute de la musique pour calmer les douleurs fantômes qui tiraillent sa jambe, se distrait en pensant à une nana qu'il trouve jolie mais qu'il ne réussit pas à avoir envie d'approcher. La visite de sa mère a la légèreté d'une routine, et pourtant, Marie porte avec elle un secret qu'elle a déjà connu et aimé. Quelques semaines plus tôt, elle a pensé que la fin de ses années de mère était arrivée, qu'une ménopause définitive l'empêchait désormais de saigner. Après une visite chez le médecin, elle a appris qu'elle allait être de nouveau mère. Un dernier cadeau, la preuve d'un amour conjugal qui aura survécu à tout. Hamadi se redresse à l'annonce. Deux enfants en plus, un genou en moins. Il prend sa mère dans ses bras, se lève et va féliciter son père qui l'apprend en même temps. En se couchant ce soir-là, Hamadi pense aux gosses, au bonheur qu'ils lui apportent. Il fait une promesse à cette gamine qui n'est pas encore née. Pour elle, il ne retournera pas dans une vie de crime. Il n'y aura pas d'autre Yero, pas d'autre sacrifié. Pour elle, il changera : de l'aîné qu'il voulait être, à celui qu'il lui doit.

Le Chirurgien

Huit mois plus tard, Aminata naît. Hamadi a recommencé à travailler de manière permanente pour l'occasion. Ironiquement, il a accepté un vrai poste de vigile de nuit, ce qui lui permet de prendre soin de la petite pendant la journée. Chaque dimanche, il va avec ses sœurs voir Yero au parloir. La prison est loin mais le trajet est devenu un moment de partage dans la voiture prêtée par Kader. Le Chirurgien, lui, reste à la maison. Son rapport avec son fils est meilleur quoique entaché d'une déception et d'une communication toujours trop partielle. La fin de l'histoire est proche. Le temps ne lui permettra pas de rattraper cela, seul lui le sait.

Il sent venir sa mort. Il voit sur son visage les signes d'abandon, de relâchement. Il se sent fatigué, souffle court quand il marche ou même quand il se lève du canapé. Avant le procès, on lui avait décelé une maladie du cerveau : des irrégularités, une tache, un problème de flux de sang et d'oxygénation des cellules. « Un sale truc », avait avoué le médecin. Il ne l'avait dit à personne. La condamnation de Yero a scellé sa descente. Depuis, il ne supporte plus de torcher des vieux qui, eux, ont réussi à élever leurs enfants, il ne peut plus vivre en enviant les presque éteints qu'il finit par jalouser. Il se souvient parfois de l'homme d'Afrique, de son chapeau, de cette innocence qui gonflait son cœur d'homme d'orgueil. Curieusement, il n'est pas en colère. La tristesse seulement subsiste. Il se demande si tout cela en valait la peine. Il pense à ses garçons, à la dérive qu'il n'a pas réussi à leur éviter. Il aurait voulu faire plus. Il a fait ce qu'il a pu.

Lorsqu'il pense à son fils emprisonné, il l'imagine en train de frapper le mur de sa cellule, doucement d'abord, pour jouer, sans mesurer entièrement sa force. Puis de plus en plus fort, la main contre le mur pour dissiper l'ennui. Dans cet endroit qu'il ne peut même pas vraiment imaginer – il le sait devenir dur et cassant par nécessité. Il se souvient du petit garçon qu'il croyait voir devenir comme lui, calme, mesuré, responsable. Il voit les carcans de sa propre existence, la marge de manœuvre maigre et insignifiante pour réussir tout en comptant chaque jour pour nourrir sa famille. Avant de mourir, alors que la maladie le ronge, il se donne du courage en songeant à la chance qu'il reste : la réussite de ses enfants, celle qu'il ne verra pas, mais celle qui peut, encore, arriver. Fati institutrice, Yero libre, les petits encore pleins d'espoir. Hamadi aussi, s'il réussissait à retrouver le chemin plein de promesses de son enfance.

Le Chirurgien meurt d'une attaque cérébrale à soixante-sept ans. Après de longues années à enchaîner métiers pénibles et petits boulots nécessaires pour élever ses enfants. Les recoins de son cerveau usé par des tâches répétitives s'emplissent de sang et cette vague sirupeuse d'hémoglobine efface tout. L'anévrisme emporte ce qu'il est, tous ses rêves et tous ses renoncements. Il meurt pour ne pas déranger. Pour ne plus imposer sa présence sur le canapé usé du salon, pour ne plus traîner sa misère – pour ne pas faire payer à ses enfants son sacrifice, pour laisser à Hamadi une chance d'être un homme, et à Aminata le fantasme d'un père. Le jour de son enterrement, Marie pleure peu, elle garde en elle tous les merveilleux moments d'amour qu'ils ont passés, et la certitude d'avoir vécu heureuse à ses côtés. Elle sait qu'elle n'aurait jamais voulu ni quelqu'un d'autre, ni autre chose. La famille l'enterre sobrement, Hamadi est présent mais a demandé à la Fraternité de ne pas venir. Trop petite pour comprendre, Aminata est la seule enfant qui dort tranquillement pendant la cérémonie expéditive qui ne se prolonge même pas jusqu'à la fin de l'après-midi. Pour le soir, Marie a préparé une viande en sauce parsemée de grenade fraîche. Ils mangent et elle parle pour oublier son chagrin. Au-delà de la douleur, elle reste sereine. Marie est une femme sans regrets.

L'Afrique

POUR HONORER la mémoire du Chirurgien, Marie a pris la décision de retourner en Afrique. Les enfants et ses amies du quartier ont tenté de l'en dissuader, mais elle a prétendu que c'était une nécessité. Un hommage qu'il fallait rendre à tout ce que ce dernier avait fait. À l'aéroport, les yeux de Marie sont couverts d'un voile bleuté. La responsabilité de l'emmener se recueillir au pays incombe à Hamadi. Il a emprunté de l'argent pour payer le trajet en avion. Marie est fière et majestueuse quand elle sort les billets un peu pliés de son sac en cuir usé. Lui a l'impression d'être redevenu un gosse. Le châle qu'elle porte est le même que celui du départ, quand ils avaient tenté leur chance des années plus tôt. Dans la file d'embarquement, elle est excitée, vive comme une gamine – Hamadi a un peu honte mais reste attendri. Quand l'avion décolle, sa mère lui parle de sa tante, la sœur de son père, celle chez qui ils vont résider. Cette dernière a gardé une maison au bord de la mer, mais pas sans que sa réputation se tache d'opprobre : on dit que sa famille à elle a survécu en collaborant. Hamadi fait mine de s'endormir pour ne pas écouter les cancans. S'il doit supporter ce voyage, qu'il appréhende sans se l'avouer, autant y aller l'esprit ouvert.

La chaleur le prend à la gorge à la sortie de l'avion, comme une poussée d'eau chaude contre son visage. Hamadi n'a aucun souvenir de cet air chaud, tout lui semble loin, neuf. Marie resserre le fichu autour de ses cheveux naturels, blancs et frisés. Elle ne veut pas prendre de taxi pour aller chez la tante, elle veut retrouver le bus bringuebalant qu'elle avait l'habitude de prendre pour s'évader des quartiers blancs et calmes quand le Chirurgien travaillait. Lorsque le bus se met en route et crache des bouffées de pétrole, Hamadi regarde le paysage par la vitre renfoncée. Les manguiers sont toujours là, le bord de mer lessivé par le vent aussi, il se dit que le voyage s'annonce plus agréable que prévu. Marie, elle, porte sa jeunesse en transparence. Elle semble plus heureuse qu'il ne l'a vue depuis des semaines, depuis que le Chirurgien est mort.

Cet état de grâce prend vite fin. Au milieu du chemin, devant un stand de fruits recouvert de mouches bruissantes, une police militaire arrête le bus. Deux types flanqués d'armes s'approchent pour faire un contrôle sans qu'on ne leur dise si cela est courant ou quelles en sont les raisons. Un homme à la peau luisante leur prend leurs passeports. Sans parler, il les regarde et presse les carnets de cuir entre son pouce et sa paume, à l'arrière du bus, deux femmes continuent de caqueter. Hamadi est surpris : les types n'ont pas l'air de chercher quoi que ce soit, pourtant, ils ne lui ont pas encore rendu ses papiers ou ceux de sa mère et ne semblent pas disposés à le faire. Même quand Marie ouvre son portefeuille avec une main et que les billets dérapent et se collent à la sueur de sa paume, il ne saisit pas. Soudain, quand elle déploie le bras pour tendre l'argent au policier qui s'accoude contre la barre en fer, il comprend et lui attrape le poignet avec un geste brusque, dur : hors de question de gâcher l'argent qu'ils n'ont pas. Il gonfle les muscles de son cou et se relève sur le siège en cuir vert usé. Le flic s'avance, caresse sans subtilité l'arme automatique qui rebondit sur sa hanche, l'air visiblement amusé. Hamadi remarque l'absence de peur du militaire. Le chauffeur se retourne, il ne veut pas de problème. Même la femme de la rangée de derrière, qui tient nonchalamment le poignet de sa fille, leur dit de payer. Hamadi se lève, plein de haine. Il pense à son père, sa mère, à son statut, à tout ce qu'il se doit de protéger. Puis, il pense à son genou. À la pression qui le ferait facilement craquer, à cette faiblesse physique qui lui rappelle la vulnérabilité et la promesse qu'il a faite à Aminata. Les deux militaires qui se tiennent encore en dehors du véhicule s'avancent vers le marchepied. Sous la main qui tient encore le poignet de sa mère, Hamadi sent un tressaillement. Un roulis doux, régulier. Sans s'en rendre compte, Marie pleure. Hamadi relâche sa poigne. Silencieux sous les rires des flics qui se moquent, goguenards, de la poigne tremblante qui leur tend leur dû, il tourne la tête pour ne pas être témoin de l'humiliation de sa mère. La femme de derrière secoue la tête, les deux vieilles au fond parlent de ces étrangers, qui viennent avec leurs passeports chatoyants et permettent à leur avarice de ralentir le trafic. Marie pleure encore un peu.

Elle aimerait leur dire qu'avant, c'était elle, la plus belle femme d'Afrique.

La tante les accueille entre deux rangées de domestiques. Sa maison est grise, la piscine est devant, pour que ceux qui passent dans la rue puissent mieux voir le sol de marbre et d'or. Marie la complimente sur sa coiffure, Hamadi se tait. Après des effusions qu'il trouve très peu sincères, la tante leur fait faire le tour du propriétaire. Elle précise qu'elle choisit les bonnes avec soin et s'enorgueillit de leur donner du travail. Le regard de Marie s'attarde sur le marbre de l'entrée et sur les fleurs lascives qui pendent des vases. Dans la maison, le bruit se tait. Elle retrouve ce qu'elle a perdu sans que ce luxe ne lui appartienne. Elle marche dans la vaste maison comme si elle n'était jamais partie.

Le voyage ne dure pas longtemps. Ils ne vont pas visiter Conakry et Marie vient simplement faire son deuil en regardant la mer. À aucun moment pendant le séjour elle ne voit les affronts venimeux de la tante, qui sont pour Hamadi des sources répétées de frustration. Elle ne voit pas la haine sur les traits de celle qui ne supporte pas que la beauté survive à la perte. Trois jours après leur arrivée, Hamadi, distrait, se lève et débarrasse son assiette une fois son repas terminé. Alors, sa tante et son mari se fendent d'un rire gras, tonitruant et décomplexé. « Mais regarde le garçon, il lave comme une bonne ! » singe la tante, à peine capable de respirer. Les mains dans l'eau couvertes de savon, Hamadi se sent comme une attraction ridicule et grotesque. Il décide qu'il ne retournera jamais en Afrique. Il décide qu'il préfère être étranger ailleurs.

Le reste du voyage défile sans que personne n'ait envie de quoi que ce soit. On reste près de la piscine, aussi peu à l'aise que dans un club de vacances pour balthazars. Marie ne parle pas de l'incident, et Hamadi rumine dans son coin. Sur le chemin pour aller à l'aéroport, dans un taxi qui bave son pot d'échappement, il est soulagé. Ils rentrent à Paris pour trouver l'appartement de Bobigny et le rire insouciant d'Aminata. Dans sa chambre, Hamadi pense au voyage, à la mort de son père, aux années qui ont filé. Il se dit qu'il faudra faire mieux pour aider sa mère. Que cette dernière est tout ce qu'il lui reste pour ne pas se retrouver seul et perdu à la tête de cette famille qu'il n'a pour l'instant jamais réussi à aimer dignement. Il s'en veut, mais il a encore une chance. Il n'a pas tout perdu, puisqu'il lui reste du temps.

LA PLAINE DES ASPHODÈLES

Sécurité sociale

Le sol orangé du crématorium réchauffe doucement les poignées métalliques du cercueil. La surface du bois est claire, les contours du rectangle légèrement arrondis – aucune inscription n'entaille la simplicité du couvercle. Plus tôt dans la semaine, le choix du mode d'inhumation rappelle à Hamadi la réalité de la mort. Ils choisissent la crémation pour refuser l'enterrement. Sans avoir besoin de parler, ils décident unanimement de ne pas l'asphyxier sous terre, condamnée à bouffer du gravier, noyée dans l'obscurité jusqu'à en devenir.

Hamadi tient sans efforts, occupé par la préparation méthodique du deuil. Il passe d'heure en heure, happé par un tunnel qu'il emprunte sans réaliser qu'il ne retrouvera pas à la surface la lumière qui s'est éteinte. Le temps se pose pour la première fois devant le cercueil, accroché à la surface du bois prêt à être brûlé avec le corps. Dans la salle, Hamadi réalise. Il libère un hoquet, rien d'autre. Tête penchée, il se refuse à exhiber son absence de larmes qui trahit comme un mensonge l'intensité de sa tristesse. La salle est pleine d'une foule qu'il ne sent pas, qui ne l'habite pas de son soutien, qui ne lui redonne pas foi en l'homme ou en la vie. Seul avec l'absence, il ignore la paume chaude d'Aminata qui se presse contre la sienne, ou le souffle des frères qui s'est accordé en une seule respiration pour se rassurer et combattre l'ampleur du monde qu'ils devront affronter seuls.

La pièce carrée se remplit à mesure que des groupes inégaux d'individus arrivent. Sur les visages, la même évidence, une peine sincère et violente. L'enterrement de Marie est glorieux comme sa vie, fait taire ses rivales et s'habiller le quartier. Ils sont tous là. Dans le terrain de Bobigny sali par l'ombre des tours, les épiceries ont fermé plus tôt, on a engagé des étrangers venus d'autres arrondissements pour tenir les chichas laissées tristes et vides par la procession qui s'en va rendre hommage à la Blanche une dernière fois. Il y a les Beurettes du marché, leurs maris, leurs maîtresses, les amants, les institutrices et les travailleurs sociaux. Il y a les responsables du magasin d'électroménager importé, des types lambda et sans couleur qu'Hamadi ne reconnaît pas. Il y a de très grands dignitaires africains qui portent des vestes en velours brun. Un type élancé aux épaules fines, gracieux comme une fille. Il y a l'ensemble des femmes qui aiment Yero, les amis d'Aïssa : tous là, unis dans la décence. À l'enterrement de Marie, on ne vient pas pour observer la souffrance de la famille. Il n'y a pas de voyeurs, pas de cyniques ou d'indifférents. Juste des connaissances, attirés comme des insectes par la lumière d'une vie qu'ils ont tous admirée, et la puissance d'une femme qui leur a donné espoir.

Tous perdent leur mère, leur amante, leur sœur. Et partout, la violence solitaire de la douleur se répand.

La boulangère à la peau diaphane pleure sans qu'on entende ses sanglots et les religieux qui pointillent l'assemblée ont oublié Jugement dernier et rédemption devant la finitude de la boîte en bois. Même pour eux, imaginer la suite semble impossible – à ce moment précis, toute croyance est un blasphème. Les tensions de bandes et les guerres se taisent, personne n'a de place pour la haine ou même pour l'idée d'un sale regard. Les gamins sont des gamins, pas des guerriers, même Roi le Malien oublie sa xénophobie généralisée et accepte d'ignorer le Gros Roland, qu'il a pourtant l'habitude d'accuser d'être un traître venu de Mauritanie, selon lui « la République du vol ». À travers les bruissements de fringues, on entend même les pleurs des garçons à qui on a voulu apprendre trop tôt à être des hommes. Hamadi ne devine rien. Il ne sent pas les autres autour de lui, les frères ou les sœurs, les générations du quartier de Bobigny qui sont venues rendre hommage. Il ne veut rien. Il n'y a rien. La carrure impressionnante de Yero est pliée, affligée comme les branches d'un grand arbre. La fratrie en débris se tait.

Hamadi se redresse quand il entend un son familier. Les pas déterminés d'Arthur le réveillent sans qu'il le réalise. La Fraternité fend la foule en silence et s'approche du cercueil. Ils ont tous plus de quarante ans, sont restés proches sans avoir besoin de se voir autant – toujours près du quartier, pas près de le quitter, même si Arthur et Esteban n'y habitent plus. La vie a imposé ses contraintes. Ils ne se voient plus plusieurs fois par semaine. Pourtant, ils se retrouvent à la mort de Marie comme en s'étant quittés la veille. Adultes, chacun porte des détails qui rappellent leur enfance. Ils sont presque tous là, Arthur, Esteban et Georges. Seul Kader manque à l'appel. Hamadi ne baisse plus la tête, les visages de ses amis sont des repères plus sûrs que ceux des étrangers ou de ses frères et sœurs. Une respiration, aussi inespérée qu'attendue. La présence de sa famille choisie pour atténuer la douleur causée par son sang. La communauté des frères contre la trahison de la mère. Contre cette promesse d'être toujours là que font tous les parents, serment impossible qu'ils ne peuvent jamais honorer. Dans leurs regards, l'amour et le soutien – ils savent qu'ils ont tous des larmes dans la gorge. Personne n'a besoin de parler. Les émotions sont si fortes qu'on pourrait les toucher. Arthur se mord la lèvre, Georges courbe le dos comme pour apaiser un mal d'estomac, les sourcils d'Esteban frémissent. Rictus nerveux, révérences involontaires – la tristesse inonde même les insubmersibles et fait plier les plus forts. Ensemble, ils sont dignes. Des années d'amitié pour ce moment qui permet à Hamadi d'envisager une vie après la mort de sa mère. Le sceau de la Fraternité comme le clou dans le cercueil, une ligne à mi-chemin entre le pire et le meilleur.

Et puis, Kader arrive. Avec précipitation, en tenant la main de sa mère qui claudique en maugréant, vieille et empêchée dans ses mouvements par ses membres inférieurs imposants. Il la laisse au coin de la pièce et va rejoindre la Fraternité, en demi-cercle près de Marie. Immobiles dans leur recueillement, les autres ne le regardent pas vraiment – il s'installe à côté de Georges et essaye de faire le moins de bruit possible. Georges est le premier à rire, parce qu'il est le premier à vraiment le regarder. Dans cette pièce respectueuse où tous sont venus sobres et élégants, habillés de couleurs discrètes, Kader pleure à grosses larmes, engoncé dans un costume bleu-brillant trop petit pour lui qu'il a assorti avec des pompes vertes en cuir verni façon imitation crocodile. C'est l'enterrement de Marie, et il ressemble à un vendeur de tissu de Barbès, avec veste chatoyante et allure générale de proxénète. Une cérémonie grave et digne, et il a fallu que Kader vienne en sapeur. Ils se mettent tous à rire les uns après les autres – Esteban, Yero, Arthur, Adama, la boulangère. L'hilarité commune augmente avec l'air ahuri de Kader qui ne comprend que tardivement que ses choix vestimentaires sont la raison du fou rire généralisé. Et quand tout le monde se marre, c'est la lumière de Marie, son incroyable force qui renaît. Une incroyable victoire de la vie, déclenchée par des reflets brillants sur un tissu bon marché.

La Fraternité se retrouve le soir même dans la cage d'escalier qui a abrité son enfance. Plus délabrée, dérangée par les allers-retours des hommes et des rats, elle sent le souvenir et la pisse. Arthur allume un joint tendu par Georges et dans les limites rassurantes de l'habitude tout semble encore avoir un sens. « Mais putain le con », commence Arthur. Et tout le monde se marre encore. « Mais putain Kader, quel con, mais quel con, mais qui fait ça ? Qui vient à un enterrement habillé en Congolais ? »

Hamadi hoquette de rire. Kader baisse la tête, pris entre la franche jubilation de ses amis et sa propre honte. « Sérieusement Kader, t'es habillé comme si t'hésitais entre Kinshasa et Brazza ! » Éclats de rire, résonance de leurs conneries d'avant – la cage d'escalier est un instant suspendu où la douleur ne peut pas trouver Hamadi.

Ils continuent à rire, à s'amuser comme des gosses. Esteban prétend que c'est à la mère de Kader qu'on doit le choix du costume. Arthur et Georges commentent le cul de la vieille en se demandant si, pour être aussi gros, il a réussi à développer une vie propre et à bouffer le canapé. Les discussions sont enfantines, la weed est bonne, elle a la même odeur de fougère que lors de leur enfance. « C'est ça la campagne », dit Georges. Et il se marre parce qu'il est défoncé, parce que la mère de Kader a un gros cul et parce qu'il n'est jamais sérieux. Georges, ses deux enfants et son rire toujours franc. Ils restent ensemble encore un long moment. Assis sur les marches, ils s'amusent à ne rien faire. Esteban ne pense pas à son business du bâtiment, à son entreprenariat caché de mec qui veut réussir. Georges ne parle pas de sa femme qu'il a gardée depuis le lycée. Arthur ne parle de rien, ce qui, finalement, est logique. Hamadi écoute.

Autour de lui, le quartier n'est plus aussi grand. Les tours grises qui crevaient le ciel de son enfance ont retrouvé leurs dimensions humaines. Les rues sont étroites. Toutes les immensités d'avant ont l'aspect fabriqué d'une maquette miniature. Le soir avance et mange les immeubles des toits à la base. Quand l'obscurité atteint le bitume, la

Fraternité sort du bâtiment pour aller vers le quartier des bars nouveaux qui a poussé à l'Ouest. Les enseignes se ressemblent toutes – imprimées, plastifiées et fabriquées en série, sans soucis de beauté ou d'originalité. Couleurs criardes et artificielles, police inélégante. On a pris ce qui restait, ce qu'on voyait de loin. Des établissements aux accents orientaux, quelques bars auxquels on a donné des noms typiques de bistrot, un *Balto* qui s'adosse à un *Bar de la Place*. Les blagues continuent, s'espacent d'anecdotes d'enfance qu'on balance sans oser vraiment se souvenir. Sans mentionner qu'elles sont désormais teintées d'absence. Ils ne parlent pas de Marie, ne nomment pas le Chirurgien, ils célèbrent les années passées en parlant de la vie et n'accordent même pas à la mort le droit d'exister. Quand le silence se pose et que la conversation s'engourdit, ils changent de bar. La nuit les réveille, cette parenthèse de rue qui sent le béton froid est la respiration dont ils ont besoin, qui rallume les disputes et les sort de la triste transe mêlée de sommeil et de peine qui commence à s'installer à mesure que le jour se rapproche.

Penser à quoi ? Les souvenirs s'étalent comme une flaque d'huile, dilués par l'alcool. Ils prennent des reflets plus colorés, plus intenses, comme des visions d'enfant. Ils ne sont plus lestés de cohérence. Esteban se plaint du jour off qu'il a dû prendre au travail pour venir à cet enterrement, et tout le monde le siffle parce qu'il reste un peu con. Hamadi dit qu'il a oublié de poser un jour au travail – et après tout, il s'en fout, il est fonctionnaire. Il se rappelle la fierté de sa mère quand elle a appris, dix ans plus tôt, qu'il avait réussi l'examen d'employé de mairie. Pour Marie, chaque réussite était toujours une victoire. Il n'avait pas eu le courage de lui dire qu'il ne voyait pas la perspective de ramasser des feuilles et de démonter des équipements sportifs comme un pas en avant, mais comme un bloc de ciment venu entraver ses pieds. Comme un aveu d'échec. N'y pense plus, bois. Les bars sont louches, on y joue aux fléchettes. Il y a des groupes d'Égyptiens qui refusent de se mélanger comme à leur habitude, un faux philosophe blanc qui se fait appeler Isidore et qui est probablement un balthazar perdu qui a trop peur de boire dans son propre quartier. Les balthazars aiment trop juger pour ne pas avoir peur du jugement. Kader tient moins bien l'alcool que les autres – c'est une de ses nombreuses faiblesses. Il s'accoude au comptoir écaille et pose sa tête dans sa main, sa béquille de fortune s'affaisse sous son poids et il se claque le menton. Hamadi est hilare, le gin tonic dans sa bouche frétille, il aime les bulles de limonade sur sa langue. Un mec vient accoster le groupe, c'est un vieux Laotien sénile qui veut leur parler d'un serpent à plumes, et des pyramides mayas, égyptiennes et aztèques. Des éléphants qu'on voit sur les murs des ruines en Amérique mais qui n'existent pas sur ce continent. De toutes ces coïncidences qu'il prend pour un complot. Il dit que tout cela ne peut pas être fortuit. Le groupe se marre, mais l'esprit d'Hamadi zone. Il commande un autre gin to, on lui donne un shooter laiteux qui pue le caramel avec. Il gobe tout, boit le cocktail goulûment comme un assoiffé. Tout cela ne peut pas être fortuit. Il sent l'ivresse dans son ventre comme une putain de puissance, une plongée vertigineuse vers l'avant. C'est une faim qui connaît la mort et n'en a rien à foutre, une envie de dévorer le monde qui renaît. Hamadi pense au destin. Il voit le futur comme un général étudie le plan d'une bataille étalé sur la table. Plus personne à impressionner. Plus de mère à honorer, de père à décevoir. Des frères et sœurs seulement, mais être l'aîné doit suffire à ce qu'ils l'aiment encore. La mort de celle qu'il a aimée lui donne l'espace de devenir quelqu'un. Il boit jusqu'au bout – la fin du breuvage a un goût d'éthanol plus prononcé. Il n'a pas honte de sa pensée. Il ne se souvient pas du reste de la soirée, rires et interjections, bagarres, propos indistincts. Il se souvient juste de cet appétit ravageur d'exister. Du gin, et de l'espoir.

Les évolués

Après la mort de Marie, la famille trouve son équilibre dans un fonctionnement systématique, un quotidien qui s'organise seul et ne dévie jamais de sa mesure. Dans le quartier il y a cette légende. Une quasi-vérité érigée en loi, pas constitutionnelle mais presque. Il y a les bons Noirs et les mauvais Noirs. C'est une affirmation qui vient de l'extérieur et qu'on vous impose, aussi sûrement qu'on vous donne à la naissance un nom que vous n'avez pas demandé. Ça s'applique pour les Arabes, les juifs et autres étrangers. Surtout ceux qui sont nés ici. Hamadi et les frères ont grandi en pleine conscience de ces catégories. C'est pour ça qu'il fallait être polis – pour ne pas déranger. Parce qu'on n'est pas chez soi. Les bons et les mauvais, les truands, les bêtes. Les hommes et les singes. Ces dichotomies assumées servent de cri de ralliement aux extrêmes et d'autel aux bien-pensants. Si on peut, et en dépit de sa nature, contre sa culture, il faut être un bon Noir. Cette classification qu'on apprend sur ceux qui vivent au bout des lignes de métro, sur la racaille présumée. Surtout celle qui est née ici. Des excuses aussi, que l'on donne aux jeunes trop défavorisés pour réussir, et qu'on condamne avec mansuétude à rater leurs vies, mais qu'on rassure en leur disant qu'ils sont des martyrs du système. Des générations coincées entre la haine et le fatalisme intellectuel engagé.

Pour ceux qui ne sont pas suspects d'être originaires d'ailleurs, le concept d'ici n'existe pas plus que celui de là-bas. Ils n'ont pas la même responsabilité, ils ne portent pas le même bagage ou le même espoir. Pas des parasites ou des ingrats, juste des Français qui doivent leurs problèmes à autre chose qu'à leur incapacité à aimer ce qu'on leur donne. Pour eux, il y a des mesures à prendre, des logiques de long terme, un monde au-delà des situations de crise. Ils sont des valeurs sûres sur lesquelles on investit. La jeunesse à laquelle on pense, quand on dit qu'elle est notre avenir. Avoir un là-bas vous condamne ici, parce qu'un bout de terre sans référence qui n'a jamais rien voulu dire pour vous entache la terre que vous foulez ; peut-être pour payer la liberté des ancêtres, sûrement parce que vous êtes des taches sur la mémoire collective. On n'a pas su les éduquer, regarde maintenant les dégâts qu'ils font ici. Les mauvais Noirs, les mauvais Arabes, les mauvais d'ailleurs, ces pucerons sur la tige de la République.

Dans l'appartement de Bobigny, les frères vivent leur vie de mauvais Noirs. Les sœurs ont réussi à être plus exemplaires – elles vivent ailleurs, dans une autre banlieue, elles ont réussi. Les frères, eux, n'ont pas compris l'obligation d'être sans reproches. Postés à trois dans l'appartement, ils s'appliquent à oublier l'héritage du père et ses exigences. Ils vivent ensemble. À respectivement quarante-cinq, trente-sept et trente-deux ans, ils sont incapables de s'assumer. Ou peut-être juste solidaires. Les femmes dans leurs vies sont passées sans rester – par choix ou pas erreur, jamais avec assez d'importance. Cette codépendance née de la précarité et de l'amour s'articule dans une relative harmonie et suit des règles informelles qui varient avec les circonstances. Hamadi et Yero payent le loyer, Adama paye les charges, quand il peut se le permettre. Ce n'est pas Hamadi qui apporte le plus d'argent au foyer, pourtant, l'appartement et toutes les factures sont à son nom. C'est plus simple, moins risqué. Il est le seul à avoir une profession respectable, un job homologué de bon Noir qui vous force à vous habiller à six heures du matin pour aller au travail, et pas parce que vous risquez la perquisition. Il a voulu à plusieurs reprises quitter ce job répétitif qui lui fait mal au dos. Il pensait après son accident au genou qu'il ne pourrait plus faire de travail physique, mais comme la ville ne réussissait pas à recruter à ce poste, il a eu l'examen sans difficultés. Il se souvient pourquoi il l'a passé – pour que sa mère soit heureuse, et que la femme qu'il fréquentait à l'époque le traite plus comme un homme. Il se dit qu'il l'a fait pour payer des cours de zumba, pour être responsable et à l'heure dans ses versements à EDF, parce qu'en tant que chef de famille il ne pouvait plus se permettre de déconner. Il n'avait pas réussi à être bon un truand, s'était lourdement vautré à l'école, et n'avait pas supporté de peser sur les femmes de sa vie entre le milieu de sa vingtaine et le début de sa trentaine. Cet enfer d'herbe et de feuille et d'uniforme mal taillé, c'était pour compenser la décennie qu'il avait perdue à ne pas avancer, et à bouffer l'argent sans se soucier de l'avenir. Il se souvient de l'examen – il n'avait jamais su sa note, ce qui ne l'avait pas dérangé, pas plus que la surprise de l'examinateur face à son succès. Depuis des années, il va au travail avec la régularité idiote de celui qui n'a rien de mieux à faire – quelques retards, des absences, rien de systématique. Ses patrons se succèdent, évoluent. Pas lui. Il ne cherche pas à le faire, bercé par la sûreté de la monotonie, effrayé par la possibilité d'un échec. Il pense repasser un examen – son ventre se noue quand il imagine des connards en train de le corriger, leurs commentaires goguenards, leurs moqueries incrédules à l'égard de cet adulte largement en âge d'être père qui écrit moins bien qu'un enfant. Il renonce presque immédiatement. La peine et le calme qui s'installent à la mort de Marie le font réfléchir – les cuites qui se multiplient lui font manquer des jours qu'il ne se donne pas la peine de prendre. Il a peur des conséquences les quatre premières fois seulement, puis les remontrances deviennent une habitude, et il apprend à quel point il peut être difficile de se faire virer quand on a été stable, gentil, régulier pendant plus de dix ans. Il apprend la puissance de la pitié, l'utilise sans regrets en se disant qu'il n'est pas vraiment ce mec un peu pathétique à qui on laisse une certaine longitude pour ne pas qu'il rentre chez lui un jour et se bute. Il se laisse faire la fête, et à chaque soir de beuverie il se remet à la recherche de la faim, du vertige, de la spirale étourdissante et magnifique de l'ivresse.

C'est souvent Yero qui se lève en premier le matin. La mort de sa mère ne l'empêche pas de s'endormir, mais elle le ramène à la vie plus tôt tous les jours. Yero fait des affaires, du trafic sans conviction, par pure nécessité. À sa sortie de prison, personne n'a voulu de lui. Ce n'est ni le nombre des années passées en taule ni le chef d'accusation qui l'éloignent le plus de la possibilité d'être embauché, pas non plus son absence de diplôme, même si elle n'aide en rien. Sa carrure est tout simplement trop imposante – physiquement il est comme avec un gros fauve, le risque ne semble jamais en valoir la peine. Trop de muscles, trop grand, trop tonique. Lui donner sa chance constituerait un enjeu de sécurité trop important. Pourtant il est doux et fiable – il trouve du sens à bien faire son travail, à s'assurer que tout est carré et que plus rien dans sa vie n'est laissé à la chance. Il a trop payé son absence de planification par le passé. Cette illusion d'organisation à toute épreuve le rend bon. Petit à petit, il passe de la vente de dope au management des stocks, devient un Amiral du quartier, spécialisé MD et coke. Il tient parole, n'est rebuté par aucun sacrifice. Le concept de travail sale lui échappe autant que les Beaux-Arts. Il aime la musique mais voit rarement l'intérêt d'y être sensible. Il aime sa famille, ne cherche jamais à prendre à Hamadi sa place d'aîné. On lui fait confiance. Il n'a jamais eu de problème à ne pas parler – son caractère taiseux se prête bien à la loyauté d'une vie de secrets. Bientôt, des mecs qu'il a connus à la Santé lui proposent de se lancer dans un commerce plus lucratif. Il accepte l'opportunité avec gratitude – se met à dealer des armes diverses, et ces capsules de violence mécaniques deviennent une commodité comme une autre, un objet de plus dans des flux d'offres et de demandes.

Dans son incapacité à être un bon Noir, Yero est le plus parfait des libéraux. Il ne se plaint pas. Il ne se pose pas la question. L'argent est bon, cesse d'être une nécessité pour lui. Il donne à ses frères le strict minimum, pas par avarice mais pour ne pas les assujettir à son succès, pour ne pas assombrir leurs destins de l'ampleur de son ombre. Il n'achète jamais rien d'ostentatoire, ne ressent pas le besoin d'avoir une nouvelle voiture. À Bobigny, il se sent bien, acquérir un duplex avec une terrasse qui domine Paris ne l'intéresse pas. C'est pour ça que les flics ne le remarquent plus jamais. Il se fait contrôler pour sa grande carrure d'Africain, mais sa politesse le fait passer pour un bon citoyen auprès de la municipale – on sous-estime souvent l'importance de la discrétion dans la réussite criminelle. Au quartier, on dit que c'est un vrai mec. Il ne manque jamais de respect aux femmes – quand elles se font frapper, qu'une jeune fille prend une main au cul, il ne défend pas son honneur. Les femmes lui rendent bien cette indifférence – elles s'arrachent cet homme qui n'a ni Dieu ni fougue, et pas le temps de s'alourdir de certitudes morales ou de limites sociétaires. Lui qui ne les considère pas plus ou moins, qui ne les protège pas plus et pas moins. Tous les six mois, il va pointer à Pôle Emploi. Dans la salle d'attente il s'assied et personne n'ose s'avachir sur les chaises en bois autour de lui. Il tapote calmement sur son portable – règle des affaires, fait suivre un colis. Devant la conseillère, il répète les mêmes choses, pense à actualiser sa situation, ne s'émeut pas des glaces bleues et blanches à peine épaisses des petits box qui laissent à chacun le loisir d'entendre les détails pratiques de la précarité de son voisin. Il n'a pas besoin de se situer sur cette échelle du non-avenir. Il est satisfait de sa vie parallèle. Au moment où il la choisit, il considère qu'il n'avait pas d'autre option. Il ne se plaint pas. Probablement encore marqué par une vie à compter les centimes, il ne jouit jamais de l'argent qu'il gagne. Il ne le voit pas. Il ne le partage pas. Il ne se sent pas responsable de la pauvreté de la famille, il n'essaie pas de la corriger.

Pour Adama, l'expérience du bureau de l'emploi a été plus difficile. À dix-sept ans, il a essayé de devenir pompier. Une fois, puis trois. Au quartier, on lui disait que c'était une bonne voie, une voie noble – un truc d'officiel mais pas de poucave. Au quartier, il vaut encore mieux être pédé que flic. À chaque fois il se plante – d'abord, il y a la honte de ne pas être au niveau physiquement. Hamadi regarde pendant des mois ce frère qu'il aime comme un premier né s'escrimer à gagner du muscle et à donner à son corps une forme qui ne lui est pas accessible. Il tente de l'aider – mais à plus de quarante ans, il est plus fort qu'Adama et ce résidu de panache n'aide pas son frère, encore plus meurtri par la frustration. Yero, comme à son habitude, ne s'en mêle pas. Quand il passe enfin les tests de résistance et d'agilité, Adama se heurte aux examens écrits et aux différents entretiens de personnalité. Il n'a pas l'étoffe d'un champion, il ne convainc pas. Son envie n'est pas assez. Ses sacrifices ne rattrapent ni son milieu, ni ses lacunes, ni son absence de qualités athlétiques exceptionnelles. Il n'est pas mauvais, mais il n'est bon nulle part. Il va bien tant qu'il refuse l'échec. Quand il se rend, il devient âcre, violent. Il déteste ces vainqueurs qui l'oppressent, devient un vaincu de la seule manière qui existe : en s'abandonnant lui-même. Il parle de moins en moins. Grâce à la réputation de son frère, on lui confie quelques jobs sans importance, des conneries de petite frappe qui le mettent souvent sur le front et augmentent les risques d'interpellation. À l'inverse de Yero, Adama est nerveux, il tremblote et s'impatiente à la moindre contrariété. Il n'a jamais rien su optimiser. Il passe plusieurs fois devant le tribunal, ressort, est brièvement incarcéré. La prison lui fait peur, il se sent comme un gamin trop petit encerclé par des grands, incroyablement vulnérable. Après le troisième passage au placard, Hamadi ne peut plus lui parler. Ils ne se disent jamais qu'ils s'aiment, Marie n'est plus là pour adoucir leurs rapports, le Chirurgien a cessé de les obliger à être décents. Adama aimerait dire à Hamadi qu'il a besoin de lui, besoin d'un frère pour savoir qu'il n'est pas totalement raté, pas une merde rejetée qui aurait mieux fait de ne pas naître. Il a pour son frère la même admiration qu'à sa naissance. Il se dit que la vie a été plus dure pour Hamadi, qu'il a plus perdu. La gangrène de la haine des autres qui le bouffe ne s'applique pas à son frère. Parfois, avachi dans le fauteuil à droite du canapé, il regarde cet aîné dont il recherche encore l'approbation. Il veut discuter, évoquer les résultats du foot, les seins de la Tunisienne du troisième, le souvenir de leur mère.

Il veut lui dire quelque chose, crever au moins cet espace de silence qu'il sent de plus en plus grand. Mais Hamadi ne se rend compte de rien. Il rentre tous les soirs, et tous les jours, ils sont ensemble devant la télévision. Abrutissement et rires factices, la vérité et la tendresse sont bloquées dans la poitrine d'Adama – Hamadi lui est trop occupé par lui-même. Adama se ferme. Il déteste ses parents qui sont morts trop tôt, et l'Afrique qu'ils ont quittée. Ce continent stupide qu'il n'a aucune raison d'aimer, et la France qui le traite comme un mal nécessaire. Un bon Noir accepte ce qu'on lui donne, un bon Noir dit merci. Adama, lui, refuse les aides sociales. Ni CMU, ni chômage, ni minimum d'existence. Il ne veut pas apparaître sur les registres de l'assistanat. Le mot même le dégoûte. Ce refus d'exister dans le système, d'accepter les solutions qu'on lui donne, c'est sa force et son choix. Ce rejet le définit. Hamadi lui dit qu'il est con, qu'il ne comprend pas. Yero se tait. Adama grogne, heurté encore pas l'absence de reconnaissance de ses frères.

L'appartement est souvent crade. Yero rentre tard, Adama n'a pas la foi de se lever ou traîne dans le square pour oublier l'odeur dégueulasse de la moquette qui est trouée par endroits. Hamadi se retrouve souvent à faire la vaisselle qui s'érige en tour dans l'évier – la surface lisse des assiettes est poisseuse, devenue glissante de saleté. Il astique la céramique et déteste ce rôle domestique. L'aîné de la famille devenu la première des bonnes. L'état général du domicile des frères se dégrade à mesure des excentricités d'Hamadi. Le trois-pièces passe de passable, quand il ne sort qu'une ou deux fois par semaine, au taudis, quand il peine à rentrer une seule fois avant deux heures dans le mois. L'état des finances de la fratrie s'aggrave. Hamadi paye le loyer en retard – il crame son salaire en vin blanc à seize heures et en vodka à dix-huit. Adama gueule mollement, mais Yero lui rappelle sans hostilité qu'il ne paye lui-même pas grand-chose, et que son grand frère a la responsabilité d'être le nom officiel de toute la famille. Hamadi commence à filtrer les appels de son chargé de clientèle, pas encore habitué au dédain de ce petit chef qui aime lui faire sentir la puissance que la banque lui a confiée pour oublier qu'elle l'écrase lui aussi à coups de prêt immobilier et de plan de remboursement automobile. Il ne s'en formalise pas.

Aucun des trois frères ne serait bien vu à l'extérieur. Dans cet autre monde qu'est l'intra-muros. Pas assez sages pour être de bons Noirs, pas assez revendicateurs de leur misère pour plaire aux gentils. Pour être quelqu'un de bien, il faut au minimum connaître la valeur du travail, honorer sa famille et rendre fière sa patrie. Dans l'appartement de Bobigny, aucun des trois frères n'a réussi à remplir ces critères évidents de l'évolution. Qu'il leur en manque un ou l'ensemble de la Trinité, ils sont ces existants qui font beaucoup parler sur les chaînes d'information continue. Globalement taulards, marginaux, irresponsables. Habillés comme des zouaves, en jogging usé ou sweat-shirt trop grand, ou pour Yero en habits immaculés mais parfois bien trop ethniques et colorés, ils sont bien loin de l'assimilation. Mais dans l'appartement de Bobigny, on ne s'en plaint pas, et c'est peut-être là l'erreur.

Parce que la fratrie, cassée par le deuil, usée par la précarité, tient encore. Pas sur les bases qu'on aurait aimé lui donner, pas dans les règles préétablies, et sans dénoncer la fatalité du destin. Hamadi, Yero et Adama sont trois hommes qui s'assument, trois êtres à qui on a filé les mauvaises cartes et qui n'ont pas tout fait de leur mieux. Trois nuances dans un monde en gris qui se croit noir et blanc, bon ou mauvais, dans un pays qui aime les révolutions mais qui a peur des pauvres, et des Noirs, et des villes où il faut aller en RER. Le soir, les frères mangent souvent ensemble. Hamadi fait les courses et la cuisine, ou, quand il est fatigué, il achète un grec en face. Salade-tomates-oignons pour Yero, seulement oignons-tomates pour Adama. Ils avalent souvent les sandwichs devant le programme du soir, sans parler. Pourtant, une atmosphère chaude couvre les bruits de mastication. Sans avoir besoin d'être évolués, ils sont frères – imparfaits, vivants.

Au trio s'ajoute parfois Fati qui s'est séparée définitivement du père de ses enfants depuis la mort de Marie. Elle n'a aucune envie de retrouver quelqu'un, et a renoué le contact avec ses frères. Depuis, elle vient les voir plus souvent – l'absence de sa mère la coupe du seul rapport qu'elle entretenait encore avec cet avant qui a fait d'elle ce qu'elle est et qu'elle ne sait ni haïr ni aimer. Elle passe généralement chercher Aminata qui a trouvé un petit studio avec l'argent de poche qu'elle gagne grâce à des gardes d'enfants ou à des intérims dans la restauration. Aïssa est plus difficile à croiser, toujours entre un amant, un groupe de copines ou un trajet à faire pour aller chercher les enfants, mais elle se joint parfois aux fêtes de famille organisées dans l'année qui suit l'enterrement. Les sœurs n'ont pas honte de fréquenter ces frères qui portent la malchance familiale, à peine parfois un sentiment de culpabilité – celui de s'en être sorties. Elles connaissent elles aussi ces destins si sombres qu'ils semblent caricaturaux, cet échec systémique qui est souvent systématique, parce que la galère se couple à la violence et à la sensation d'impasse.

Assemblée nationale

La fratrie était prête à accepter la mort des parents. Aidée seulement par la droiture de l'aîné, par sa noblesse, son habilité à accepter d'être à la fois l'éclaireur et celui qui serait désormais au plus proche de la mort, elle aurait pu survivre. Il aurait dû les protéger, respecter la volonté du père, prolonger la dignité de son sacrifice – comment, sinon, se construire sans nouveau père ? Comment persister dans une famille en ruines où le grand frère refuse sa responsabilité de sang ? Après le décès de Marie cependant, Hamadi ne passe plus au bar de manière anecdotique : il va tous les soirs boire un verre avec des connaissances – puis, les connaissances disparaissent et le nombre de verres augmente. Fati a vu le problème en premier. Elle l'a fait remarquer mais personne ne l'a écoutée. Pendant quelques semaines au début du mois d'avril, elle essaye d'en parler à la famille. À Aïssa d'abord, parce qu'elles sont restées les plus proches, puis à Yero. Ils balayent l'idée d'un revers de la main. Après tout, disent-ils plus ou moins en chœur, chacun gère son deuil comme il l'entend. Cette surdité de la fratrie renforce sa certitude de supériorité presque autant que son désarroi.

À défaut de n'avoir pas été celle qui a fait la famille, d'avoir échoué seulement à être l'aînée, elle est celle qui constate l'indignité de son frère. Pourtant, la certitude d'avoir raison n'est pas une victoire. Elle se sent avant tout impuissante, incrédule, sûre de ce qu'elle voit mais encore incapable de croire à la chute de son frère. Cet aîné qu'elle a tant détesté, critiqué et envié se laisser bouffer par le chagrin au point de boire sans se souvenir de qui il est. On le voit au quartier. On le voit partout. Il fait la fermeture des bars, tient des propos incohérents, se perd dans des rues qu'il connaît pourtant par cœur. Une vie de conflits n'a pas effacé l'amour fraternel, dans son envie, il y a toujours eu de l'admiration.

Elle attend quelques semaines puis en reparle à Aïssa – la tante d'une de ses filles lui a dit qu'Hamadi avait été interpellé puis relâché pour avoir uriné au fond d'une brasserie. La situation empire, et elle ressent l'urgence de faire quelque chose. Sa sœur secoue la tête et nie de nouveau le problème – T'occupe, te mêle pas de ses affaires. Fati insiste. Elle a juste besoin d'être celle qui prononce le mot : alcoolique. Pour avoir l'impression de faire quelque chose, pour se dédouaner aussi. Et parce qu'elle n'a pas le courage de porter la responsabilité seule. Elle raconte l'épisode du bar, les flics, la honte de sa fille qui a tout appris. Les condés et la pisse, Aïssa s'en fout, mais l'argument des enfants la fait tiquer. Elle décide d'évoquer elle-même le sujet avec les garçons. Adama, à qui on en parle pour la première fois, se tend et ne dit rien, le silence de Yero ne surprend personne. Elle attend. D'abord les bruits sont épars.

On raconte qu'il boit seul, comme un sans-famille, comme un mec qu'il ne faut plus prendre la peine de fréquenter, précise-t-elle. Yero grogne quand on mentionne la rumeur, il n'aime pas que l'on colporte quoi que ce soit, fût-ce la vérité. Lui aussi a entendu passer ces remarques qui se font chaque jour plus assassines parce qu'elles sont plus précises, parce qu'elles décrivent une réalité qu'il ne peut plus ignorer. Elle nuit à son image, au business, au bien-être de ses sœurs qu'il entend tout de même protéger. Adama et lui vivent l'addiction croissante d'Hamadi au quotidien. Au début du mois d'octobre, il rentre souvent gai, ivre, chantant. Ensuite, il maigrit, se renfrogne et n'est plus que bruit, braillard à partir de minuit, quand il rentre en titubant après avoir fait la fermeture des établissements du quartier. Patiemment, Yero et Adama lui ouvrent la porte à tour de rôle quand il a oublié ses clés, ou oublié qu'il les avait sur lui. Mais la frustration commence à monter. Yero est par principe non-interventionniste, question de tranquillité. Cependant, la situation est en effet trop gênante. Supposons qu'Hamadi fasse dans la rue comme un clebs, ce n'est pas en soit si gênant – mais il suffirait que des gosses voient sont machin ou qu'une femme sérieuse pense qu'on lui fait affront et ses beuveries pourraient lui valoir une nouvelle gueule cassée. Après des discussions croisées, dix appels téléphoniques, des apartés et des réflexions, ils se mettent d'accord avant l'été : il faut intervenir. Un soir où la chaleur refuse de s'éteindre, ils se rallient à Fati et décident qu'ils parleront à Hamadi un peu plus tard. L'aîné, de son côté, ne réalise rien de cette situation. Perdu de soirées en soirées, dans un tourbillon encore joyeux de divertissements, il s'occupe à ne pas penser. Il voit moins Georges qui le trouve trop vulgaire pour ses enfants même s'il l'aime quand même, moins Esteban qu'il a embarrassé devant un client en se pointant complètement fait et parfumé à la vodka. Arthur s'en fout et l'appelle parfois de Suisse – les propos incohérents de son pote le font marrer.

Le premier jour de juin, Yero et Fati convoquent un conseil de famille informel. Ils devaient se retrouver dehors mais Hamadi n'a pas répondu au téléphone. Pour être sûrs de sa venue, ils ont envoyé Aminata le chercher. Aminata est toujours la plus proche d'Hamadi. Ils se voient moins fréquemment, mais dans son cœur elle a la place que personne ne peut prendre : celle de la fille qu'il n'a pas eue, mais qu'il a un peu élevée quand même. Sa petite fille, son puits de lumière. Aminata rentre dans l'appartement des frères ; sur le canapé, Hamadi ne bouge plus vraiment. Il a commencé à boire à midi, seul. Elle essaye de le réveiller, mais, mi-assoupi, il bave et marmonne sans parvenir à relever une paupière. D'abord, elle trouve ça drôle, sa babine qui coule comme celle d'un gros pitbull. Mais quand il reste avachi, elle panique, sort son téléphone et appelle tout le monde. En pleurs à l'idée de devoir perdre un autre père, et celui qu'elle aura bien connu cette fois. Elle téléphone à Fati mais, alors que les frères et sœurs sont déjà réunis au point de rendez-vous, Yero reprend l'appel et lui conseille de baffer Hamadi. Elle s'exécute et parvient à le réveiller. Après lui avoir expliqué qu'elle est venue pour lui, elle parvient à le faire bouger. À l'autre bout du fil, la tension est montée – personne ne pardonne à l'aîné d'avoir volé à la petite son innocence. Aminata a une place spéciale dans le cœur de chacun, même dans la froideur réfléchie de Fati. L'évidence de l'addiction les frappe en pleine figure, plus intense parce qu'ils ont voulu se la cacher pendant de longs mois.

Une heure et demie plus tard, ils se réunissent dans un café de la place de la Chapelle. Cette destination crasseuse n'arrange vraiment personne, mais tous se retrouvent dans l'incommodité de l'itinéraire. Ils se postent à la terrasse d'un café, les seules silhouettes féminines dans toute l'embrasure béante du carrefour sont celles des sœurs. Dans ce monde d'hommes, Fati parle en premier, les autres écoutent, gênés ou stoïques. Plus prudente, plus timorée que d'habitude, elle s'adresse à Hamadi avec précaution. « Depuis quelque temps, tout le monde s'inquiète », commence-t-elle. Hamadi est nerveux, en bout de table, il gigote sur sa chaise. Il croise le regard d'Aminata, inquiet, tendu. Il n'aime pas voir une maturité aussi grave peser sur elle. Pour tenir, il glisse vers Adama – sur le visage de son frère se dessinent une tristesse sourde, une angoisse d'abandon crispée. Alors la honte resurgit, comme on jaillit de l'eau pour retrouver de l'oxygène. Il regarde par terre, s'excuse sans attendre la fin du discours de Fati qui décrit ses différents comportements comme on fait une liste de course. Il sent qu'il commence à rougir. Fati s'arrête, consciente de l'effet de ses propos. Incapable de continuer aussi devant la douleur évidente de son frère – elle s'en veut de ne pas avoir réussi à tout prévoir. Dans une existence de contrôle, elle n'a pas vu venir la chute de son frère, sa solitude, son incapacité à continuer à avancer sans la présence de sa mère. Son frère est devant elle, minable, plein d'excuses, incapable de supporter qu'on lui rappelle ses propres actions, et pourtant, elle ne peut pas savourer de gagner cette ultime dispute. Démunie elle aussi, elle veut juste l'aider. Yero reprend la conversation. Son calme imperturbable permet à la fratrie d'avancer, même s'il est le premier à avoir horreur de parler, surtout de sentiments. Il demande à Hamadi pourquoi, sobrement. Sans réussir à s'expliquer, l'aîné bredouille, cherche, se tait. Adama s'énerve, fait mine de se lever. Un regard d'Aminata le fait se rasseoir.

Petit à petit, la vérité commence à émerger. Aminata pose sa main sur le dos de celle de son frère, le rassure rien qu'au toucher. Yero recommande des cafés, et dans l'après-midi déjà chaud du début d'été, la famille parvient à faire parler Hamadi. Il raconte qu'il est fatigué, que depuis la mort de sa mère, les souvenirs reviennent et apportent avec eux des regrets. Ne pas avoir fait mieux, ne pas avoir gardé Khadijah, être resté avec une femme qu'il n'a pas aimée. Par la suite, avoir perdu ses parents sans qu'ils aient pu connaître ses enfants à lui, ne jamais être sûr qu'il en aurait. L'alcool, dans ce paysage d'impossibles, a des airs de clémence. À table, personne n'ose plus parler. Soudain, les bruits du quartier ne sont plus si importants – tous peuvent comprendre la douleur de leur frère. La présence fantomatique des parents les hante, cette incapacité à enterrer le passé pour construire l'avenir, ces morts qui prennent trop de place pour qu'on puisse même respirer. Aminata parle en premier, elle dit qu'elle aussi a fait des conneries après le départ de Marie. Avec des mecs, principalement, mais elle n'en dit pas plus. Aïssa esquisse un sourire, admet son péché. Elle, c'est les gâteaux. Elle a pris cinq kilos en un an, peut-être dix. Yero affirme qu'il est moins concentré – et Fati qu'elle s'énerve plus vite avec ses gosses. Seul Adama se tait. Autour de la table, tout le monde avoue ses fautes, tout le monde dit où il a mal. Et Hamadi se sent mieux, endolori encore, mais moins seul. La conversation divague, on se moque de lui, de ses frasques, de ses histoires d'adolescent. Il fait peur à la voisine avec ses conneries, et c'est plutôt une bonne chose, vu la tête de cette conne. Il s'excuse auprès de Yero, il reconnaît que le loyer est toujours en retard, et qu'il manque toujours de l'argent. Son frère disperse l'inquiétude, lui fait remarquer que si son salaire passe en boissons, il pourrait quand même revenir en sentant le bon whisky et pas la caïpirinha. Fati soupire, soulagée. Elle a peut-être réussi à aider. Devant ses pairs, Hamadi promet qu'il va faire un effort. Il dit qu'il va arrêter de sortir, pas même une fois, promet de ne plus boire. Le conseil de famille a été bref, mais beau, intense. Hamadi veut s'en sortir. Aïssa et Fati sont les premières à devoir partir, déjà en retard pour aller chercher les gamins à presque dix-sept heures. Yero s'en va pour une question de travail. Reste l'aîné et les deux cadets. Aminata commence à parler de ses affaires, ce qui lasse Adama qui prétend prendre un coup de fil et devoir s'enfuir en urgence – on le laisse partir avec un sourire.

À la terrasse du café, Aminata et Hamadi se prélassent au soleil. Sans parler, juste dans le bonheur d'être ensemble. Au bout du quatrième café, Aminata est surexcitée. Hamadi n'a plus l'habitude de sourire quand il est sobre. Il croise son reflet dans la vitrine, derrière lui le quartier indien s'éveille pour le service du soir. La cardamome et le cumin commencent à emplir les rues, au-dessus des enseignes en dégradé de vert, les lampes de ville s'allument. Des petits drapeaux orange marquent l'entrée des échoppes où l'on sert à manger dans des plateaux en fer. Il réalise qu'être avec Aminata comble le vide d'avoir perdu Marie, autant que celui de ne pas avoir encore d'enfant. Qu'elle est, en quelque sorte, la solution. Comme si elle l'avait compris, Aminata lui prend la main et le regarde dans les yeux. Elle lui propose un pacte : elle le verra tous les jours, mais il devra récompenser son engagement en promettant que chaque journée en sa présence sera une journée sans alcool. Les reines ne partagent pas, plaisante-t-elle. Et dans son sourire malin, la nostalgie disparaît pour faire place au futur. Hamadi accepte. Ensemble, ils vont manger dans l'un des troquets indiens. Le lassi à la rose est bon, les perspectives aussi.

Tous les jours pendant deux semaines après le conseil de famille, Hamadi voit Aminata. Parfois, simplement dans un café, ou alors pour de longues balades qui lui rappellent ces jours, presque vingt ans plus tôt, où il la prenait par la main pour compenser l'absence du Chirurgien qui venait de mourir. La situation s'est inversée. Même si elle ne lui fait jamais sentir, c'est elle qui est là pour lui. En ce sens, Hamadi a le droit à ce que tant de parents ne connaîtront jamais : la gratitude d'un enfant, exprimée concrètement.

De profil, Aminata ressemble à Marie. Le nez un peu plus épais, la bouche moins parfaitement dessinée. Moins gracieuse, mais plus énergique. Tout chez elle prend de la place : sa grande taille, la gravité de sa voix, son obstination à avoir raison. Elle n'a jamais pensé à être discrète. Elle idolâtre les popstars et les divas télévisées sans se défaire de la certitude d'être plus belle qu'elles, plus bonne aussi, de donner plus envie aux hommes et surtout d'avoir réussi à se plaire à elle-même. Aminata a vingt-deux ans, elle porte ses cheveux différemment tous les jours – parfois naturels, en effusion solaire autour de son crâne, sans hommage à ses ancêtres mais parce qu'elle n'a pas de problème avec son air au réveil. Quand elle a le temps, ou quand elle veut aller à un événement de balthazars qui ont peur du crépu, elle va faire un tissage chez Lola. Marie, elle, ne touchait jamais à la perfection indisciplinée qui cascadait sur ses épaules. À l'occasion, elle calmait le flot brun de ses cheveux en nouant un foulard autour de son crâne, mais souffrir et laisser une autre femme toucher à son crâne, jamais.

Cet après-midi, il se balade avec Aminata autour du lac du bois de Boulogne – des vélos de ville lourds passent et les frôlent en s'indignant. Les pneus crissent. Il regarde sa petite sœur rebondir et la journée est incroyablement douce. À la voir insouciante dans les bois, bavarde comme toujours, il pense aux années après sa naissance, aux après-midi où il la gardait. Alors, il se fendait d'un carnet de billets jaunes pour l'emmener jouer avec les gosses de riches au Jardin d'Acclimatation. Les attractions étaient ridiculement chères, minuscules et bourgeoises, conçues pour que des mères endimanchées prennent de jolies photos et pas pour que les enfants s'amusent. Aminata choquait souvent, les familles en chaussures bateau fronçaient les sourcils devant ses baskets argentées aux semelles disco-lumière. Ces pompes, Hamadi lui avait offertes, pas parce que Marie les trouvait hideuses mais car les bouts de plastique remplissaient la gamine d'une joie intense. Il se souvient de sa main minuscule dans la sienne, de ces instants qui étaient tout. Dans le parc ce jour-là, le sentiment n'a pas changé. L'image de sa petite fille transforme tout, les souvenirs du Bois, aussi associé à sa vie d'avant, ne comprennent plus ni Serge, ni Khadijah, mais Aminata et seulement elle. Elle a toujours des airs de gamine, des bouderies et des caprices qu'elle entretient mais qui ne lui vont pas mal. Ensemble, ils parlent d'avenir et de rien du tout. Tout pour passer le temps et l'empêcher de penser à d'autres manières de se distraire. Avec elle, il est en sécurité.

Elle lui raconte des histoires de mecs. Elle n'aime pas qu'on la prenne pour une michto, mais elle n'éprouve aucun problème à prendre l'argent d'un homme s'il veut bien lui donner. Il faut bien qu'ils le gagnent pour quelque chose, autant que ce soit pour quelqu'un. Pour l'instant, elle n'a pas non plus ressenti la nécessité d'être fidèle – aucune envie de se consacrer à un seul époux. Elle ne dit pas la vérité à ses amants, elle pense que les hommes sont susceptibles et constamment obsédés par les ragots et la comparaison – ils crachent sur leurs rivaux, maudissent leurs ennemis et se chargent d'être encore plus cruels quand ils évoquent leurs amis. Pas la peine de s'immiscer dans tout ça juste pour se cerner et s'écorcher la jeunesse. Cette philosophie de l'amour et du désir lui permet de jouir et d'être indépendante. À bien y réfléchir, elle n'a jamais compris pourquoi les autres gamines ne font pas comme elle. Hamadi grince la première fois qu'elle mentionne avoir fait l'amour, au début de la première semaine de pacte, et à chaque fois qu'elle dit baiser, troncher, niquer. Elle se fout de lui, et bonne pâte, il la laisse tout lui raconter. Devant cette femme si libre, il se pose des questions sur son propre comportement. Il réalise qu'il n'a pas souvent été à la hauteur des femmes dans sa vie. Mais il reste du temps. Il aura l'opportunité de tout corriger. Aminata lui donne envie de le faire.

« Grand frère je fais quoi ? Je prends lequel des deux ? » Elle l'interrompt dans sa rêverie. S'il écoute, Hamadi se refuse encore à avoir un avis sur ces affaires de mœurs qui ont peu à voir avec le cœur. Il ne veut pas avoir à pencher dans la balance des pour et des contre, et s'énerve mollement quand sa sœur lui demande s'il vaut mieux s'en remettre à l'avocat ou au docteur, au frère qui est pingre mais étonnamment doué pour lui donner du plaisir avec sa bouche, ou à celui qui est gentil et l'emmène au restaurant pour l'exhiber comme une toile d'art moderne. Bon alors je fais quoi ? Elle renchérit pour énerver son frère qui fait une grimace et la laisse le provoquer. Elle passe à autre chose, distraite par le flot de ses propres paroles. Hamadi l'observe sans l'écouter. Il lui achète une glace et la regarde la manger en s'en mettant partout. Elle s'en fout, des taches. Il fait chaud et le soleil lui donne envie d'avoir un enfant, une petite femelle capricieuse comme Aminata. Avec elles, il oubliera l'envie de boire. Pour de bon. Il s'arrêtera. Pour Aminata déjà, pour la petite, ensuite. Sa sœur le regarde. Elle décide qu'au final, elle gardera les deux.

Cerbère

Un mois passe ainsi et Hamadi tient. La famille lui donne des forces que la vie engloutit. Tant qu'Aminata est là, il honore le pacte. À l'aise avec son engagement moral tant qu'il peut compter sur une béquille. Bien sûr, il a envie de boire – mais il a envie qu'Aminata soit fière de lui avant tout. Au bout de trente jours de visites quotidiennes, leur rapport est devenu enchanté. Il se sent fort, bien. Physiquement, il a récupéré. Il n'a plus mal au ventre. Le nouveau copain d'Aminata lui propose un week-end dans un chalet en Autriche. Elle appelle Fati, lui demande si elle pourra s'occuper de l'aîné pendant son absence. Sa sœur accepte, affirme qu'elle l'appellera, qu'au besoin elle viendra le voir. Aminata en parle à Hamadi qui l'incite à partir. Depuis un mois, il n'a pas touché à un verre d'alcool : il se sent confiant. Aminata part le cœur léger. Les premiers jours se passent bien, il assume, va au travail, trime sous les ordres de Marc, un connard de petit chef qui ne sait diriger sans harceler. Mais Hamadi tient, et sa fierté de tenir l'aide à continuer. Quand il rentre le soir, les frères restent impassibles. Normalement, Aminata le félicite tous les jours. Là, rien. Pas une reconnaissance, la même indifférence et des repas en commun où tout le monde est sur son téléphone, puisqu'Hamadi est sorti d'affaire, pas besoin de traitement de faveur.

Un soir, il rentre fatigué. Le mois de juillet est doux, sucré. Les terrasses des cafés, à l'entrée du métro, en sortant du travail, sont autant de pièges alléchants. Il se pose à un troquet, commande un café. Il a juste envie de souffler. À côté de lui, une table d'étudiants commande une girafe de bière. Aminata lui manque, il se sent incroyablement seul. Encore une fois, il se retrouve sans personne à appeler, sans repères, sans famille. Il pourrait la déranger, il pourrait, théoriquement. Mais autour de lui, il ne sent que des fragments. Pas de clan, pas d'entourage. Pas de racine. Une sorte de dérive, qui sans être déchirante, résonne jusqu'à l'intérieur de ses os comme une longue note de vague à l'âme constante. L'odeur amère de l'IPA, ce breuvage de balthazars qui sent fort, flotte avec les restes de pots d'échappement et le parfum au jasmin d'une jeune femme qui vient de passer. Il réfléchit, regarde autour de lui. Il n'aurait peut-être pas dû se poser, pas une bonne idée que de se laisser penser. Il se décide à commander une bière – un demi seulement. Dans ce quartier, personne ne le connaît. On ne le saura pas. Une bière ne peut pas avoir tant d'effet, se dit-il, surtout chez un ancien alcoolique habitué à de grosses quantités. Il rentrera sans rien dire, personne ne verra rien. La première gorgée de bière est un nuage mousseux incroyable. Au bout de quelque temps, il ressent l'onde chaude du soulagement. Un déferlement lent familier, qui lui revient comme un vieil ami. Il termine la bière, décide qu'on l'a peu servi. Il reprend un demi. Deux heures plus tard, il se met en chemin vers Bobigny. Il a bu l'équivalent de quatre pintes, et son abstinence l'a rendu intolérant à de grosses quantités d'alcool. En arrivant à l'appartement, il se force à marcher droit. Il pousse la porte, fonce vers sa chambre. Les frères, eux, ne remarquent rien.

Le lendemain, il s'arrête dans le même bar, sort plus tôt du travail. Puis le jour après ça. Boire dans un autre quartier est sa solution miracle. Les frères admettent qu'il a rechuté au bout d'une semaine. Aminata, restée un peu à Vienne alors que son amant est en voyage pour le travail, n'est pas mise au courant. La situation part en escalade aussi vite qu'elle s'est calmée. Pour Adama surtout, elle est insupportable. Sans le dire, il avait cru à la guérison, même s'il s'en voulait de ne pas être celui pour lequel Hamadi voulait aller mieux. Le voir se gâcher encore le rend malade. Il ne peut pas comprendre, il ne veut pas comprendre. Voir son frère autant en souffrance le rend fou. Il l'aime trop pour pouvoir l'aider. Exactement dix jours après le départ d'Aminata, la veille de son retour, une dispute éclate entre les frères. Leurs voix retentissent dans tout le bloc. Puisqu'il ne sait pas le faire avec douceur, Adama essaye, une dernière fois, d'aider son frère. De la seule manière qu'il connaît.

Quand Hamadi rentre le dimanche, bourré et incapable d'articuler, Adama explose. Hamadi n'a pas réussi à ouvrir la porte lui-même. L'ombre jaune de la lampe du couloir décharné de l'immeuble et ses membres engourdis par l'alcool immobilisent ses mains. Elles tremblent. Pendant quelques minutes, il essaye d'introduire la clé dans la serrure ; la rencontre des métaux crisse, la pointe de la clé glisse contre la porte, il raye le bois. Adama lui ouvre la porte et commence à hurler. Il beugle pour les heures qu'il a passées à veiller dans la peur que le frère ne revienne pas, et parce qu'il n'a pas pu s'empêcher de vouloir que ça se produise. Il gueule, et quand il gueule son dos se voûte et sa poitrine se creuse, il sort la douleur et la honte, essaye de les expirer comme on recrache une bouffée d'air pleine de cendres. Les muscles de ses épaules se tendent, son cou est épais, le sang frappe contre les parois de ses veines. Il aboie à pleine bouche, sa salive coule comme de l'écume au bord de ses lèvres. Ses dents pourries par négligence, jaunies par les clopes sans filtres pointent à chaque attaque.

« Ferme ta sale gueule Hamadi. Si tu réponds, je te défonce. Dans la famille on n'est pas des chiens. On n'est pas des traîtres dans des corps de chien. Je te préviens, ferme ta sale gueule ou je te défonce. Arrête de promettre des choses que tu ne tiens pas. Va mieux ou meurs, arrête. » Hamadi s'assied sur la chaise pliante de la cuisine, la mousse bleue se contracte sous son poids. Il ne sait plus l'heure qu'il est. Il baisse la tête pour cacher son haleine de gnôle et de menthe, persuadé qu'il a réussi à masquer sa rechute. Il gratte dans sa poche droite les chewing-gums sucrés qu'il utilise pour rafraîchir l'odeur d'alcool dans son souffle. « Ici, on n'est pas des fils de chien. Ici, on est droits. Ici, on est des hommes. Pas des gamins putain, t'as presque cinquante ans. On ne tapine pas ici, on est dignes. »

Hamadi ne parle pas. Il n'a pas répondu, il n'a pas relevé les contradictions et les ordres désespérés de son frère. Il est resté assis la tête basse. Il pense lentement, ralenti par l'alcool. Quand Adama lui crie de fermer sa gueule mais de lui répondre, il ne fait que lever la tête. Il s'est résigné à être traité comme un chien. Il s'applique à en devenir un. Sa respiration est bruyante comme celle d'une bête encombrante, il tourne la tête de droite à gauche.

Adossé au mur à l'autre bout de la pièce, Yero les regarde, silencieux. Calme, attentif, il caresse la montre ancienne qu'il a au poignet et joue avec les ficelles en coton de son gilet. Il n'interviendra pas, seulement au plus critique de l'urgence. Il a essayé d'aider son frère. Il n'essaiera plus, sauf s'il le faut vraiment. Hamadi ne veut pas être celui qui fait exploser la famille. Il veut s'éteindre, partir. Son cerveau est confus. Il s'en veut de ne pas avoir tenu sa promesse, mais il avait trop mal. Il se penche en avant pour tousser. « Un traître dans un corps de lâche, Hamadi, répète Adama, qui ne réussit pas à s'arrêter. » Il le crie plus fort parce qu'il sait que dans l'appartement sombre où les cloisons sont des rideaux plastifiés, dans le trois-pièces dénudé par les années où l'on a vendu les meubles achetés par les parents, personne ne viendra lui dire d'arrêter. Il peut gueuler, frapper, crever, on ne viendra pas l'aider. On ne viendra pas le chercher. Les voisins sont accrochés à se casser les ongles à leurs propres enfers, les autres rient de ceux qui parlent trop fort tard dans la nuit.

Hamadi n'avait pas le droit de chuter. Il était le plus beau, celui à qui on avait tout donné. Quand il s'était mis dans la situation du Bois, tout le monde l'avait aidé. Avec lui, on pensait enfin être sorti d'affaire. Adama a lui aussi des ennuis, lui aussi besoin de soutien, mais pour son frère il est là. Hamadi ne lui rend pas, Hamadi ne rend rien, Hamadi va mal. « Tu étais l'espoir d'une famille, espèce de chien, l'espoir de tes parents, et t'es pas capable de vouloir rester en vie. » Dans sa colère, Adama montre sa peur. L'impuissance devant ce frère qui sombre, l'espoir que ses cris le réveilleront.

Hamadi se tait, et puis, doucement, comme vient la nausée, sa colère monte. Il hait le chien qu'il est devenu, ressent la tristesse d'Adama comme une agression. Il hait ce chenil où il vit, ses deux frères tout aussi canins que lui. Il hait le plus jeune des frères et sa gueule carrée, qui attaque grogne et mord, et son corps fin hérissé de muscles secs, son habitude de sauter à la gorge de ceux qui l'approchent quand il a peur. Une sale bête battue, aux jambes maigres et aux yeux qui tombent. Un cul de portée. Il hait le frère du milieu, et son corps massif, son mutisme calme et menaçant. Il envie ce pouvoir qu'a désormais Yero, parce qu'il est le plus grand, le plus fort. Hamadi balbutie, répond à son tour. Qu'on le laisse tranquille. L'alcool, à ce moment-là, c'est le mieux dans sa vie, il se défend, injuste. Il boit parce qu'il aime ça. Il aime la chaleur et le sommeil, l'oubli. En acceptant d'être une bête, et considéré comme tel, il n'a pas à penser à l'homme qu'il est devenu. Il fait l'apologie de la boisson, et dit qu'avec une famille de cons pareils, il n'a jamais eu le choix.

Le premier coup d'Adama le surprend. Ses cris sont devenus un bruit blanc qu'il n'écoutait plus. Il tombe de la chaise, son coude cogne le sol, trop ivre pour avoir mal. Le frère s'arrête, il hésite, se décide à embrasser la violence. Il le frappe encore, pour qu'il ne parle pas, pour ne pas qu'il se relève, pour ne pas avoir à soutenir son regard étonné. Yero n'a pas besoin de parler pour arrêter les coups de son frère, il ne fait que se lever. Adama recule, il se frotte les phalanges, tremble. Sur le sol, Hamadi tousse, il cherche un appui avec le dos de son bras. Ils ne viendront pas l'aider, il se relève en se blessant les mains. Il glisse dans le sang épais qui coule de sa bouche, et s'ouvre la paume sur la canine qu'il a perdue. Le sang se mêle au sang, il ne pleure pas. La rage a débordé de ses poumons, il braille appuyé sur la table, le menton couvert de merde. « Fils de chien ! Vous êtes des fils de chien ! » Et l'insulte se retourne contre les accusateurs, sans originalité. Il pointe vers les frères un long doigt fin. « Fils de chien, je vais vous fracasser ! » Sa voix est grave, comme un cri de guerre bouffé de désespoir. « Fils de chien, je vais vous buter, vous éclater vos gueules. » Ses yeux sont gigantesques. Il se tait, les narines larges, immobiles, la bouche ouverte, qui goutte du sang. Les deux autres regardent ce corps qui souffre et se tord, cage thoracique disloquée par la férocité, souffrance qui explose les os et se fracasse dans les chairs. Yero réalise à quel point Hamadi a maigri. Ridiculement frêle, il gonfle la poitrine, carcasse ruinée par son propre désamour. Si Adama se rue sur lui pour le frapper encore, c'est à cause de ces yeux brûlants de mort. Il le cogne au visage, pour éteindre la folie. Il le cogne pour le mettre à terre, pour ne pas avoir à l'affronter. Quand il tombe pour la deuxième fois, il ne se relève pas. Il s'endort sur le sol de la cuisine, remue légèrement.

Le lendemain matin, il se réveille la joue contre le carrelage. Ses boyaux contractés par le retrait de l'alcool. Il lave. Les frères sont partis ailleurs. Une nausée le prend bas dans le ventre alors qu'il est penché sur le seau en plastique vert. Il déploie ses longues, belles mains sombres, et couvre son visage. Des larmes coulent le long de ses phalanges. Il se rassure de l'odeur du sel. Dans l'appartement, les hurlements, les grognements et les cris vibrent encore. Liés par la terre, l'effroi et le sang, leurs douleurs sont greffées sur le même corps. La bête à trois têtes a fait de l'enfer son foyer. Rendue folle par les plaies qu'elle ne peut pas lécher, elle se blesse quand elle mord, fratricide, le troisième de ses visages, son organe, sa gangrène.

Après cet épisode, le silence s'installe entre les frères. Les sœurs ont appris la violence, Aminata a accouru au chevet d'Hamadi qui l'a rejetée. Il a trop honte, trop honte de s'être battu avec sa propre famille parce qu'ils ne supportaient pas son échec. Il a peur aussi, de ne jamais pouvoir arrêter. Il se dit qu'il veut lécher ses blessures dans son coin. Il crèche chez Georges qui accepte de s'engueuler avec sa femme pour aider son pote. Pour autant, il n'est pas ravi d'accueillir tous les soirs un Hamadi ivre mort qui rentre en chantant ou en pleurant. Il appelle Fati pour la rassurer, Aminata aussi. Mais au bout d'un mois, il est décidé qu'il retournera au domicile des frères. Il est décidé qu'on l'aidera plus tard. Pour l'instant, personne n'a la force de faire plus que de l'héberger.

Quand il rentre à l'appartement, il reprend sa chambre décrépie. Depuis longtemps, les nuits n'existent plus. Son sommeil clignote au milieu de l'obscurité. Quand les rues sont marine, ses yeux sont ouverts et secs. La télévision jette sur le lit improvisé une ombre fantomatique qui s'étend avec le bourdonnement métallique des vieilles machines. La lumière spectrale se pose sur sa peau sans la toucher, elle blanchit ses ongles, meurt dans le noir incertain de l'appartement. Sans s'estomper, elle disparaît. Sa demi-conscience s'épuise sans qu'il réussisse à dormir, se couche pour se réveiller aux sons des rires factices des programmes de la nuit. Il ne revit pas quand la lumière du jour passe les rideaux trop fins. Le manque de sommeil le rend malade, des nausées au goût sec, minéral, qui lui remontent dans le nez. La dispute avec les frères est loin. Allongé sur le flanc, il tâte le trou mou laissé par la dent perdue. La fenêtre est ouverte. Les barres de logements sont posées sur le sol comme des déchets, les plus hautes sont lointaines, près de la gare, elles épaississent la nuit et s'enroulent dans un silence mat, déchiqueté de bruits épars. Inégales, elles forment une jungle sombre et bleuie d'arbres de ciment rectangulaires aux cimes écorchées et aux troncs percés de dizaines d'yeux prêts à crier leurs lumières jaunes.

Une pluie fine coule sur la fenêtre et humidifie le ciment des immeubles, bruine imperceptible qui se transforme en gouttes éparses. Elle ne lave pas, elle étend sur le sol une flaque souillée, elle ne touche pas Hamadi. Lentement, il se détend en regardant la nuit. La mélancolie déferle à l'intérieur de son ventre et recouvre tout, c'est le silence en surface. La vague a été gigantesque : des années d'espoirs, des rêves, une certitude de s'en sortir qui s'explose contre une vérité. La mort des parents et la cruauté des frères, son manque de courage, ses échecs, le mauvais départ. Il allume une autre cigarette et va chercher au fond de sa poche la rondeur froide et régulière du bouchon de bouteille qu'il garde toujours dans sa doublure, et le desserre entre deux doigts. Il boit pour calmer la douleur et chasser les rivages heureux de Conakry, ce temps fantasmé où tout était possible.

Ti, ta, dou

Pour fuir la prison de Bobigny, il reste souvent dehors, en particulier la nuit. Ses retards au travail se transforment en absences. Si on se réveille pour aller au boulot après midi, quelque part sur un banc, quel est l'intérêt d'y aller tout court ? Fin août les parcs sont encore chauds, et boire de la bière mélangée à de la vodka au bord de la Seine jusqu'à minuit n'est pas si pénible. Il se balade, se réapproprie Paris. Tous les soirs sont des bacchanales sombres, des festivités solitaires pour oublier. Au fond, encore au fond. Un soir d'août, il marche sans but dans les rues de la capitale. Il décide de prendre le métro, d'aller se perdre encore un peu plus. Les couloirs souterrains sentent la pisse et le renfermé. L'ivresse rend le monde mou, les contours des marches s'amortissent et se fondent. Il se concentre sur les escaliers qui deviennent des obstacles trompeurs. Il tombe plusieurs fois, se rattrape sur une des rampes. Il tombe encore. Il pense un instant à ne pas se relever, à s'endormir là, au milieu des marches, la hanche calée dans l'angle. Les flics viendront et il sera arrêté, Fati devra aller au commissariat, comme c'est arrivé la semaine passée. Ils sont tous en colère, essayent de lui donner une leçon, de lui enseigner un truc en ne s'occupant pas de lui. Ils verront bien. Il s'en fout de l'emmerder mais il ne veut pas voir sa sale face. Sale face, il rit. Il se lève en gémissant, étourdi par la froideur des néons qui vient lui taper derrière l'œil. Il se hisse en haut, en tirant fort sur le bras gauche et en traînant l'autre comme une rame encombrante. Sa cheville se dérobe à la fin de l'ascension, il s'affale au sol en claquetant, explose d'un rire sans douleur et sans honte. Il a assez bu pour ne pas sentir le sang qui déjà coagule sous sa peau en hématome. Il rit avec force, comme on dégueule, roule sur le flanc et se caresse le ventre, loge sa main dans le creux de sa poitrine pour sentir les os des côtes. Amusé par le bruit que font ses doigts sur ses os, il s'utilise comme un tambour de peau tendue et se joue une chanson – ti, ta dou, ta ti, ta dou. Il se frappe plus fort pour amplifier le son, et éclate de rire en hurlant des paroles non articulées, qui lui font secouer le bassin contre le sol froid et régulier du quai, comme une figurine de Noël montée sur moteur. Ti, ta dou, ta ti, ta dou, la mélodie accélère, il frappe des pieds et se tord le genou en essayant de lancer ses jambes vers le plafond. Il est tard déjà, les quelques voyageurs qui rentrent chez eux ont reculé de l'autre côté du quai, passifs, calmes mais alertés. Ti, ta dou, ta ti, ta dou. Une comptine que lui avait apprise sa mère quand il était gamin, à Conakry, lui revient. Ti, da, dou, « je te tiens, tu me tiens, par la barbichette. Le premier qui rira aura une tapette. » Il s'esclaffe, reprend pour lui seul la chanson, en change un mot dans un murmure ; ti da dou, « je te tiens, tu me tiens par la barbichette, le premier qui tombera aura une tapette ».

Son visage plus tôt gai s'immobilise en un rictus incertain. Il soupire et pense à Aminata. Il l'a eue au téléphone un peu plus tôt, peut-être. Ou hier. Elle lui a parlé d'un nouveau mec, un fiancé, un Blanc. Elle lui a dit qu'il devait le rencontrer, parce qu'il était le grand frère, l'aîné. Elle a voulu continuer la conversation, lui parler, l'aider. Il lui a dit qu'il était occupé, il lui a dit d'accord ma puce, je rencontrerai le mec, et elle a raccroché le sourire dans la voix. Peut-être le mois prochain un autre pacte ? Les résolutions de septembre, il rit. Mais maintenant, chanter. Ti, ta dou, ta ti, la chanson s'adoucit quand il pense à Aminata. Son nom devient un mantra rassurant qu'il se chantonne pour se donner de l'entrain. Il reste encore quelques minutes sur le sol, silencieux. Rouler sur le côté devient plus difficile, l'engourdissement brouille son corps et alourdit ses muscles. Il se relève automatiquement, habitué à la lutte et aux coups portés dans le brouillard de la gnôle. Ses pieds tremblent, il avance fléchi, doutant de ses appuis incertains, il s'enfonce sur ses talons et se tient droit pour reprendre l'équilibre. Il sent dans son cou les regards accusateurs, méprisants, agacés de la grappe d'humains amassée sur le quai. Une femme aux talons verts passe à côté de lui, sans détourner le visage elle se couvre le nez avec la main et dresse un sourcil. Elle se protège de l'odeur de l'alcool et de l'odeur du pauvre. Il reste un moment à les regarder, par-dessus ses joues, maladroit et malingre contre le mur. Quand un couple le pointe discrètement du doigt et se met à pouffer, il se retourne en haletant un peu – la nausée est proche de ses lèvres, et redescend l'escalier en se balançant. Il marche sans s'en rendre compte, sur les murs les listes colorées qui annoncent les arrêts des différentes lignes s'emmêlent et les noms de stations sont indéchiffrables. Les couloirs donnent sur des carrefours gris, parcourus de souffles souterrains. Il entend le bruit des portillons qui carillonnent au passage des cartes vertes, comme des sifflets étranges qui n'ont aucun sens. Il a oublié où il était.

Il s'arrête un moment et regarde ses pieds, vision soûle des bouts de ses grosses chaussures usées, du cuir blanchi sur les pointes. Les semelles se détachent, il joue à tirer sur les bouts qui dépassent, se penche pour entreprendre de refaire ses lacets puis renonce. Un frisson court et soudain descend dans son dos, il secoue sa jambe gauche et se réveille brutalement. La voie qu'il prend s'enfonce plus profond dans la gueule du métro. Il boitille automatiquement, sans douleur, quand il clopine en bas des escaliers. À première vue, le quai jaune est désert, il regarde les rails faits de métaux ternis, les rats qui courent sur les graviers. Ils font des bruits courts, pianotent, s'interrompent et repartent courir. Il souffle dans ses mains et ravale l'odeur lancinante du gin bon marché. Il cherche la bouteille dans sa poche sans vraiment la trouver. Découragé, il s'assied sur le siège en plastique jaune criard, peine à placer son dos dans le creux mal formé du mobilier public. Il parvient à discerner l'écran qui annonce en vert maladif, digital et tremblant le nombre de minutes restantes avant l'arrivée d'un train. Il ne sait pas quelle ligne il prend. Enfoncé dans le siège, il commence à s'endormir, tordu dans une position de douleur et d'abrutissement, effrayé par son propre ronflement.

Il est réveillé par un son sourd, violent. Alarme d'une douleur qu'on devine. Un bruit de coup suivi d'un gémissement, puis un autre coup, et d'autres encore, ponctués de plaintes douces comme un soupir agonisant sans cesse répété. Hamadi se lève, il se penche légèrement, encore gris, il traîne les pieds sur la surface lisse du quai et se rapproche des geignements. Tombé à côté d'une des chaises figées au mur, un clochard se frappe la tête avec une bouteille de vin. La bouteille claque avec une régularité meurtrière, rapidement. Le bruit de la chair qui s'affaisse et du sang qui s'assouplit chuchotent à travers l'écho mat du verre. À chaque coup, la bouteille menace de se briser, mais l'homme continue, malgré et pour la douleur. Son bras droit repose sur l'angle de la chaise, sa main pend dans le vide, griffée d'ongles sales, noirs et cassés, comme ceux d'un animal qui aurait creusé la terre pour pouvoir bouffer. Le haut de son corps est un baluchon enveloppé dans des linges encrassés qui sentent fort la charogne et la chair usée, tissu en toile grise troué par endroits et qui laisse entrevoir une laine véronèse aux mailles distendues et un rembourrage de sacs en plastique déchirés. Il a entassé des journaux dans son habit pour combattre l'humidité – encre qui dégorge et papier qui pourrit sur chairs nécrosées. Ses manches sont arrachées sur ses poignets, retroussées sur des membres longs et maigres, aux articulations cagneuses comme des naissances de branches. Autour de ses mains, la peau est plus fine, elle verdit, et sous le cuir amenuisé de sa peau les veines sont des nervures où coule un sang qui semble souillé. Il paraît si fragile, un geste le briserait. Hamadi le regarde sans comprendre, il s'intéresse à cette chose recroquevillée dans la gouttière de béton, qui gémit et serre les paupières à chaque coup impitoyable. Son pantalon usé s'arrête aux genoux, détendu au niveau du sexe par des caresses désespérées, frénétiques, par la recherche d'un plaisir perdu dans la solitude et la désolation. Une tentative de rester humain et de jouir comme un homme, forcée hors de l'intimité par la nécessité. À l'arrière, il est taché et lourd, symbole de l'usure de celui qui n'a même plus le courage de se lever pour chier. Allongé dans sa propre merde, il se frappe pour savoir s'il est encore vivant.

Il faut quelques minutes à Hamadi pour réaliser que la chose au sol est un homme comme lui. Quand il le sait, il ne tangue plus. Une nausée s'arrête dans sa gorge, il essaye de ne plus regarder mais il y revient, l'angoisse le dessoûle un peu. Le visage de l'homme du métro est couvert de poussière, dans sa barbe maculée de saleté se mêlent immondices inconnus et restes de nourriture, il babille sans jamais crier, immobile dans son calvaire. Il ne répond pas quand Hamadi lui gueule dessus en lui disant d'arrêter. « Arrête, sale con » – et il ne répond pas. La bouteille claque toujours et les jambes tressautent. Il ne répond pas non plus quand la chaussure lourde d'Hamadi vient frapper son genou. Il continue son office de mort consciencieusement. Il ne lève pas les yeux.

Quand Hamadi voit le sang qui commence à couler dans ses cheveux épais et gras, il lui hurle d'arrêter. Il hurle avec sa gueule tout embuée d'alcool, avec son ventre troué et ses intestins ruinés. Il hurle et beugle et se crève. Rendu fou par l'impuissance, le sang, la violence. Il lui arrache la bouteille des mains. Il sent le verre sous sa paume, la sensation si familière du verre froid et immobile, l'odeur du vin, qu'il a honte de trouver encore attirante. Il serre le goulot et il frappe l'homme à terre. Le premier coup est violent, la bouteille s'éclate au-dessus de l'œil du clochard. Il le claque avec ses poings, il lui explose les côtes à coups de pied brutaux. Il le cogne pour lui démolir le visage, pour ne plus voir celui qu'il devient. Hamadi s'arrache de l'intérieur à chaque coup porté. Le sang coule dans la gouttière derrière lui, l'homme à terre ne bouge plus. Hamadi arrête de le frapper quand il n'en a plus la force. L'autre respire encore, un air court, rare. Il respire malgré tout, hoquet de douleur. Hamadi s'essuie les mains sur la veste sale de l'autre. Il n'a pas crié, alors personne ne dira rien. La police viendra peut-être mais il n'y aura rien. Hamadi range ses grandes mains noires à l'intérieur de ses poches, il joue avec un éclat de verre qui s'est planté dans son majeur. Il quitte le quai, un instant soulagé d'avoir détruit cette vermine grouillante. La main encore meurtrie d'avoir brisé le miroir, il trouve la bouteille carrée et la porte à sa bouche. Dès la première gorgée, il oublie l'odeur du sang.

Le gin amortit les douleurs laissées sur ses phalanges. Dans la rame, il prend conscience de la situation, et prend peur dans le même temps. Il appelle Aminata, lui demande de le retrouver. Elle lui dit de sortir du métro, d'attendre sur un banc et de ne parler à personne. Elle arrive en taxi trente minutes plus tard. Elle ne pose pas de questions sur les mains sanglantes de son frère – elle pense qu'il s'est blessé tout seul. Elle lui promet de n'en parler à personne, et de ne pas le ramener dans l'appartement des frères. Aucun taxi ne veut d'elle quand elle est accompagnée de ce frère sale et puant, et ivre par-dessus tout. Ils marchent jusqu'à Opéra, là, elle rentre seule dans un hôtel-chaîne sans classe ni charme. Elle file une carte bleue qui n'est pas la sienne, réserve une chambre moins chère car la nuit est déjà entamée. Elle fait entrer son frère qu'elle fait monter, lentement, dans les étages. L'ascenseur est en panne, la montée des marches, laborieuse. Aminata assure, comme Marie l'aurait fait avant elle, elle s'occupe d'Hamadi. Elle lui lave les mains, l'aide à se déshabiller. Nu devant elle, il n'est pas gêné. Elle lui fait couler un bain alors qu'il regarde une émission sur l'écran plasma en face du lit. Il entre dans l'eau sans rechigner. Elle le sèche. Jamais elle ne lui reproche ce qui s'est passé. Quand elle le reconduit au lit et le borde, Hamadi voit les paillettes sur ses joues scintiller. Elle devait être à une soirée, en train de sortir, en train de vivre sa vie de jeune femme. Mais elle est venue quand même. Aminata est la dernière raison de se battre, et elle est là pour lui. Alors que sa vie est en suspens, Hamadi dit merci. Il s'endort. Aminata prend son téléphone, elle passe l'appel le plus difficile de sa courte existence. Puisqu'il n'a pas voulu aller en désintox de lui-même, puisqu'il s'entête à voler sa vie, elle a décidé d'agir – elle compose le numéro des secours et les supplie de venir au plus vite. Elle leur dit que son frère est mal, qu'il a consommé des cachets et de l'alcool. Qu'il a dû vouloir mettre fin à ses jours. Elle pleure, feint de ne pas savoir comment réagir, obtient qu'on vienne l'aider et donne l'adresse. Elle ne culpabilise pas de ce mensonge – en un sens, son frère est un danger pour lui-même. Et son suicide, il l'a commencé il y a bien longtemps.

Quinze minutes plus tard, les pompiers débarquent. Ils envahissent la chambre avec une précipitation mesurée. Ils le soulèvent par les épaules, le sortent du lit et le portent vers l'ambulance. Ses articulations claquent comme les dents des fétiches que l'on achète dans les magasins de décoration et qui ornent les salons de la bourgeoisie de province. Hamadi ne comprend rien, il maugrée, il bredouille, il tombe de fatigue. Dans la chambre d'hôtel, Aminata range ses vêtements et les donne au chef de la brigade, resté auprès d'elle. Elle le remercie de s'être déplacé. Elle se met en chemin vers Bobigny. Là, elle retrouve ses frères. Ils préviennent Aïssa et Fati et tous se mettent en route vers l'hôpital.

Prométhée

Dans l'ambulance, il s'est réveillé seul. Il a vu trois uniformes bleu et rouge, des coupes en brosse, des types blancs et trapus qui lui parlaient lentement. Il a vomi puis leur a dit son nom. Il a demandé à partir, arraché un mouvement pour se redresser mais une grosse main l'a plaqué au brancard, alors, il a commencé à gueuler. Ils lui ont dit de se calmer, d'arrêter, de ne pas faire l'enfant. Il a maugréé encore un peu et il s'est rendormi. Ils sont arrivés à l'hôpital. Ses yeux sont à demi fermés, les portes s'ouvrent, l'entrée est large. Le couloir, vert.

Quand il a refusé l'examen en réclamant Aminata, le vieil infirmier barbu a secoué la tête pour faire taire ceux qui voulaient utiliser la force. Il leur a expliqué qu'il allait se débattre et qu'il allait falloir l'attacher, que tout le monde était fatigué et que ça n'en valait pas la peine. L'infirmier est doux et résigné. Il calme son collègue qui n'a pas dormi et n'a pas choisi d'être là, celui qui déteste les poivrots presque autant qu'il déteste les Noirs. Dégoûté, il détourne le regard pour ne plus voir l'homme sur le brancard, à qui on a retiré ses vêtements mais qui n'est pas nu. Parce que sa maigreur est laide, qu'il n'a plus de corps mais un tronc étroit et déformé, noueux de souffrance, des bras longs qu'il ne maîtrise pas et une poitrine concave, douloureusement creuse. Les côtes, les clavicules sont proéminentes sous la peau desséchée, et la rondeur des os, comme une contradiction opulente dans ce désert de chair. Son squelette se dessine sous sa peau, fait déborder les yeux des orbites et les dents des gencives, un simulacre de vie grotesque. Relevé, il ressemble à un épouvantail famélique ; on voudrait lui peler la peau pour découvrir le faste jaune de ses ossements. Le vieil infirmier ose le regarder, les autres s'occupent pour ne pas avoir à le faire. L'aide-soignante blonde se dit qu'il serait plus beau mort.

Un médecin vient voir la famille, Georges reste avec eux et écoute la discussion. Le praticien leur présente la situation, s'attarde sur le mal-être de leur frère. Il dit qu'il faut réfléchir à une solution, qu'Hamadi est clairement endommagé par son style de vie. Aïssa lui explique que son frère ne veut pas se soigner – ils ont essayé, mais il refuse. Il boit et se laisse mourir. Alors, le docteur leur explique qu'ils peuvent, s'ils veulent vraiment, le forcer à accepter les soins. Il leur propose de placer Hamadi pendant quelques semaines dans un centre ouvert, une unité psychiatrique qui lui permettrait de se remettre un peu, de lâcher l'alcool, de respirer. Ils prennent une décision unanime ; même Arthur, depuis la Suisse, ne semble pas s'y opposer. Ils demandent les papiers et les signent, acceptent de se faire haïr d'Hamadi si c'est pour lui donner une chance en plus.

Il entre en psychiatrie le lendemain. Les deux premières semaines, il n'a pas le droit aux visites. La troisième, seule Aminata vient le voir. Elle lui donne des nouvelles du dehors, enthousiasmée, presque heureuse. Elle refuse de ne plus y croire, et se rend à l'hôpital tous les jours, immanquablement. Lui est morne, il ne répond pas à ses questions, il l'ignore, lui en veut toujours. Blessée, elle tolère pourtant ce frère qu'elle aime assez pour accepter son attitude. Cet emprisonnement, cette trahison de sa famille, Hamadi est entièrement contre. Pourtant, il est là. Sobre, entouré, vivant. De nouveau en sursis. Le séjour dure un mois, petit à petit, l'alcool se retire de son sang, mais les soins distraits des psychologues et les piqûres des infirmières ne l'aident pas. Il n'attend que de sortir. Quand on lui donne enfin la permission de rentrer chez lui, on lui indique qu'il faudra qu'il suive un parcours de soins précis : des rendez-vous réguliers chez un spécialiste, un suivi psychologique, des médicaments contre l'acidité des intestins. Il remballe ses affaires, laisse les photos qu'Aminata a apportées et se dirige vers la porte. Incapable de reconnaître que, si violent qu'il soit, cet enfermement a réussi à guérir ses terreurs nocturnes et ses obsessions de mort. Devant l'hôpital, Georges l'attend. Dans la voiture il est ému, solennel. Il essaye de réveiller son ami terne et renfrogné en lui parlant de la suite, il se tait quand il sent qu'il le doit. Il le dépose à l'appartement des frères en lui disant de le contacter dès que possible. Avant qu'Hamadi descende, il sort une enveloppe de la boîte à gants. Dedans, quelques milliers d'euros en liquide. La Fraternité s'est cotisée : pour lui donner un nouveau départ, le dépanner. Lui offrir un peu de temps et de disponibilité d'esprit, ou, si on en croit un mot sarcastique d'Arthur ajouté au chèque, pour lui permettre d'acheter des pompes décentes et pas des baskets de mendiant. Hamadi n'a pas besoin de dire merci. Il regarde son ami de toujours, son frère venu comme ambassadeur de la Fraternité et, sans mots, il lui dit le soulagement de l'avoir dans sa vie – d'avoir ces camarades qui jamais ne l'ont laissé, qui l'ont accepté sans se laisser décourager par ses échecs ou ses humeurs.

Il monte, même cage d'escalier, des retours qui s'enchaînent comme des défaites successives qui se terminent toujours au bloc 27, même destination, comme s'il n'avait pas bougé depuis son arrivée. L'appartement des frères est calme et vide. Un mot sur la table lui indique de faire comme chez lui – doux rappel qu'il n'y est déjà plus. Plus tard, Aminata débarque et apporte des clémentines en racontant comment elle a décidé de partir de son dernier job de barmaid dans une boîte de nuit. Elle parle d'organiser ses vingt-trois ans – quand elle mange les fruits, elle les pèle lentement à la manière de Marie.

Charon

LA POIGNÉE DE LA PORTE, pâlie comme de l'étain usé, grince quand elle tourne dans la main d'Hamadi. Son suivi obligatoire est imposé par l'hôpital – il n'a pas envie de se retrouver enfermé à nouveau, il accepte de s'y conformer, réticent à l'idée d'aller à l'autre bout de Paris chez ce médecin de balthazars qui a l'air d'être fasciné par l'ambiance chasse, pêche et tradition. La salle d'attente est brune et orange, une farandole de canards divers accrochée sur les murs. Sur l'un des posters, une escadrille de volatiles en formation serrée au-dessus d'un étang salue la moulure de coq qui traîne sur la commode. Il rejoint une des chaises en faux bois dans la pièce vide, habillée de rideaux fins qui arrivent au mauvais endroit sur la fenêtre. Les murs sentent la poussière et la camomille, des gravures végétales ornent le côté de l'armoire.

Distrait, il se souvient encore des néons froids du couloir des urgences, du visage de Yero qui est venu le voir le lendemain matin. Ils ont tous signé le papier d'internement, même Adama. Ça, il a encore du mal à l'accepter. Il frémit en pensant à l'intérieur de l'hôpital, à la première semaine sans alcool où la patine de l'ivresse laisse place à l'acidité qui perce l'estomac. Il chiait toute la nuit, la viande en sauce servie dans les plats en plastique le traversait sans le nourrir. Affalé dans les fauteuils rouges de la salle commune où la télévision était fixée au mur et protégée par un cadre en plastique, il s'est demandé comment il avait pu en arriver là. L'assistante sociale qu'on lui a attribuée avait tapoté sur son clavier gris pour lui dire que son cas n'était pas dramatique, elle avait un rouge à lèvres rose vif appliqué très nettement sur les contours redéfinis de sa bouche, était d'une bonne nature. Elle lui a dit qu'il avait l'air en forme et qu'on ne donnait pas souvent de logements sociaux aux hommes seuls, même à quarante-neuf ans, elle avait souri comme pour s'excuser. Dans la salle d'attente, il n'a pas rechuté. Une semaine dehors, pas un verre, mais sa sobriété est fragile. Il se demande quand il va boire de nouveau – il ne sait pas quand, mais il sait qu'il le fera. Il a appris à ne pas se faire confiance. Il veut juste repousser l'échéance, pour éviter d'être détecté par les médecins, pour essayer quand même, peut-être, loin de sa propre capacité de sabotage. La poussière le fait éternuer, il traîne une migraine épaisse. Il se mouche dans une vieille serviette qu'il trouve au fond de sa poche. Dans l'entrée, il entend quelqu'un d'autre qui s'essuie discrètement les pieds sur la moquette, et la poignée d'étain qui grince, et le parquet qui craque. Il tourne la tête pour ne pas avoir à être gêné, il se reprend et dit bonjour à contrecœur. Une jeune femme est entrée, il se racle la gorge pour couvrir le bruit qu'elle fait en s'affairant et en déposant ses affaires en corolle autour de sa chaise. Elle gigote, prend un des magazines entassés sous la table basse couverte d'une vitre protégée par un napperon. Elle a la mâchoire carrée, on devine sous la peau grassouillette de son visage de grandes rangées de dents blanches. Un parfait alignement. Ses lèvres sont petites, rondes et ourlées en moue étonnée. Son nez rebondit de son front, elle le fronce en tournant les pages trop vite pour lire. Engoncée dans une robe qui remonte sur ses hanches et l'entoure de noir, elle porte des bottes bordeaux ternies qui se plissent sur son mollet et s'arrêtent en dessous de genoux larges et osseux. Sa peau est claire, ses lèvres d'un carmin passé. Hamadi s'attarde sur la courbe de sa bouche. Il croise son front ombragé par des sourcils épais, naturels, ses grands yeux de cheval presque noirs ponctués d'un reflet noisette, une révérence d'enfant étirée jusqu'aux cils. Ses cheveux dégringolent sur son visage, épais et lourds. Ils foisonnent autour de sa tête et se déclinent en mèches d'or plus ou moins fondues entre le blond et le brun. Elle secoue ses cheveux. Hamadi la trouve belle. Jeune aussi, ses mains sont encore lisses et roses à l'intérieur. Il revient au coq au-dessus de la commode pour ne pas la gêner.

Un éternuement le sort de sa rêverie. La serviette qu'il utilise pour se moucher se décompose sur ses doigts. Honteux, il la fourre dans sa poche et s'essuie la main sur le tissu avec précipitation. La fille lève les yeux, elle se pose un moment, sourit et fait disparaître sa main dans le sac mou qu'elle fouette et soulève. Sans parler elle se redresse, un mouchoir à la main. Elle le dépose dans celle d'Hamadi. D'abord le mouchoir, puis la caresse. Elle l'a touché doucement, sans le savoir peut-être, avec le bout des doigts quand elle a déposé son offrande. Elle n'a pas parlé, elle l'a touché sans le soutien d'un mot. Hamadi frémit et détourne la tête, il oublie de dire merci et la regarde se rasseoir, une émotion monte en vague du fond de lui. La marque de ses doigts résonne sur sa paume comme un hâle de douceur. Elle le regarde maintenant, yeux noirs bordés de noir, il est trop bouleversé pour baisser la tête. Il a presque immédiatement envie d'elle. Elle est jeune, il se dit, à peine vingt ans. Et c'est cette jeunesse-là qui l'attire – comme beaucoup avant lui, il a envie de capturer cette vie qui n'a pas encore commencé. Elle lui sourit, elle dit bonjour. Elle dit qu'elle s'appelle Elena. Il écoute à peine son nom, concentré sur les courbes rouges de sa bouche.

Il passe en premier. Le médecin est doux mais désintéressé et expéditif, il lui prévoit des analyses d'urine et lui demande d'aller réaliser une prise de sang au laboratoire avant la fin de la semaine. Il lui pose des questions sur son expérience à l'hôpital, et enchaîne les politesses routinières sur la famille et le travail. Hamadi lui dit qu'il est en arrêt maladie longue durée, un statu quo qui lui convient puisqu'il est payé sans avoir à se courber pour ramasser les feuilles des espaces verts. Le médecin toussote, indifférent. Il fait l'ordonnance, accepte le tiers payant, télé-envoie le reçu de carte Vitale. Hamadi sort, la visite a duré deux fois moins longtemps que l'attente. Dans l'escalier, il lui prend une envie de revoir Elena. Elle ne lui a pas laissé son numéro de téléphone, mais il n'a pas demandé non plus. Il ne coûte rien de tenter sa chance – à presque cinquante ans, on a même plutôt intérêt à saisir les occasions, pense-t-il. Il décide de l'attendre en bas en fumant une cigarette. Il essaye d'arranger son blouson en tirant sur les poches du bas pour le lisser, cherche à se voir dans le reflet d'une fenêtre. Les pavés sont jolis, délimités par des petites lignes blanches et explosés en mosaïque de gris. Il regarde le sol et ses pieds et l'épicerie qui fait le coin de la rue d'en face – les pamplemousses sur l'étalage noircissent. Quand elle sort de sa consultation, elle le voit l'attendre à travers la porte en verre : il est par-delà la grille, nerveux, excité. Il a renfoncé son bonnet sur sa tête et ses oreilles ressortent inégalement de chaque côté, son crâne rasé dépasse. Il lui plaît aussi. Quand elle passe la porte, il l'invite dans le café en face du cabinet, pour parler. Il bégaye comme un garçon quand il lui propose, elle trouve cela touchant.

Le café ressemble à tous les troquets médiocres de l'Ouest parisien, le cuir des banquettes rouge transpire sa mousse qui dépasse aux coutures, le sol gris tacheté colle aux chaussures et les chaises en bois sombre de peu de valeur s'entassent devant des tables vernies. Le serveur, un petit type aux yeux bleus tendu, les surveille quand ils entrent. Il se décide à aller chercher une carte, salue les autres clients regroupés le long de la baie vitrée. Hamadi et Elena vont s'asseoir à la table du fond, derrière les fausses fleurs suspendues à l'abri des visages curieux et des quelques couples ennuyés de se voir face à face, qui cherchent dans l'alentour le sursis d'une distraction. Le serveur déambule, pas pressés, vifs, agressifs. Il dépose un café au lait sous le menton de la blonde aux ongles rognés qui lit un livre seule près des toilettes. Il traîne l'addition enroulée dans le pot qui contient du sucre, montre les dents au cours d'un bref sourire automatique et retourne derrière le comptoir, qui sent le gras et la cacahuète. Un type trop grand pour son costume bleu marine commande un cognac qu'on lui sert et qu'il avale d'un trait ; assis du bout de la fesse sur le tabouret haut, il demande à payer. Du jazz sans qualité se diffuse depuis les haut-parleurs.

Le serveur évite de remarquer Hamadi, avec toute l'hostilité contenue dans une politesse réservée. Au troisième raclement de gorge, il se résigne à lui demander mécaniquement ce que le monsieur veut. Il dit monsieur comme on dit chien, avec mépris. Hamadi se retourne vers Elena qui se décide pour un verre de vin. Lui hésite, mais décide de la suivre et de rompre ses engagements. Le visage du serveur s'ombre d'une suspicion. Il lui annonce le prix avant d'aller chercher les bouteilles, marque une pause et savoure la crispation d'Hamadi qui tâte dans sa poche le porte-monnaie en cuir sans structure où s'entrechoquent des pièces fines. Il répète le prix, fixe Hamadi avec défiance. Ce dernier ouvre discrètement la fermeture de la poche de cuir et fait glisser la monnaie dans sa main, certaines pièces dégringolent au fond de la poche. Il sent à la forme des cercles de métal qu'il ne pourra pas payer. Sobrement, il demande le prix de deux cafés. Le barista grogne cinq euros quarante et manifeste son agacement avec ostentation. Il savait que le type ne pourrait pas payer, il a tout de suite vu sa veste en plastique et le bonnet usé, et sa gueule mal assortie et la gamine avec laquelle il flirtait. Il trouve ça dégueulasse, les assistés qui se dégotent une gonzesse trop triste pour espérer mieux. Hamadi secoue sa main à l'intérieur de son manteau, il sort les pièces une par une et les pose à plat dans une de ses paumes, les doigts qui prolongent l'autre bras continuent à pêcher dans la poche. La quête est lente, laborieuse. La gêne le rend maladroit. En plissant les yeux, Hamadi compte douloureusement les dizaines de centimes, le cœur serré quand il sent les cliquetis s'amenuiser dans la poche et la réserve tarir. Hamadi dépose la somme due sur la table. L'autre picore les pièces entre mimiques et soupirs, et va faire les cafés, qu'il dépose sur le bar. Hamadi doit aller les chercher lui-même. Il ne lui accorde pas autre chose que la présomption de misère. On ne sert pas les gens qui payent en pièces orangées. Quand il retourne s'asseoir, les cafés gigotent dans ses mains et débordent sur les soucoupes.

Le café est brûlé, Elena y trempe un sucre. Hamadi n'aime pas cette eau souillée, brune et amère qui inonde sa bouche. L'épisode avec le serveur a glacé la conversation. La fille, presque en pleurs, aimerait lui dire qu'elle est désolée, lui prendre la main. Elle est rouge et confuse. La gêne réchauffe son visage juvénile. Ils parlent de banalité, ne se racontent rien. Ils se caressent du regard, Hamadi surtout, qui se sent protégé par son expérience. Il ne sait pas trop pourquoi il plaît à la gamine – il n'a pas envie de se poser la question, de risquer de rompre le charme. L'envie est sexuelle, elle vient de son ventre et rayonne dans tout son corps. Elle, se laisse croquer par le plaisir de se faire désirer. Elle lui propose de passer chez elle, au milieu d'un échange mou sur les goûts musicaux. Brusqué mais agréablement surpris, il accepte. Ils rentrent ensemble, elle vit dans un appartement coquet du quinzième arrondissement. Il lui demande si elle fait ça souvent, rentrer avec de parfaits inconnus qu'elle attrape chez le médecin. La remarque la fait sourire mais la panique un peu, elle rougit. Hamadi suppose que la réponse est oui. Pour la rassurer et lui montrer qu'il ne la juge pas, il lui prend la main.

Ils s'embrassent sur le pas de la porte, sans s'embarrasser d'attendre l'alcôve protectrice de l'appartement. Dans le petit salon, un canapé bleu d'eau sur lequel ils s'assoient. Parce qu'elle ne sait pas comment commencer, elle se raconte à Hamadi. Elle a vingt-deux ans, mais elle préfère dire vingt et un parce que vieillir l'angoisse depuis ses dix-neuf ans. Elle a lu quelque part qu'une femme n'est jamais aussi parfaite qu'à la fin de ses années d'adolescente, et qu'à partir de la nouvelle décennie la peau féminine commence à se brunir et à se marquer comme une rose déjà cueillie. Elena est née à Amiens, une ville du Nord sans importance qu'on remarque pour son ambiance agréable et pour ses parcs bien fleuris, avec condescendance et parce que le chef-lieu picard n'a rien de mieux à offrir. Elle vient d'une bonne famille, avec un père professeur d'université et une mère qui est une sorte d'intellectuelle aussi. Elle a fait des études mais s'est arrêtée pour l'année, elle veut choisir autre chose, quelque chose de plus adapté à qui elle est. Cette expression qui ne veut pas dire grand-chose fait sourire Hamadi, un sourire paternel et ridicule qu'il pense à cacher. Comme il répond à peine, occupé à caresser sa cuisse, elle enchaîne sans vraiment prendre le temps d'être cohérente, en essayant de justifier l'inévitable étreinte. Pour se dire après coup qu'ils n'étaient pas totalement des inconnus, pense Hamadi, ou pour corriger la blessure d'intimité du café. Il est peut-être là parce qu'elle a pitié, et au fond, tant pis. Parce qu'elle veut se taper un Noir, ou une racaille, pour mettre en colère ses parents. Parce qu'elle a subi une rupture. Juste comme ça. Il y pense encore un peu, en s'appliquant à ponctuer le monologue d'Elena d'onomatopées et d'encouragements, mais les seins beaux et gras de la fille lui donnent envie de l'interrompre. Quand elle embraye sur l'histoire de sa grand-mère, il l'embrasse encore. Doucement, pour ne pas la forcer, pour la laisser être maître de cette aventure qu'elle initie en l'invitant chez elle. Elle répond à son baiser à pleine bouche, et, alors qu'il lui ôte sa robe avec précipitation sur le sofa, elle respire fort et le supplie « Hamadi ». Un nom d'inconnu, un nom furtif qu'elle vient d'apprendre et qu'elle ose quand même chanter. Elle se replie, prend sa main, l'emmène dans sa chambre. Les murs crème sérieux contrastent avec le lit aux draps roses, bien fait comme dans les chambres d'enfants sages.

Il se dit qu'il ne se souvenait pas de ce que c'était, d'avoir envie de rentrer dans l'autre, de jaillir sous sa peau, de se sentir vivant. Il caresse son dos et s'arrête au creux qui annonce les fesses et la presse contre le lit pour sentir son corps qui s'incarne sous sa main. Il se dit qu'il ne croyait plus que c'était possible pour les gens comme lui. Les rideaux s'entrouvrent sur un ciel d'acier moutonné de nuages d'argile, le vent écrase les passants et graisse leurs cheveux. Très vite, les draps s'imprègnent de l'odeur de leurs peaux et de leur sueur. Il lui prend la bouche, sa main sur sa joue et sur la peau chaude et douce qui le reçoit en révérence. Le long de son dos coule une pluie d'or, énergie métallique et ruissellement de plaisir, il retrouve le souffle en entrecoupant le sien. Il lui prend le ventre, et l'étreinte étroite de l'ultime embrassade lui serre la gorge, incrédule, renversé, les mains pleines de ses épaules et le doigt grésillant de l'empreinte ronde de son visage. Il la goûte avec la maladresse de celui qui a eu faim, les bras fébriles d'un homme qui découvre une tendresse qui l'incarne, l'assurance d'un mâle dans son bonheur de jouir. Ses flancs à elle habillent ses côtes honteuses à peine couvertes de peau, l'un dans l'autre leurs corps deviennent une œuvre de chair qui fond leurs imperfections pour en faire un trésor. La cyprine naît dans son ventre, comme une validation, le sceau de son amour et le bruissement humide de sa soif de lui. Elle colle, descend sur ses fesses, satine ses cuisses. Elle envahit tout et cascade comme les mots indécents, paroles éhontées et comptines obscènes qu'elle lui chante à l'oreille. Chansons et murmures, promesses lubriques, appels à Dieu et prières timides qui s'halètent, tête tournée, et se muent en supplications aiguës. Délicieux trépignements d'enfant. Il embrasse sa bouche ourlée de petite fille, elle serre les cuisses possédées par ces lèvres fastes qu'elle réclame sans honte.

Quand il est en elle, quand son sexe gonflé de sang la comble et la rend belle, il tue le cadavre qu'il était devenu, les cicatrices qui ont tranché son dos et laminé son ventre se patinent et se couvrent pour devenir des rainures de cuir tendre qui portent comme des nerfs les sursauts de la jouissance. Il la baise et il vit. L'envie d'exister explose son sternum et projette un spectre hors de son corps : il l'y enveloppe avec immensité. Et dans ses yeux les envies qu'il a fracassées se refondent et grandissent. Océan d'or, infini sublimé, petite enfant aux cheveux bruns et paille qui s'emmêlent et se collent au front après l'orgasme, elle est sa salvation, transparente et secrète, docile et violente. Il jouit juste après elle. Et l'angoisse d'une vie courte et ridiculisée par les souvenirs et la furtivité s'efface. Elle lui donne l'infini lové à l'éclipse de l'instant. Ils s'endorment l'un à côté de l'autre, immédiatement, épuisés à dix-huit heures. Il se réveille le premier, le corps à côté de lui bouge au rythme régulier des respirations bloquées par un nez congestionné, elle garde jalousement la couverture plissée aux coins entre ses jambes, enroulée autour de sa cuisse. Il la regarde dormir, s'intrigue de cette lèvre supérieure remontée sur les dents qui tête l'air à chaque inspiration ; des brins de cheveux moites serpentent sur son front et s'arabesquent jusqu'à l'arrière des oreilles. Rainures noires aux coins des yeux, il essuie du bout du doigt les traces de maquillage qui dégorgent de ses paupières et viennent baver jusqu'aux tempes. Il observe sans la réveiller la beauté de ses mains larges sur son flanc et le contraste des carnations qui s'allient sans se mélanger. Des heures passent, il se balade dans le petit deux-pièces, allume la télévision. Le bruit la réveille et elle accourt, s'angoisse, lui fait promettre de rester jusqu'au matin. Il accepte, lui répond – bien sûr. Elle se blottit contre lui, visiblement en attente de quelque chose. Il lui dit tu es belle, la main posée sur son ventre. Tu es belle et tu es jeune. Il a envie de lui dire qu'il l'aime sans le penser. Pour le dire, sans y croire, juste pour le mot, la sensation. S'il avait pu être l'un de ces balthazars qui ont le droit de dire je t'aime à quelqu'un d'autre qu'à Dieu, ou qu'à leurs mères, ou leurs sœurs, s'il avait pu ignorer ce que c'était l'amour, et ne pas savoir qu'il ne l'aimait pas, qu'il ne l'aimerait probablement pas, il lui aurait parlé de sentiments, de futur, de tout ça. Il lui aurait dit aussi, s'il avait les phrases et les mots et les compléments, qu'elle avait fait renaître la vie dans son ventre qu'il avait endormi d'alcool et d'inquiétude, et réveillé la source d'envie qu'il avait fait tarir pour souffrir moins. Il caresse sa tête et son cou et ses mains, quand elle soupire dans ses bras et laisse aller son front contre la partie basse de sa poitrine, il sent la pluie d'or se poser sur l'arête de son nez, glisser sur ses lèvres et envahir ses narines, recouvrir ses bras et mouiller son dos, son ventre, ses hanches. Jouissance liquide, continue, certaine, surgissement fécond au noyau de l'étreinte. Elle lève la tête et ferme ses paupières doucement pour les entrouvrir de nouveau, comme un chat qui s'offre à la cajolerie. Elle se rendort contre lui.

Alors qu'elle est restée nue, Hamadi regarde son ventre – bombement de chair qui plisse un sourire du déclin des hanches au sommet du mont de Vénus, et dérange la régularité des courbes de son corps comme une virgule de faste rond, encore ferme, encore jeune. Fécond, une ode à la richesse du corps des femmes. Il pense à ce ventre, cette terre ancestrale, gorgée de limon et de fer, à son utérus qui déborde de sang qui doit venir couler sur ses cuisses avec la régularité des cycles de lune, au jus de vie qui frétille à l'abri sous la graisse tiède et protectrice. Il se souvient de la femme aux chaussures de paille, de son grand corps maigre et de ses seins légers, de pleurs sur ses joues quand il la prend et qu'elle a mal. Elle voulait un enfant, il n'a pas su comprendre l'intérêt. Pas su le vouloir assez. Mais ce ventre, et les enfants de Georges, et un truc profond lui font voir l'évidence, maintenant. Il se pose et regarde sa compagne d'une nuit. Peut-être qu'il pourrait rester – la séduire, faire le bon mari, lui acheter quelques trucs avec son maigre salaire. Il pourrait jouer sur la pitié, obtenir ce qu'il veut. Il pourrait prendre cette femme, en faire le réservoir de ses futurs enfants, l'argile qui sculptera leurs corps et leurs pieds minuscules aux orteils. Il se dit qu'elle est fraîche pour deux, sa moiteur pourrait effacer la sécheresse de son propre corps. La vigueur de son dos, ses cuisses adipeuses, ses hanches déployées l'annoncent comme une femelle magnifique et reproductrice. Hamadi pense à se perdre dans son abondance, faire éclore son sang, remplir son corps d'une chair qui vient de lui. Sa lignée, sa race, sa ventrée. Une seconde chance – accéder au rang de ceux qui ont une descendance.

Il rêve de fabriquer une toute petite fille qu'il verrait s'éveiller pour la première fois, presque aveugle et couverte d'entrailles et de sang, qu'il coincerait dans ses bras dès son premier braillement. Dans son fantasme il regarde son crâne se couvrir de cheveux épais, ses jambes grandir sous sa peau. Il veut lui aussi tenir dans ses bras la plus belle chose du monde, essuyer la morve du visage de son bébé comme on récolte du beurre avec le bout d'un couteau pour le goûter à pleine bouche. La fillette voyage en lui comme un lutin fluet et il tressaute aux claquements légers de son rire imaginaire. La seule femme qu'il aimera vraiment, plus que les autres, sans avoir à douter ou à se demander comment. Il la voit assise genoux sous les fesses s'agacer devant un puzzle qui n'écoute pas ses ordres, impérieuse bambine. Il veut une fille comme on veut une idole. Il peint dans son esprit un petit vélo rose avec des rubans aux poignées et un panier en plastique qui hoquette sur les graviers, les pédales sont pleines de terre et de petits morceaux d'herbe couverts de gadoue, rangé dans la cour il pose son guidon comme une tête calmement inclinée sur le mur en dessous de l'arcade aux boîtes aux lettres.

Dans son rêve, sa fillette cavale dans l'escalier pour saisir sa monture à l'encolure, il la sermonne de ralentir, entend ses petits pas frapper les marches et duveter dangereusement sur leurs tranches polies – il lui dit qu'elle va tomber et elle crie vite papa et le sol est surpris sous ses chaussures vernies. Quand il la borde en dessous d'un pendant en bois, qui tournicote et s'illumine d'étoiles imitées, elle sécurise sa main, dragon minuscule assis sur un trésor, étreint seulement deux doigts comme sa mère le faisait, séduisante marmotte, merveilleux petit chat, citron confit qu'il veut faire fondre entre ses lèvres. Elle apprend à marcher, à parler, à aimer qu'on l'aime. Elle détruit, colérique, les petits bouts de monde qui ne se conforment pas à l'espace moite de derrière ses yeux. Ses rires clapotent comme des mers qui frétillent de poissons aux écailles grasses et glissantes, ses pleurs sont multiples, différents, touffus, ils forment un langage que l'on ne peut apprendre et que l'on doit sentir. Elle est cruelle souvent, persuadée d'être la plus merveilleuse des enfants, elle mord ses camarades, leur coupe les cheveux. Et dans les jours où la charité lui paraît charmante, elle s'efforce d'être magnanime et très juste et royale, elle accorde la vie aux fourmis embarquées sur un radeau fait de feuilles et de brindilles qui étaient destinées à périr dans un naufrage terrible au large de la flaque d'eau. Hamadi la pense et la crée et la veut, il tisse sa chair, remplit sa petite bouche, pulse ses organes dans le ventre de ses espoirs, le seul qu'on lui accorde puisqu'il ne pourra jamais la porter en lui. L'envie d'être père bloque sa respiration à son point haut, elle le suffoque en s'éloignant. Il en crève. Il ne veut pas partir sans avoir grésillé à l'amour sacré d'un gosse, sans s'être abandonné à la seule tendresse qu'on ne peut froisser sans être criminel. Pourtant, il renonce.

À côté d'elle, la fille dort. Elle ronfle légèrement, et son pouce, approché de sa bouche, lui donne un air de gamine. Il se pose, réfléchit, se reprend. À peine sorti de l'hôpital il se plante là, à fantasmer une vie qui n'a pas de sens. À vouloir faire un enfant à une enfant. Il se souvient de Khadijah, de Marie, de ses sœurs. Il se souvient du Bois, du racisme du serveur, de l'école, de tout. Il se souvient de ses conditions, de ses marges de manœuvre. Il se dit qu'il a eu très peu le choix, qu'il n'a pas su s'extraire de son destin, et pas même réussi à profiter de ce qui lui restait. Il sait qu'il a peur, une crainte indélébile, celle d'échouer encore. Il n'a pas su être l'aîné, pas su protéger Adama de l'amertume, Yero de la violence, il a déchargé tout le poids de l'exigence de réussite sur les sœurs. Il n'a pas même réussi à être gardien de putes – aveuglé par la thune et son ego, il a blessé celles qu'il devait protéger. Il a juste réussi à ne pas se noyer. Lentement, il se lève, silencieux, il ramasse ses affaires et se rhabille, habile, sans bruit, comme un chat. Il se dirige vers la porte, la ferme en un souffle derrière lui. Sans laisser de numéro, sans même lui avoir dit son nom de famille, il s'en va. Il ne veut pas l'humilier, mais il réalise qu'il a appris. Il réalise qu'il n'a plus envie de brûler, plus envie de faire une erreur de plus. Il préfère être, cesser de tenter. Il décide de renier le dernier serment fait à son père, de ne rien engendrer. Parce qu'on ne peut pas faire perdurer une lignée quand on n'a rien à lui offrir. Qu'on ne peut protéger personne quand on ne réussit pas à s'aimer. Il se rend stérile et libre, se défait d'une responsabilité qui aurait excédé sa vie – il laissera mourir en lui le sang du Chirurgien et de Marie.

Quand il sort, il remonte dans la nuit naissante les boulevards, les bars clignotent dans la nuit, racolant la solitude de son retour à Bobigny. Hamadi regarde les enseignes, réalise qu'il n'a plus envie. Il pense qu'il ne boira plus – peut-être peut-il recommencer à essayer de se faire confiance. Avant de rentrer, il veut faire quelques courses, surprendre ses frères et pour une fois, donner au lieu de prendre. On est en octobre, le froid agglomère l'eau sur la fenêtre intérieure du distributeur. Hamadi tapote son code. La machine bave une coupure qu'il froisse et fourre dans la poche de son blouson tordu. Il s'enfourne dans le métro sans y penser, ses jambes s'adaptent aux escaliers multiples qui se croisent, se montent et se descendent. Main accrochée à la rampe il marche par souvenir, le déploiement de ses cuisses et le rabattement de ses mollets sont des habitudes inscrites dans ses muscles et ses joints. Ses pieds touchent l'asphalte par le talon, glissent sur les marches polies des transports en commun. Dans le métro, son regard se fixe sur des objets mineurs, des anecdotes du quotidien qu'il choisit pour ne pas embrasser un panoramique trop large qui lui donne la nausée. Une femme passe faire la manche dans la rame. Elle est grosse et son ventre est enflé, malsain – ses pupilles dilatées derrière ses lunettes rondes, elle se désole en râpant les sièges et les bras des passants de son flanc débordant. Hamadi ne la voit pas, il regarde ses mains.

La marche jusqu'à l'appartement des frères est mangée par les volutes de pluie qui se dégagent des flaques dans lesquelles il marche. Il resserre les lèvres, ses respirations s'espacent, bouffées agréables d'air, il se sent vivant. Il s'engouffre dans la cage d'ascenseur sans remarquer la légère variation de température qui décrispe ses doigts et déplie ses joues. Il ne s'alarme pas des grésillements de l'appareil qui hoquette à chacun des étages et se balance au bout d'une corde d'acier usée et mordue par les saisons et le manque de graisse. À l'étage, il glisse la clé dans le trou de la serrure qui porte en halo les griffures de ses nuits fumées à l'alcool. Quand il entre, Adama est là, il ne dit rien. Il zappe paresseusement et s'applique à ne pas détourner le regard – il gueule un peu quand Hamadi se prend les pieds dans les écouteurs qu'il a laissé traîner devant le réfrigérateur.

Les mois qui suivent son passage à l'hôpital et son aventure sont tous les mêmes. Les premiers d'une longue série, d'une nouvelle existence qui ne s'entache pas de l'obligation d'être heureux. Un nouveau quotidien, machinal, systématique, sans tristesse pourtant. Une vie appliquée. Il est retourné au travail, il arrive parfois en retard, pas plus qu'avant. Il voit sa famille une fois par semaine, lors d'un déjeuner organisé par Aminata, où les deux sœurs qui ont des enfants viennent parfois à contrecœur et où Georges, Esteban et Kader sont toujours invités. Arthur aussi, mais il n'est jamais venu. Il a annoncé qu'il avait acheté un petit avion en Suisse, un truc de balthazar qu'on conduit pour le sport – le Polack est dans une autre réalité, celle de ceux qui ont réussi.

Hamadi n'est pas trop intéressé par les femmes. Il baise comme il mange. Il revoit Nina, une ancienne amante qu'il avait fréquentée à sa rupture avec la femme aux chaussures de paille, et ses cuisses colossales qui battent contre son ventre quand il la prend par-derrière. Aïssa le prévient qu'une des filles du quartier, qui lui avait plu il y a quelques années, a perdu son mari et cherche un homme pour ne pas être seule, et pour que sa mère ne puisse pas parler de sa vie de dégénérée. Elle propose de les présenter, d'aller acheter avec Hamadi une chemise colorée qui mettrait en valeur sa bouche encore juvénile. Hamadi refuse en souriant.

Il préfère de plus en plus sa propre compagnie, son plaisir solitaire et égoïste. Il ne cherche pas de compagne. Souvent, par ennui, parce que son sexe le démange et qu'il n'a pas envie d'aller se laver – l'eau est froide et la douche attire la lucidité et ces moments blancs où il a envie de se battre encore –, il se paluche machinalement et traîne sa main sur sa verge sans véritable envie, plusieurs fois par semaine. Il fait monter et descendre ses doigts au son du battement de son cœur, pour s'imposer un rythme et ne pas s'abandonner sur sa propre jouissance. Il se masturbe dans un demi-sommeil, crachote son orgasme qui explose, satisfaction douloureuse et minime, déflagration sans gloire qui se perd dans une main qu'il essuie sur l'oreiller avant d'y reposer sa tête. Il se replante devant les programmes du soir, s'ennuie de nouveau. Sur son visage cassé les expressions s'enchaînent, semblables tous les jours, figées par l'horloge et la routine quotidienne.

L'autre rive

CINQUANTE ANS. Quand il arrive, une petite salle près de l'eau a été privatisée pour eux. Il est venu avec Kader et sa mère, en voiture. Des ballons, des paillettes, des choix ridicules de bannières avec son nom qui flanquent les fenêtres. Autour de la table, déjà présents, Yero, Fati et Aïssa. Esteban aussi est là, dans un coin en train de téléphoner, et les enfants de Georges, presque adultes et engoncés dans des habits de soirée un dimanche midi accompagnent leur père. Arthur ne pourra pas venir, mais il envoie ses salutations, ce qui, pour Arthur, n'est déjà pas mal. Adama manque à l'appel, il est le seul à ne pas avoir commencé à pardonner à son frère. Celui pour lequel l'exemple a le plus failli, celui peut-être, qui l'aimait le plus – trop pour le voir trébucher. Aminata arrive en retard, accompagnée d'un type un peu plus vieux que personne ne connaît. Elle a l'air excitée, ravie. Ils s'installent pour manger et les plats s'enchaînent, simples, sans fioritures. On apporte le whisky, Hamadi n'y touche pas, mais garde l'envie de rire et de se donner cet air convivial qu'il avait perdu. Après le plat principal, on offre le cadeau. Dans la boîte rectangulaire qu'il tient entre les mains, Hamadi trouve un chapeau, aux bords blancs et réguliers. Un truc classe choisi avec soin. Il l'essaye, se regarde dans la vitre. Le panama est un peu passé de mode, mais il lui va bien. Il regarde ses frères et sœurs – entre eux, une compréhension. Il leur a fallu être plusieurs pour s'en sortir. Ses parents, qu'il a tant jugés, ont réussi à élever des enfants qui sont restés une équipe, des braves qui n'ont pas abandonné. L'assemblée s'étiole avant le dessert pour se dégourdir les jambes ou aller fumer des cigarettes, pause sèche entre les mets gras et les tournées alcoolisées.

Le petit restaurant a un rivage, comme celui de Nice, comme ceux de Conakry. Une porte de sortie vers un ailleurs, la promesse discrète des eaux. Aminata porte une robe blanche découverte aux épaules, surprenante à cette époque de l'année. Elle délaisse son accompagnateur, prend le bras de son frère. Ensemble, ils vont jusqu'au bout du ponton qui se poursuit depuis la berge. Elle tourne son visage vers lui – dans ses yeux la tendresse n'est pas tarie, elle est stable et sincère, une évidence. Elle lui parle de ses études, lui dit vouloir reprendre un cursus scolaire qui ne l'obligerait pas à travailler, de l'homme avec lequel elle est venue, de l'année dernière, du Jardin d'Acclimatation. Elle semble hésiter, puis lui confie quelque chose : elle a déjà trouvé une opportunité, deux ans de formation qualifiante. Il l'écoute et pense sans oser l'interrompre. Pour l'instant, cela lui semble flou. Elle poursuit, « les deux premières années, il faut aller à Dijon. C'est pour un cursus d'économie pratique, internationale ». Il la fixe avec incompréhension, étonné de la trouver grandie à parler en ces mots de ses ambitions qu'il découvre. Il lui demande pourquoi, comment elle a pensé à ça. Dans la famille après tout, il n'y a pas de commerçants. Sans hésiter, elle lui répond qu'elle a imaginé pouvoir lancer, une fois la formation terminée, une petite boîte d'import-export entre la France et l'Afrique de l'Ouest : « Les balthazars raffolent des trucs ethniques. C'est la mode du wax, commente-t-elle en haussant les épaules, autant en profiter. » Elle le regarde, visiblement dans l'attente de son approbation, et ajoute « tu pourrais la lancer avec moi ? ». Sans lui laisser le temps de répondre, elle lui révèle qu'elle a peur de partir. C'est bête, elle le sait. Elle a déjà voyagé, et la Bourgogne n'est en rien une région menaçante, mais elle a tout de même peur de se sentir seule, comme au bout du monde mais l'aventure en moins. Un déclic se produit chez Hamadi. Il l'interrompt et lui propose immédiatement de venir avec elle. Elle proteste : et son travail ? Et les autres, les frères et sœurs ? Et s'il veut se retrouver une femme ? Il balaye ses inquiétudes d'un geste de la main et lui fait la promesse de l'aider à préparer sa rentrée, comme son père l'avait à l'époque fait pour lui. Un nouveau départ, qui sera à lui, ou plutôt à eux cette fois-ci. Ils marchent encore ensemble, et pendant qu'elle décrit avec emphase le type de décoration qu'elle veut acheter pour leur futur appartement, il se laisse envahir pas ses pensées. Il songe à ses regrets, à ce qu'il a sacrifié par désamour de lui-même, à cette impression de n'être jamais chez lui. Il croyait être devenu sans terre, condamné à errer. Un homme sans descendance et sans racines, dépourvu d'attaches. Maintenant, tout cela peut devenir un avantage. Ils arrivent au bord du canal Saint-Denis. Le fleuve lui renvoie le reflet d'un grand homme avec un chapeau. Pour la première fois, il reconnaît dans ses propres traits le visage de son père. À côté de lui, le reflet d'Aminata – sa jeunesse. Et dans son expression, une vision d'avenir, une femme merveilleuse qui ne se limite à rien. Il réalise qu'il a déjà la petite fille qu'il cherchait, qu'il l'a toujours eue. Sa vie médiocre n'a à l'être que si elle s'arrête à lui. Il lui a fallu cinquante ans pour devenir un homme. Le reste de l'anniversaire se déroule sans accroc, surprenant de simplicité et de douceur. Il garde pour lui ce départ certain, conscient de cette vraie seconde chance que sa sœur lui offre. En rentrant le soir, il prépare une valise qu'il remplit d'habits scrupuleusement pliés, du foulard de sa mère qu'il a gardé comme un talisman, et de la seule photo de famille qu'il lui reste. Ils partiront dans trois mois, mais il est déjà prêt. Il n'emporte presque rien, juste ce bagage, la certitude de ne jamais revenir, et son espoir.

Remerciements

Merci à Chloé Deschamps pour son travail, sa passion et sa patience.

Merci à Amandine Labansat et Sami Tchak.

À ma famille, Marie-Laure Berlemont, Maryse Berlemont et Julien Poncet.

Et à mes amis : Léa Mascaro, Ana Martinez Serrano, Audrey Sadeler, Barnabé Monnot, Côme Courteault, Alexis Feertchak, Charles El Meliani et Marie Beauchesne.

Table des matières

LA PRISON DES TITANS

Conakry..................19
Nice..................35
Paris..................41
L'école républicaine..................57
La Fraternité..................81
La Place Jaune..................91
Adama..................99
La Pierre Rouge..................109
La Terre promise..................115

L'ÎLE DES BIENHEUREUX

Le Bois..................123
Le Syndicat..................131
Champs-Élysées..................149
Delf..................157
Musique nègre..................167
La Santé..................177
Icare..................187
Le Village..................193
Le Chirurgien..................201
L'Afrique..................205

LA PLAINE DES ASPHODÈLES

Sécurité sociale 213
Les évolués 223
Assemblée nationale 235
Cerbère 247
Ti, ta, dou 257
Prométhée 267
Charon 271
L'autre rive 291

Remerciements 295

Dans la même collection

30 histoires insolites qui ont fait la médecine, Jean-Noël Fabiani
À la folie, Clémentine Célarié
Affaires de famille, Agnès Naudin
Aliénor, l'insoumise, Isaure de Saint Pierre
Augustin, Alexandre Duyck
Avec vue sur la mer, Didier Decoin
Aya, Marie-Virginie Dru
Blanquette, Laure Buisson
Bon à rien, Natalie David-Weill
Cabale pyramidion, Samuel Delage
Ces nazis qui ont échappé à la corde, Jean-Paul Picaper
Code Salamandre, Samuel Delage
Dans la tête de Donald Trump, Anne Toulouse
Dans son cœur sommeille la vengeance, Sonia Mabrouk
Déjeuner en paix, Charlotte Gabris
Deux femmes dans la tourmente, Teresa Messineo
Donne-moi des fils ou je meurs, Maud Jan-Ailleret
Envole-moi, Sarah Barukh
Et vous, vous y croyez ?, Hubert Prolongeau
Gump & Cie, Winston Groom
Harry et Franz, Alexandre Najjar
Histoires extraordinaires de la Résistance française 1940-1945, Dominique Lormier
Histoires extraordinaires de la Seconde Guerre mondiale, Dominique Lormier
Impasse Verlaine, Dalie Farah
J'ai décidé de vivre, David Milliat, Christophe Henning
Je suis né à 17 ans…, Thierry Beccaro
Je suis née à Bergen-Belsen, Yvonne Salamon avec Frédérique Agnès
Johnny, le guerrier, Gilles Lhote

Dans la même collection

Juliette de Saint-Tropez, Valentin Spitz
L'écriture du monde, François Taillandier
L'homme qui fuyait le Nobel, Patrick Tudoret
L'odeur de l'herbe après la pluie, Patrick Jacquemin
La croix et le croissant, François Taillandier
La Fille du delta, Frédérick d'Onaglia
La petite bibliothèque du bonheur, Felicity Hayes-McCoy
La petite fille du phare, Christophe Ferré
La sœur du Roi, Alexandra de Broca
La Vengeance du loup, Patrick Poivre d'Arvor
La vie sauvage des femmes, Bénédicte Brézillon
Lâcher prise, Benoît Aymonier
Le Faux Pas, Frédérick d'Onaglia
Le Pacte interdit, Henri Bellotto
Le Parrain et le Rabbin, Sam Bernett
Le Pays d'où l'on ne revient jamais, Julien Thèves
Le petit café du bonheur, Felicity Hayes-McCoy
Le petit jardin du bonheur, Felicity Hayes-McCoy
Le peuple des abattoirs, Olivia Mokiejewski
Le Soleil rouge du tsar, Violette Cabesos
Le Squale, Francine Kreiss
Le Tableau, Laurence Venturi
Les 100000 collabos, Dominique Lormier
Les chats, comment ils prennent soin de notre santé !, Anne-Claire Gagnon
Les Déviantes, Capucine Delattre
Les Grandes Affaires de la Libération, Dominique Lormier
Les infirmières de Notre-Dame, * *Flavie*, Marylène Pion
Les infirmières de Notre-Dame, ** *Simone*, Marylène Pion
Les infirmières de Notre-Dame, *** *Évelina*, Marylène Pion

Dans la même collection

*Les infirmières de Notre-Dame, **** Les* Nursing Sisters, Marylène Pion
Les jeunes femmes de 50 ans, Mylène Desclaux
Les femmes du Général, Gérard Bardy
Les sandales blanches, Malika Bellaribi
Les Semeurs de bonheur, Cécile Pardi
Mademoiselle dite Coco, Madeleine Mansiet-Berthaud
Mai-juin 1940 : les causes de la défaite, Dominique Lormier
Merci maîtresse !, Anouk F.
Mes Jardins de Paris, Alain Baraton
Molière, chef de troupe, Francis Perrin
Mon cœur restera de glace, Éric Cherrière
Mon étrange sœur, Marie Le Gall
Mortelle tentation, Christophe Ferré
N'abandonnez jamais, ne renoncez à rien, Francis Huster
Nos baisers sous la neige, Karen Swan
Nos vies insoupçonnées, Anaïs Jeanneret
Nouvelles histoires extraordinaires de la Résistance, Dominique Lormier
On n'efface pas les souvenirs, Sophie Renouard
On s'aimera, Clémentine Célarié
Pourquoi je t'aime, Francis Huster
Poutine, Frédéric Pons
Quand Maman plantait des brosses à dents, Christelle Bardet
Quelle histoire !, Michèle Cotta
Requiem pour un chat, Olivier Bellamy
Rien n'est écrit, Sandrine Catalan-Massé
*Rumeurs d'un village, * La sentence de l'Allemand*, Marylène Pion
*Rumeurs d'un village, ** L'heure des choix*, Marylène Pion
Sortie(s) de secours, Caroline Langlade

Dans la même collection

Sous le manteau du silence, Claire Bergeron
Tyrannie, Richard Malka
Un écrivain, Laure Arcelin
Une aventure monumentale, Olivier Dutaillis
Vengeance à temps partiel (série *Sisterhood*), Fern Michaels
Zoo Station, David Downing

Imprimé en France par CPI
en décembre 2021
N° d'impression : 2062416
Dépôt légal : mars 2022
ISBN : 978-2-3791-3109-7

www.monpoche.fr